RACHEL JOYCE

一個人的朝聖

THE UNLIKELY PILGRIMAGE OF HAROLD FRY

蕾秋・喬伊斯
張琰——譯

〈佳評迴響〉

準確地將深沉的情緒以簡單而不做作的語言傳達出來……毫無疑問地，這個故事證明了平凡人付出的超人努力，深具原創性、在安靜中展現了無比勇氣。

——《衛報》

喬伊斯的劇作家經驗展現在她對對話與角色的精細掌握，即使是跑龍套的小角色也像是活生生的人。她的筆調看似輕盈，但哈洛這段自我超越的旅程卻具有深沉的象徵性。

——《每日電訊報》

這部首作小說擁有無比豐沛的感情，喬伊斯問著簡單又深邃的問題：即使人到中年，即使一切似乎都已毀壞，我們還能夠再一次開始去活，真正地活，並且做自己嗎？我們仍能相信希望，即使希望已經拋棄了我們？我笑中帶淚，為哈洛在旅途中走的每一步打氣，我依然為他加油著。

——寶拉．麥克蓮（Paula McLain），《我是海明威的巴黎妻子》作者哈洛的旅途既是平凡也是不可思議的，這趟旅程穿過自我、走過現代社會百態、跨越時間和地理風景。這是一本有趣、睿智、迷人不已的書……雖有著殘忍的轉折但不顯得過分刻意……也許這是因為哈洛實在太令人喜愛了。

——《泰晤士報》

當一切都已太遲時，哈洛敞開自己傷痕累累的心，讓世界走進來。這個故事關於一個平凡男人踏上一段不凡的旅程，風趣而深刻，感動且啟發了我。

——南西・霍蘭（Nancy Horan），《愛上萊特》作者

哈洛令人生氣，也教人捧腹，他完全在做力不可及的蠢事！但每次他起水泡或抽筋，我便跟著屏息擔憂，甚至覺得好像只要我一頁頁翻下去，就能幫助他完成這項不可能的旅程。太精彩了！

——海倫・西蒙森（Helen Simonson），《裴少校的最後一戰》作者

溫柔優雅的迷人作品，充滿英式的獨特趣味，深刻且睿智地檢視了愛與奉獻的主題，安靜的力量盤據心頭。肯定會成為讀書俱樂部的最愛選書。

——《書單》

道出了人世深邃的美與智慧。

——《圖書館雜誌》

出乎意料而激勵人的故事，讀後在心中縈繞不去，讓你也想要離開家、啟程探尋。

——《泰晤士報》

深深觸動人心，同時又帶著有如保羅・托迪或瑪琳娜・路維卡作品般的幽默輕盈。

——《書商》雜誌

出眾的自信……完美的洗鍊文字……閱讀本書必定會為哈洛感動並跟隨他的步伐。

——《電訊報》

令人笑淚交織的迷人小說……讀完好幾天，我幾近哀悼般懷念著哈洛安靜而勇敢的陪伴。

——《每日快報》

令人佩服的傑出寫作，不落入過度傷感或異想天開的窠臼，而帶來一個教人幾乎難以承受的動人結局。

——《每日郵報》

一個單純的男人的漫長旅程，寫來匠心獨具、細膩幽微，令人感動。

——克萊兒．湯馬林（Claire Tomalin），最具權威的狄更斯傳作者

溫柔風趣的首部作品，關於一個男人為了不尋常的理由踏上漫長路途，關於人生的第二次機會與重獲的愛。

——《美麗佳人》讀書會選書

絕妙的閱讀樂趣。

——德國《柯夢波丹》

哈洛的朝聖帶領他跨過整個國家，也進入他內心的最深處。這個寫作優美的故事時而風趣時而感人，既滑稽好笑，又如史詩般勇敢壯闊。

——伊莎貝爾．渥芙（Isabel Wolff），《古董衣情緣》暢銷作者

一個男人橫跨英國、同時探入自己內心的旅程，令人動容、振奮不已。

——黛博拉．莫高琪（Deborah Moggach），英國知名小說家、《傲慢與偏見》電影編劇

太棒了……滿溢著哀傷、希望與愛。

——艾莎·佛洛伊德（Esther Freud），知名英國小說家

溫柔、風趣的作品，《一個人的朝聖》讓我們看見，即使是性格上的弱點也能帶來振奮和救贖。

——愛德華·史鐸頓（Edward Stourton），BBC知名主持人

令人愉快、具獨創性且緊抓人心的首作小說。

——芮貝卡·弗雷恩（Rebecca Frayn），《以愛之名：翁山蘇姬》編劇

喬伊斯優美的文字，詩意的隱喻，一再令讀者驚喜。哈洛的旅途讓我們回過頭面對自己的生命和摯愛的人。

——北德廣播文化台

本書獻給

與我同行的保羅和家父馬丁・喬伊斯（一九三六—二〇〇五）

真正英勇的人兒呀，
往前走！
不論風雨，
始終不為所動。
失意沮喪
未嘗使他懊悔
誓為朝聖者的初衷。

——約翰．班揚，《天路歷程》

1 哈洛與來信

即將改變一切的那封信在一個星期二寄到。那是四月中旬一個尋常的早晨，空氣中有剛洗好的衣服和修剪過的草坪的味道。哈洛・佛萊坐在早餐桌前，剛刮了鬍子，穿著乾淨襯衫、打著領帶，面前是一片土司，但他沒在吃。他凝視著廚房窗外修剪過的草坪，草坪中央立著木樁，掛了莫琳晒衣服的繩子，草坪三面被鄰居的伸縮圍板圍住。

「哈洛！」莫琳的叫聲蓋過了吸塵器聲音。「有信！」

他想他也許可以到外頭走走，但是唯一能做的事是除草，而他昨天已經除過了。吸塵器在一陣隆隆聲後沒了聲音，他妻子拿著一封信出現了，面露不悅之色。她在哈洛對面坐下。

莫琳個兒嬌小，一頭銀髮，走起路來十分輕快有力。他們剛認識的時候，最讓他開心的事莫過於逗她笑，看她那端莊的身形因樂不可支而鬆懈。「你的信。」她說。他起先還不明白她的話是什麼意思，直到她把一個信封滑過桌面，在滑到哈洛手肘前按住為止。他倆注視著這封信，彷彿他們從來沒有看過一封信。信封是粉紅色的。「郵戳上寫的是『推得河的伯威克』。」

他不認識誰住在伯威克。他在任何地方都沒有認識太多人。「也許弄錯了。」

「我認為不會。郵戳這種事人家不太會搞錯的。」她從麵包架上拿了土司。她喜歡冷而且脆的土司。

哈洛仔細端詳這神祕的信封。它的粉紅不是衛浴設備的粉紅，或是同色系的浴巾和毛茸茸的馬桶套子的那種粉紅。那種清晰刺眼的粉紅色調，總讓哈洛覺得自己格格不入。然而這種粉紅色卻很雅緻。一種土耳其軟糖的粉紅色。他的姓名和住址是用原子筆寫的，笨拙的字母東倒西歪，彷彿一個小孩子急匆匆寫下來的：南漢姆斯區國王橋市運河橋路十三號，H．佛萊先生收。他不認識這個筆跡。

「怎麼樣？」莫琳問，一邊遞過去一把拆信刀。他把刀抵著信封一角，從折口割開。「小心。」她警告他。

他可以感覺到他慢慢抽出信、並把老花眼鏡推回去時，她的目光一直在他身上。信是用打字的，寄自一個他不知道的地方：聖伯納丁安寧醫院。親愛的哈洛：這封信可能會讓你很驚訝。他的目光移到信末。

「怎麼樣？」莫琳又問。

「老天爺！是昆妮．韓內希寄來的。」

莫琳用她的刀挖起一塊奶油，在她的土司上壓平塗滿。「哪個昆妮？」

「她也在酒廠工作，好多年前。你不記得了嗎？」

莫琳聳聳肩。「我為什麼應該記得？我怎麼會記得好多年前認識的人？麻煩把果醬遞給我好嗎？」

「她在財務部門，人很好。」

「這是橘子醬吔，哈洛。果醬是紅色的。如果你拿東西前先看一下，多少會有些幫助的。」

哈洛把她需要的東西遞給她以後，又回頭看他的信。當然了，版面清清楚楚，一點也不像信封上凌亂潦草的字跡那樣。然後他露出微笑，想起昆妮一向是這樣的作風，她做的每件事都正確精準，你沒得挑剔的。「她還記得你，她向你問好。」

莫琳的嘴嘟成一個小圓球。「收音機裡一個傢伙說法國人想要我們的麵包。他們在法國不能把麵包切開來賣，所以他們來這裡把麵包全買光了。那人說，到了夏天麵包可能會缺貨。」她停了一下。「哈洛？有什麼事不對勁嗎？」

他什麼也沒說。他坐直身子，嘴唇張開，臉色慘白。等到好不容易他開口，聲音卻是微弱又遙遠。「是──癌症。昆妮寫信來道別的。」他想要再說什麼，卻沒有說出來。哈洛從褲子口袋裡掏出一條手帕，擤了擤鼻子。「我──嗯。天哪。」淚水湧上他的眼眶。

過了一會兒，也許過了好幾分鐘吧。莫琳嚥了嚥口水，打破了寂靜。「我很遺憾。」她說。

他點點頭。他應該抬頭看的，但是他做不到。

「今天早晨天氣不錯，」她又說了，「不如你把露臺椅子拿來坐吧？」但是他就坐在那裡，既不動也不說話，直到她把髒盤子收了。片刻後，門廳傳來吸塵器的聲音。

哈洛感覺自己喘不過氣來。即使動一隻手腳或是一塊肌肉，他都怕會引爆出大量他盡可能壓抑住的情緒。為什麼二十年過去了，他都沒有想要去找昆妮・韓內希呢？那麼久以前和他同事的那個嬌小的黑髮女人，她的模樣出現在他眼前，而似乎難以想像她都要──多老了？六十歲了嗎？而且還在伯威克，眼看就要死於癌症了。他去過那麼多地方，他心想，卻從來沒有去過那麼北邊。他望向花園，看到一片細長的塑膠條卡在月桂樹籬上，上下拍動，卻始終飛不走。他把昆妮的信塞進口袋，拍了兩下，確定放妥了，再站起身。

樓上，莫琳靜靜關上大衛的房門，站了一會兒，想要把他的味道嗅入體內。她拉開每天晚上她拉起的藍色窗簾，檢查紗簾邊邊接觸窗臺的地方有沒有灰塵。她擦拭他劍橋大學學士照的銀色相框，和它旁邊的黑白嬰兒照。她讓這間房間保持乾淨，因為她在等大衛回來，而她永遠也不知道那是什麼時候。她心中有一部分永遠在等待。男人不懂作母親的心情，不懂那種疼愛一個孩子的心痛，即使他已經繼續走他的路了。她想到樓下的哈洛和他那封粉紅色的信，而希望她能和他們的兒子談談。莫琳和進來時一樣輕柔地離開房間，她把床單拆下來洗。

哈洛．佛萊從櫥櫃抽屜裡拿了幾張貝西頓龐德牌信紙和莫琳的一枝鋼珠筆。對一個癌末女人，該說什麼才好呢？他希望她知道他有多麼難過，但是要說「致哀」卻又不對，因為那是店裡賣的那些給人——那個——之後的卡片上寫的內容，何況這個詞很客套，好像他其實並不關切。他試著寫了：親愛的韓內希小姐：我誠心希望你的情況能夠改善。但是當他放下筆檢視這個內容時，這些字句看起來既僵硬又不真實。他把信捏成一團，重新再試。他向來不善於表達自己。他感受到的太過震撼，很難找到字眼去描述，而就算他能找到，對一個他二十年來都不曾聯絡的人，寫出那樣的內容也極不妥當。要是情形反過來，昆妮會知道該怎麼做。

有想去攔阻她，他沒有追過去，他甚至連再見也沒有說。淚水再次湧入眼中，天空和馬路模糊連成一片了。然後在這一片模糊當中，浮出一個年輕母親和小孩子的水淋淋輪廓。他們好像拿著捲筒冰淇淋，拿的方式像是在拿火把一樣。她把男孩子抱起來，放在長椅另一頭。

「天氣很好哇。」哈洛說，他不想讓人聽起來像是一個正在哭的老人。但她既沒有抬頭看，也沒有表示贊同。她彎腰湊近孩子的小拳頭，舔出一條平滑的路徑，以免冰淇淋滴下來。男孩看著他的母親，一動也不動，又貼得那麼近，彷彿他的臉是她的臉的一部分。

哈洛思忖他有沒有坐在碼頭邊和大衛一起吃過冰淇淋。他很確定他做過這種事，只是他在心中苦思這記憶，卻發現並不能輕易找出來。他必須走了，他非把信寄掉不可。

一些上班族在老溪酒館外喝著午餐啤酒談笑，哈洛卻幾乎沒有注意到。當他開始攀登陡坡走向前街時，他想到那個全神貫注在兒子身上而對旁人視若無睹的母親。他突然想到，跟大衛說他們的近況的人是莫琳；總是在信件和卡片上為哈洛署名（「爸爸」）的也是莫琳；甚至連替他父親找安養院的也是莫琳。而這倒產生另一個問題——他這時正在按路口的行人穿越鈕——如果哈洛實際上是她，「那麼我是誰？」

他大步經過郵局，連停也沒有停。

2 哈洛與加油站女孩與信念問題

哈洛已經走近前街的路頭。他走過了歐業的伍渥斯、壞肉商（莫琳說：「他會打老婆。」）、好肉商（「他老婆跑了」）、鐘塔、肉鋪街，以及《南漢姆斯區公報》的辦公室，現在他走到最後一家店了。他小腿上的肌肉每走一步都會抽緊。在他身後，河口在陽光照耀下像一片錫鐵般發亮，而船隻已經成為細小的白點了。他在旅行社前停了一下，因為他想要不引人注意地休息一下，而假裝看著櫥窗裡那些度假優惠廣告。峇里島、那不勒斯、伊斯坦堡、杜拜。他母親從前常常入迷地說起要逃到有熱帶樹木、女人頭上戴著花朵的國家，因此還是小孩子的時候，他就本能地不信任他不知道的世界。在他和莫琳結婚，又生了大衛以後，情形也沒什麼不同。他們每年都會到東波恩同一個度假村住上兩個星期。深呼吸幾次，讓胸口平復後，哈洛繼續往北走。

店家變成了住家，有些是用粉灰色的得文郡石頭蓋成，有些用油漆塗上顏色，其他的房屋正面是石板磚。這些住家之後是一些新建房屋的死巷子。木蘭樹正在開花，朵朵有縐邊的白色星星襯著光禿得像是被剝了皮的樹枝。已經一點鐘，他錯過中午的收信時間了。他要買點零食打發午餐，然後再去找到下一個郵筒。等到車流的一個空隙後，哈洛過街朝一家加油站走去，到了這裡就沒有住家了，轉為一片田野風景。

收銀機前一個女孩打著呵欠。她穿著一件紅色背心外套，裡面是T恤和長褲，還戴著一塊臂章，上面有「樂意效勞」字樣。她的頭髮油亮，垂散在腦袋兩側，兩隻耳朵就穿過頭髮突出來，她的皮膚上有痘痘，膚色蒼白，彷彿被關在室內很久了。他說要買點心時，她不知道他說的是什麼。她張開嘴，就那麼張著，他害怕風向一變就會讓她永遠那樣子了。「零食？」他說，「可以讓我有力氣撐下去的？」

她的眼睛眨了眨。「喔，你是說漢堡。」於是她舉步走到冰箱前，並且教他怎麼用微波爐加熱附薯條的烤肉起司漢堡。

「老天爺，」他們看著這份漢堡在微波爐的玻璃門後轉動，哈洛說道，「我不知道加油站裡還能買到全餐呢。」

女孩從微波爐裡拿出漢堡，又遞上番茄醬包和滷汁醬包。「你要買汽油嗎？」她問，一邊緩緩抹著手。這雙手像小孩子的手一樣小。

「不用，不用，我只是路過。其實是走路經過。」

「喔。」她說。

「我要寄信給一個從前認識的人。恐怕她得了癌症。」讓他驚恐的是，他發現在說那個詞之前，他突然停頓了一下，並且壓低了聲音。他也發現他用手指圍出一個小小的方塊形狀。

女孩點點頭。「我阿姨也得癌症。」她說。「我的意思是，癌症到處都是。」她的眼光上上下下地掃過商品架，暗示這病甚至可以在AA地圖和龜牌汽車蠟後面找到。「不過你必須保持樂觀。」

哈洛停下吃漢堡的動作，用紙巾揩揩嘴。「樂觀？」

「你必須相信，我是這麼想的。這和醫藥無關，你必須相信一個人可以好轉。人的心裡有太多我們不明白的事，可是，你要知道，只要你有信念，你可以做任何事。」

哈洛用敬畏的眼光望著女孩。他不知道這是怎麼發生的，但是她像是站在一團光亮中，彷彿太陽移動了位置，而她的頭髮和皮膚散發出清澈的亮光。也許是他盯得太用力了，因為她聳聳肩，咬著下嘴唇。「我說的大概是廢話吧？」

「哦，不是，絕對不是。很有趣。恐怕我從來都不是很懂宗教的意義。」

「我說的不是宗教。我是說，相信你不知道的，並且去追尋它。要相信你可以使事情有所不同。」她用手指頭扭著一綹頭髮。

哈洛覺得他從沒有遇過如此單純的信念，而且又是在這麼年輕的人身上，她說起這事情好像很理所當然。「而她好些了是嗎？你阿姨？因為你相信她可以變好？」

那綹頭髮在她手指上繞得太緊，他擔心會纏住。「她說在她失去其他一切的時候，這給了她希望——」

「這裡有人上班嗎？」櫃臺前一個穿細條紋西裝的男人大叫。他用車鑰匙在堅硬的櫃臺表面上敲，用來表示出他被浪費掉的時間。

女孩穿過店裡回到收銀機前，細條紋西裝男故意誇張地看著錶。他把手腕高舉在空中，用手指指著錶面。「我應該要在三十分鐘內趕到艾克希特的。」

「要加油嗎？」女孩說，她回到原先站在香菸和樂透彩券前的位置。哈洛想要迎向她的目光，但是她卻不願意回應。她已經又回復成無趣而空洞的那個人，彷彿他們那番關於她阿姨的對話從沒有發生過一樣。

哈洛把漢堡錢放在櫃臺上，就往門口走去。信念？她說的是這個詞嗎？這不是他平常聽的詞，不過這很奇怪。雖然他不清楚她所謂的「信念」是指什麼，也不確定自己還剩下多少可相信的事物，然而這個詞卻在他腦中盤桓不去，這種持續不停讓他困惑。年紀到了六十五歲，他已經開始感到有些不便了：關節僵硬；悶悶的耳鳴；稍有風吹的改變，眼睛就流淚；猛然胸痛，隱約預言更不妙的事。但這突然湧上的感覺、讓他的身體因為充滿能量而抖顫的，究竟是什麼？他轉身向著A381公路的方向，再次保證自己走到下一個郵筒就停止。

他要離開國王橋了。馬路變窄，成為一線道，最後連人行道都沒有了。在他頭頂上方，路兩邊的樹枝相連，形成像是隧道頂一樣，交纏著尖尖的新芽和一簇簇花朵。他不止一次被迫用力貼向山楂樹，以避開駛經的車輛。有些車上只有駕駛一人，他猜他們一定是上班族，因為他們面無表情，彷彿身上的歡樂都被榨光了；還有一些開車載孩子的女人，她們也是面帶倦容；就連像他和莫琳一樣的老夫婦，也有種嚴肅的神情。哈洛突然有種想要招手的衝動，不過他沒有這麼做。他走路走到氣喘吁吁，他不想引人驚慌。

他身後是海，面前則延伸著起伏的山丘和達特木高原的藍色輪廓。在那後面呢？是布拉克當丘陵、門迪普丘陵、馬爾文丘陵、本寧山、約克夏山谷、赤維特山，和推得河的伯威克。

但是在這裡，就在馬路正對面，立著一個郵筒，離它不遠處還有個電話亭。哈洛的旅行結束了。

他拖著腳步走。他已經看了太多郵筒，都不記得有幾個了，還加上兩輛皇家郵政的郵車和一個騎摩托車的快遞。哈洛想到他在生命中錯過的所有東西。那微微的笑容。別人請喝的啤酒。和他在酒廠停車場或街上一次又一次迎面走過、他卻連頭也不抬起來看的那些人。他從不留下轉信地址的鄰居。更糟的是，一個不跟他說話的兒子和一個他背叛的妻子。他想起在安養院的父親，和他母親放在門口的皮箱。現在是一個二十年前證明是自己朋友的女人。事情就是這樣了嗎？就在他想要做點什麼事的時候，已經太晚了嗎？一輩子所有零星的部分最後都得放棄，彷彿它們其實等於零嗎？知道自己的無助帶給他沉重的壓力，使他頓覺虛弱。光是寄封信還不夠，一定有個辦法讓事情有所不同的。哈洛伸手要拿手機，才發現手機放在家裡。他蹣跚走到路中間，滿面愁容。

一輛貨車尖聲剎住，繞過他身邊。「你這個該死的笨蛋！」駕駛大喊。

他幾乎沒聽見。他也幾乎沒看到郵筒。電話亭的門在他身後關上以前，昆妮的信已經在他手上了。

他找到地址和電話，但是他的手指抖得厲害，他幾乎沒辦法按下他的密碼。他等著對方電話的響聲，空氣凝滯而沉重。一道細細的汗水滑落在他的兩塊肩胛骨之間。

響了十聲後，最後是喀啷一聲，然後是一個口音很重的聲音：「聖伯納丁安寧醫院。午安。」

「麻煩你，我想和一位病人說話。她叫昆妮．韓內希。」

一陣短暫的沉默。

他再加上一句：「是急事。我需要知道她人還好嗎。」

對方那個女人發出一個聲音，彷彿她正長長嘆口氣。哈洛的背脊都涼了。昆妮死了，他已經太遲了。他用指節緊緊按住嘴巴。

那個聲音說。「韓內希女士睡了，你要不要留話？」

一些小朵的雲催趕地上的影子匆匆走過大地。遠方山丘一片煙霧籠罩的光亮，那不是暮色造成的，而是前頭廣闊的空間地域所造成。他想像昆妮在英格蘭北端小睡，而他自己則在另一端的電話亭裡，兩人之間有他不知道、只能想像的東西：道路、田野、河流、樹林、荒地、山峰和山谷，以及好多好多人。他會遇到他們所有人，並且經過他們所有人。他沒有深思、沒有推想，念頭一出就有了決定。這件事的簡單讓他笑了起來。

「告訴她說哈洛・佛萊要去看她，她只要等就好了。因為你知道嗎，我要救她。我會繼續走下去，而她也必須繼續活下去。你告訴她這些話好嗎？」

那個聲音說她會的。還有沒有別的問題？比方說，他知道探視時間嗎？停車的規定？

他堅持道：「我沒有開車。我要她活著。」

「對不起。你說你的車怎麼樣？」

「我要走路去。從南得文郡一直往北走到推得河的伯威克。」

那聲音發出一聲氣惱的嘆息聲。「收訊好差，你說你在做什麼？」

「我在走路。」他大喊。

「噢。」那聲音緩緩說道，像是那個女人拿起了筆把這寫下來一樣。「走路。我會告訴她。還有沒有別的事要轉達？」

「我現在就要出發。只要我還在走，她就必須活下去。請告訴她，這次我不會讓她失望。」

哈洛掛了電話，走出電話亭時，他的心臟跳得好快，感覺像是胸口都容不進它了。他用顫抖的手指打開他信封的封口，抽出回信。他把信貼著電話亭的玻璃，草草寫了附筆：等我。H。他把信寄了，沒有注意到郵資的損失。

哈洛凝視著前方彎彎曲曲的路、達特木高原那陰森的高牆，再看看腳上的帆船鞋。他問自己剛剛到底做了什麼好事。

頭上一隻海鷗啪啪拍著翅膀笑著。

3 莫琳與一通電話

晴天的好處是它能顯出灰塵，而且幾乎比烘乾機更快就把洗好的衣服晒乾了。莫琳噴過清潔劑、漂白衣服、擦亮器具，還把料理臺上所有活的生物都消滅了。她洗了床單、晒乾、熨平，又把她的床和哈洛的床重新鋪好。沒有他在眼前礙事，實在是讓她鬆了口氣，他退休以來的六個月，幾乎寸步不離家門。但是現在她沒有事可做了，她卻突然間焦慮起來，而這件事又使她很不耐煩。她打了哈洛的手機，卻只聽到樓上傳來馬林巴木琴的來電琴音。她聽著他遲疑的留言：「你撥的是哈洛・佛萊的手機。我很抱歉，不過——他人不在。」從中間那長長的停頓聽來，你會以為他還真的走開去找他自己了。

已經五點多了，他從沒有出人意料之舉。即使平常的聲音——門廳裡的滴答鐘聲、冰箱的嗡嗡聲——都比正常的大聲。他在哪裡？

莫琳想用《電訊報》的填字遊戲轉移注意力，卻發現他已經把所有簡單的格子都填上了。一個可怕的想法湧進她腦中。她想像他躺在馬路上，嘴巴張開。這種事情是會發生的。有人心臟病發作，好多天都沒有被人發現。或者她私下的憂慮果然獲得證實，也許他會和他父親一樣得了阿茲海默症？他父親不到六十歲就走了。莫琳跑去拿車鑰匙和她開車時穿的鞋子。

繼而她想到，他可能是和雷克斯在一起。他們也許在討論除草的事，和天氣。可笑的男人。她把鞋子放回前門口，把鑰匙掛回掛鉤。

莫琳輕步走進這些年來已經變成家中「最好」的房間。每次進來她都會覺得需要穿一件毛衣。他們一度還在這裡放了一張紅木餐桌和四把鋪椅墊的椅子，每天晚上都在這裡吃飯，還喝杯葡萄酒。但那是二十年以前的事了。這些年來，桌子已經不在了，書櫃上放著沒有人打開的相簿。

「你在哪裡？」她說。紗簾掛在她和外面世界之間，讓外面世界既沒了顏色也沒了內容，這一點讓她很高興。太陽已經開始西沉，街燈很快就要亮起來了。

電話鈴響時，莫琳立刻衝到門廳，拿起話筒。「哈洛？」

一個濃濁的聲音。「莫琳，我是雷克斯。隔壁鄰居。」

她無助地打量了周遭。她急著要來接電話，結果腳踢到一個尖尖的東西，這一定是哈洛留在地上的。「你還好嗎，雷克斯？是不是你牛奶又喝完了？」

「哈洛在家嗎？」

「哈洛？」莫琳感覺到自己聲音往上揚。如果他沒有和雷克斯在一起，那他人在哪？「在呀。當然他在家。」她這時的語調一點也不像平常她的聲音。她聽起來又莊嚴又壓抑，就像她母親。

「我只是擔心出了什麼事，我沒看到他走回家。他原先是去寄一封信的。」

她心裡已經竄過悲慘的畫面：有救護車有警察，以及她握著哈洛不再動的手。她不知道自己是不是傻氣，不過她好像是在腦中預演最糟的結果，準備面對事情的全部衝擊。她又說了一遍哈洛在家，然後在對方還來不及說任何話之前就把電話掛了。而後她立刻感到很不安。雷克斯七十四歲了，又孤單一個人，他只是想要幫助別人。她正要打回去，他倒先打過來了。手中的電話又開始響起來。莫琳重新整理出她沉著的聲音說，「晚安，雷克斯。」

「是我。」

她平穩的聲音立刻提高。「哈洛？你在哪裡？」

「我在B3196公路上，就在洛迪斯威爾的酒館外面。」他其實聽起來還挺高興的。從家門口到洛迪斯威爾幾乎有五哩路。這麼說來，他並沒有心臟病發作倒在路上，他也沒有忘記自己是誰。這時她並沒有鬆了一口氣的感覺，反而感到氣憤。接著她又有了一個新的可怕想法。「你沒有喝酒吧？」

「我喝了一杯檸檬汁，不過我覺得好極了，好多年來都沒有感覺這麼好過。我遇到一個好人，是賣衛星天線的。」他停了一下，彷彿接著要宣布一項驚人消息。「我承諾要步行一趟路了，莫琳。一路走去伯威克。」

她猜自己一定是聽錯了。「走路？走到推得河的伯威克？你？」

他似乎覺得這話很可笑。「是呀！是呀！」他急急地說。

莫琳吞了吞口水。她感覺兩條腿要站不住，聲音也發不出來了。她說：「我要問清楚：你要走路去看昆妮．韓內希？」

「我要走路去，而她要活下去。我要去救她。」

她的膝蓋一軟，她忙把一隻手扶住牆，讓自己站穩。「這樣不好吧，你救不了癌症病人的，哈洛。除非你是外科醫師。而你連切個麵包都會弄得亂七八糟，這太荒唐了。」

哈洛又笑了，好像他們在說的是個陌生人，而不是他。「我跟加油站一個女孩子說話時，她讓我有了這個靈感。她救了她得癌症的阿姨，因為她相信她能救她。她也教我怎麼給漢堡加熱，漢堡裡竟然還有小黃瓜呢。」

他變得如此有信心，這讓她大為吃驚。莫琳感到一絲火氣。「哈洛，你已經六十五歲了。你走路從來都只是走到車子旁邊。而且要是你沒有注意到，我要提醒你：你的手機放在家裡了。」他正要回答，她直接問他。「你想你要睡哪裡？」

「我不知道。」他的笑聲停止，說話聲音聽來不再矯飾。「但是光寄信不夠的。拜託，我必須做這件事，莫琳。」

他向她求情，還孩子氣地最後又叫她名字，好像決定權在她，然而實際上很明顯他已經打定了主意，這件事太過分了。於是那一絲火氣變成了一陣霹靂。她說：「好，你只管去伯威克吧，哈洛，如果你就是要這麼做的話。我倒想看看你走過達特木高原——」通話線路斷斷續續地發出嗶嗶的聲音。她緊握住話筒，彷彿它是他的一部分，她要緊緊抓住。「哈洛？你人還在酒館裡嗎？」

「不是，我是在酒館外面的電話亭。這裡很臭。我猜有人可能——」他的聲音中斷了。他已經掛了電話。

4 哈洛與旅館客人

哈洛．佛萊個子很高，生平走動總是駝個背，像是怕撞上低矮屋梁，或是不知道從哪裡冒出來的飛歪了的紙火箭。他出生那天，他母親望著懷中的襁褓，大為驚駭。她很年輕，有一張像牡丹花苞的嘴，和一個戰前看來不錯、戰後並不佳的丈夫。孩子是她最不想要也最不需要的東西。男孩很快就學乖了，知道要能把日子過下去，最好的方法就是低調，即使人在也要像是不在一樣。他和鄰居小孩玩，或者至少可以說，是他躲在一旁看他們玩。在學校裡他盡量避免引人注意，而到了顯得笨拙的程度。十六歲離開家後，他就靠自己，直到一天晚上他的目光越過一間跳舞廳迎上莫琳的眼神，而瘋狂愛上她。是酒廠讓這對新婚夫妻搬到國王橋的。

哈洛在同一份業務代表的職務做了四十五年。他與人保持距離，默默而且有效率地工作，既不求升官，也不求人注意。其他人會出差、會接受管理部門的工作，但是哈洛這兩樣都不要。他既沒有結交朋友，也沒有樹敵。在他要求下，他退休時也沒有舉行歡送會。而雖然行政部門有個女孩子迅速召開一場禮品募款活動，但業務部沒幾個人知道他什麼事。有人說他們曾經聽說哈洛從前有段故事，只是不知道故事內容。他在一個星期五結束工作回家，帶回一本充滿插圖的《大不列顛行車指南》和一張絲瑞雪連鎖酒鋪的禮券，除此之外沒有任何物品能代表他貢獻一生的工作。書放在最好的那間房，房裡還有一些沒有人看的東西。禮券依然放在信封裡。而哈洛是滴酒不沾的。

惱人的飢餓把他驚醒。床墊在夜裡不僅變得堅實，還移動了位置，一道不熟悉的光束照在地毯上。莫琳把臥室怎麼啦，窗戶都在不對的一邊了？她把牆壁怎麼啦，讓牆上綻放淡淡的小花了呢？這時候他才想起來：他是在洛迪斯威爾北邊一點的一間旅館裡，他正要走去伯威克，因為昆妮・韓內希絕對不能死。

哈洛很可能會第一個承認，他計畫中有些元素並沒有仔細斟酌。他沒有健走靴或是羅盤，更不用說地圖或是換洗衣服了。不過這趟旅程中最沒有計畫的部分，就是這趟旅程本身。他是在開始走了以後才知道自己要一直走下去。不必管那些仔細斟酌的元素了吧，他根本沒有計畫。他熟知得文郡的道路，在那以後，他只消往北走就行了。

哈洛把兩個枕頭拍鬆了，再讓自己坐起來。他的左肩痠痛，但除此以外，他感覺神清氣爽。他享受了一場多年來最好的睡眠：固定會在黑暗中向他展現的那些畫面，一個也沒有出現。蓋住他身體的被子和窗簾同樣花色，房裡有一座磨光的古董松木衣櫥，衣櫥下放著他的帆船鞋。遠方角落有一個洗手槽，在一面鏡子下方。他的襯衫、領帶和長褲摺成一小疊，放在一張褪色的藍色天鵝絨椅子上，像是表示一種歉意。

一個畫面浮上心頭，那是他母親的衣裙散置在他童年的家中。他不知道這畫面是從哪裡來的。他望向窗子，試圖興起一個念頭，好把這回憶抹掉。他問自己昆妮知不知道他正在走去，也許此刻她就正在想這件事呢。

打電話到安寧醫院後，他就沿著B3196公路的起伏彎轉走著。他的方向明確，而他也走過了田野、住家、樹林、亞芬河上的橋；數不盡的車輛也駛過他身邊。這些沒有一樣留給他任何真正的印象，只除了它們讓他和伯威克之間又少了一樣東西。他經常會停下來休息一下，好平復他的呼吸。有幾次他還得調整一下他的帆船鞋，並且抹去頭上的汗。走到洛迪斯威爾酒館時，他停下來解渴，他就是在這裡和賣衛星天線的業務員談了話。當哈洛把自己的打算告訴他時，這傢伙震驚得拍了哈洛的背，還要酒吧裡每個人都來聽聽。而哈洛用最簡短的話說完大概情況（「我要往北走完英格蘭，走到伯威克。」）後，這個賣衛星天線的傢伙大吼一聲：「真有你的，老兄！」哈洛心裡想著這些話，才衝到外頭打電話給妻子的。

他希望她也能說同樣的話。

「這樣不好吧。」有時候他甚至話還沒出口，她的話就像刀一樣截斷他的話頭。和莫琳說了話以後，他的腳步變沉重了。你也不能怪她對他這個作丈夫的有什麼感覺，不過他還是希望她不要這樣。他來到一間小旅館，棕櫚樹斜斜長著，彷彿因為海岸的風而瑟縮著身體。他要了一間房。當然，他已經習慣一個人睡了，但是在旅館裡倒是新鮮事。當他在酒廠上班時，他總是在晚上回到家。閉上眼睛，他幾乎是一躺下就立刻睡著了。

哈洛靠著有柔軟鋪墊的床頭板，把左膝彎起來，兩手抓住腳踝盡量往上抬，並且維持平衡不要倒。他戴上老花眼鏡仔細檢查。腳趾柔軟而且泛白。指甲周圍和突出的腳趾關節有一點敏感，一碰就痛，在他腳後跟快要長出一個水泡，不過以他的年齡和缺乏運動健身的情況來說，哈洛還挺暗自得意的。對右腳他也做了同樣的緩慢而徹底的檢查。

「不賴嘛。」他說。

貼幾片膏藥，吃頓豐富早餐，他就可以上路了。他想像護士告訴昆妮說他正在步行前去，而她要做的只是活下去。他可以看見她的五官，彷彿她就坐在他面前：她的黑眼睛、秀氣的嘴、很捲的黑色鬈髮。這景象太清晰了，他不明白為什麼自己還躺在床上，他必須趕去伯威克才對。他把兩條腿移到床墊邊緣，把腳底往地面踩下。

抽筋。那痛一直竄上了右小腿，彷彿他剛踩到電流。他試圖把腿再放回被子下，但這動作卻使得疼痛更劇烈。這時候應該要怎麼辦？把腳趾頭往前伸？還是把腳趾頭往回縮？他跳下床，跳過了地毯，又縮著身體又喊叫出聲。莫琳的話沒錯，他能走到達特木算他運氣好。

緊靠窗臺，哈洛・佛萊望著下面的馬路。現在已經是上下班交通尖峰時間，車輛朝國王橋方向快速前進。他想到妻子在運河橋路十三號做早餐，思索該不該回去。他可以回去拿手機，收拾一些東西帶上路。他可以上網查一下ＡＡ地圖，並且訂購一些走路用的必要用品。也許退休時人家送的那本他從沒看過的旅遊書可以提供一些有用的意見？但是計畫路線會需要認真的考慮和等待，而現在已經沒有時間做這其中的任何一件了。況且莫琳只會說出他現在盡可能避免聽到的實情，過去那些他可以期盼她提供幫助、鼓勵、或是任何他現在仍然需要的東西的日子，都早已一去不回了。窗外的天空是一種嬌柔的藍色，幾乎像是打得破似的，還有細縷的雲絲，樹梢沐浴在溫暖的金色陽光中。樹枝在微風中搖晃，召喚他往前。

如果他現在回家，即使他去查看地圖，他也知道他永遠不會去伯威克了。他很快梳洗，穿上襯衫、打上領帶，便循著培根的味道走出去。

哈洛在早餐餐廳外躊躇不前，希望廳裡沒有人。他和莫琳可以共處好幾個小時，彼此不發一語，不過她的存在就像是一堵牆，即使你不常朝那裡看去，也預期它會立在那裡。哈洛握住門把，在酒廠工作了那麼多年，面對一屋子陌生人他卻仍然很害羞，這件事讓他感到很丟臉。

他把門推開，但太多人把頭轉過來看他一眼，使得他的手仍然緊抓著門把。廳裡有一個年輕家庭，穿著度假的衣服；還有兩個年長的女人，兩人都穿著灰色衣服；還有一個看著報紙的生意人。廳裡剩下的兩張空桌子，一張在廳的中央，另一張在遠方角落，旁邊有一盆蕨類植物的盆栽，放在一個座架上。哈洛輕輕咳了咳。

「早上好啊，各位。」他說。他不知道為什麼要這麼說，他身體裡一滴愛爾蘭的血液都沒有。這是他從前的老闆奈皮爾先生會說的話，他身上也沒有一滴的愛爾蘭血統，不過他喜歡取笑別人。

旅館住客全都同意這的確是個美好的早晨，然後又回去吃他們的英式早餐。哈洛感覺自己站在那裡很醒目，但是沒人招呼他就自己坐下，卻又太沒有禮貌了。

一個穿著黑衣黑裙的女人匆匆穿過兩扇半截推拉酒吧門，門的上方有一塊薄塑膠牌，寫著：「廚房重地，請勿進入」。她有一頭紅褐色頭髮，不曉得用什麼方法，把頭髮弄得蓬蓬的，這是女人特有的技能。莫琳從來不喜歡用吹風機把頭髮吹出型來。「沒時間美化自己。」她會壓低聲音說。女人把水煮蛋送到兩個灰衣女士前，然後說：「佛萊先生，您要全套早餐嗎？」

哈洛驀然大感羞愧，他想起來了：這就是昨天晚上帶他去客房的同一個女人嘛。在疲累和得意交雜的亢奮中，他把正往伯威克走的事告訴了她，他希望她已經忘記了。他想要說：「好的，麻煩你。」但是此刻他卻連看也不敢看她，而這些字說出口更像是顫抖著說的。

她指了指廳中央的那張桌子，他本來不想選那張桌子的，而當他走動時，他發現他下樓這一路上始終揮之不去的奇怪酸味，竟然就是從自己身上散發的。他很想衝回房間，全身刷洗一遍，但是那樣未免有些突兀，尤其在她已經請他坐下、他也正在坐下的時候。「茶？咖啡？」她說。

「好的，麻煩你。」

「兩樣都要？」女服務生說。她投給他一個很有耐心的目光。好啦，現在他有三件事要擔心了：就算她聞不到他身上的味道，或是記得他在走路旅行這件事，她仍然可能會認為他已經老邁痴傻了。

「茶就好了。」哈洛說。

女服務生點點頭，消失在推拉門後，讓他鬆了一口氣。室內出現短暫的沉默。他調整一下領帶，把兩手放在大腿上。如果他坐著不動，這整件事或許就會不見了。

兩個灰衣婦人開始聊起天氣，不過哈洛不知道她們是在彼此交談，還是對廳裡全部的客人說。他不想顯得無禮，但是他也不想顯得像是在偷聽，於是他裝成很忙的樣子。他端詳他桌上的牌子：「禁止吸菸」，接著他又看看窗上的一個牌子：「請勿使用行動電話」。他猜想過去不知道發生了什麼事，使得店老闆需要禁止這麼多事情。

女服務生端著茶壺和牛奶再次出現。他讓她倒茶。

「至少你這一天會很不錯。」她說。

這麼說來，她是沒忘記了。他喝了一口氣，但是茶燙了他的嘴。女服務生仍然在他身旁徘徊不去。

「你經常做這種事情嗎？」她說。

他感覺到室內有一種緊繃的凝滯氣氛將她的音量放大了。他很快瞥了其他客人一眼，但是沒有人在動，就連那盆蕨類植物似乎也屏住了呼吸。哈洛微微搖頭。他希望女服務生能去為別人服務，但是所有人除了注視哈洛以外似乎都沒在做任何事。在還是小男孩的時候，他就非常害怕別人注意，他總是像個影子一樣的輕悄悄走動。他可以看著他母親塗口紅或是盯著她的旅遊雜誌，而她卻不知道他就在旁邊。

女服務生說，「如果我們不會偶爾瘋狂一下，我們就沒有希望了。」她很快地拍拍他肩膀，終於走進那禁止別人進入的推拉門。

哈洛感覺自己已經成為目光焦點，卻沒有任何人要明白指出這件事。即使是把茶杯放下，他也感覺只能從外人的角度去看，而當杯子碰到杯碟發出清脆聲響時還把他嚇了一跳。而在這同時，那味道還越來越糟了。他痛罵自己沒有想到前一天晚上把襪子在水龍頭下面洗一洗，要是莫琳就會這麼做。

「我希望你不介意我問件事。」老婦人當中的一個尖聲說，轉頭去迎上他的目光。「我和我的朋友很想知道你要做的是什麼事。」

她是個高䠷而優雅的女人，年紀比他大，穿著一件柔軟的罩衫，白髮用髮夾別整齊，往後編成辮子。他不知道昆妮的頭髮有沒有變白；她是像這個女人一樣把頭髮留長呢，還是像莫琳一樣剪短了。「這麼問是不是沒禮貌得嚇人呀？」她說。

哈洛向她保證說不會，但是讓他驚恐的是，室內再度安靜下來。

第二個女人比較胖，脖子上掛了一串珍珠項鍊。「我們有個很糟糕的習慣，就是聽別人談話。」她說。她笑了起來。

「我們真的不應該這樣的。」她們對屋裡的客人說。她們說話時有種和莫琳母親一樣的尖銳又大聲的口氣。哈洛發現自己瞇起眼睛，努力要發出嗯啊的音。

「我猜是坐熱氣球。」其中一個說。

「我猜是野外游泳。」另一個說。

每個人都用期待的目光看著哈洛，他深深吸了一口氣。如果他聽到自己說這些字句夠多次，也許他會感覺自己像是能對這件事做點什麼的人。

「我要步行，」他說，「我要走到推得河的伯威克。」

「推得河的伯威克？」高個子婦人說。

「那肯定有大概五百哩遠。」她的同伴說。

哈洛不清楚，他還不敢去弄清楚。「是的，」他同意，「不過如果你想要避開M5公路，距離可能還更遠。」他伸手要拿他的茶杯，卻沒能把杯子拿起來。

角落那個家庭的一家之主朝生意人看過去，嘴唇咧出一抹淺笑。哈洛希望自己沒有看到，但是他卻看到了；當然了，他們是對的。他的確很荒唐。老年人應該退休，坐在家裡。

「你有經過很久的訓練嗎？」高個子婦人說。

生意人交叉雙臂支在報紙上，傾身向前，等他回答。哈洛思忖著自己可不可以撒個謊，但是他心裡知道他不會。他也感覺這兩個女人的和善不知怎地反而使他顯得更可憐，因此他不但沒有感到確定，反而覺得羞愧。

「我不是很能走的，這比較像是當場突發奇想，是一件我必須為某個人做的事。她得了癌症。」

比較年輕的那些旅館客人呆瞪著，彷彿他說起外國話來。

「你是說一種宗教式的走路？」胖胖的那個婦人有心要幫助他似地說。「像是朝聖？」

她轉向她朋友，後者靜靜唱起〈英勇的人兒〉。她的聲音揚起，清澈而又堅定，而她瘦削的臉脹得緋紅。哈洛再次不清楚這歌是為了一屋子的人唱還是為她朋友唱，不過打斷它似乎很沒禮貌。然後她靜下來，露出微笑。哈洛也微笑，不過這是因為他不知道接下來該說什麼。

「那麼她知道你在走嗎？」遠處角落那個一家之主說。他穿著一件短袖夏威夷衫，兩條手臂和胸口冒出綹綹的黑毛。他大剌剌往後一靠，支著椅子後腿晃動，從前莫琳都會為了大衛這麼做而罵他。你可以感覺到他的懷疑隔著整間早餐室的距離傳過來。

「我在電話裡留了話，我也寫了信。」

「就這樣？」

「沒有多少時間可以做別的事了。」

生意人用他不信任的眼睛盯著哈洛，很顯然他也看穿了他。

「從前有兩個年輕人從印度出發，」胖胖的婦人說，「那是一九六八年的一次和平遊行。他們到全球的核武國家。他們帶了茶去，並且請那些國家元首在他們正要按下核彈按鈕以前先泡一壺茶，好好思索。」她朋友開懷地點點頭。

室內似乎又熱又悶，哈洛希望能有些空氣。他把領帶從上到下摸了一遍，要向自己擔保他的儀態合度，但是他卻感覺自己不成樣子。「他太高了吧。」他的梅姨曾經這麼說過他，好像這是一件可以修正的事，像是一個漏水的水龍頭那樣。哈洛真希望他沒有跟旅館客人說起走路這件事，他也希望沒有人提到宗教。他不反對別人信仰上帝，但是那就像置身在一個地方，那裡所有的人都知道一套規範，獨獨他不知道一樣。畢竟他也試過一次，但卻發現並沒有辦法找到解脫。此刻這兩位善心的女士談起佛教徒和世界和平，而他和這些毫無關係。他只是個退休的人，因為一封信而出發。

他說：「很久以前我和我朋友一起工作。我的工作是視察酒館確保營運順利，而她是在財務部門。有時候我們一起去視察酒館，我讓她搭我的車。」他的心臟跳得好快，他感覺很不舒服。「她為我做了一些事，而如今她快要死了。我不希望她死，我要她繼續活下去。」

他這番赤裸裸的話讓他也吃了一驚，好像是哈洛自己光溜溜一樣。他低頭看著大腿，室內再度陷入寂靜。既然哈洛已經在心中把她喚起，他希望能與昆妮的形象多留連一會兒，然而他太清楚地感覺到房裡每個人都在仔細打量他，並且懷疑他們的所見，因此她的回憶形象溜走了，就像那個女人多年前所做的一樣。他短暫地想起她桌前的空椅，以及他是如何站在一旁等著，不相信她已經走掉而且不會回來了。他已經不餓了。他正要走出室內去呼吸新鮮空氣，女服務生呼地從廚房竄出來，端著滿滿一份煎炸的早餐。哈洛盡其所能把食物往肚裡塞，但吃下的不多。他把培根肉片和香腸切成細碎，整齊地排成一排藏在刀叉下面，就像從前大衛的做法一樣，然後他就離開了。

哈洛回到房間，試著用莫琳的方法把床單和床上花朵圖樣的被子撫平。他想要把自己清理乾淨。他站在洗手槽前，把頭髮沾溼，輕輕拍向一邊，又用食指剔掉牙縫間的小渣渣。從鏡中的映像，他可以看到幾許父親的模樣。不只是藍眼睛，也包括他的嘴型，微微外突，彷彿他的下嘴唇內側總是藏著什麼東西；還有就是他的寬額頭，從前那額頭上還有瀏海。他靠近一點看，試著要相信他也可以找到他母親的特徵，但是除了她的身高外，她沒有在他身上留下任何痕跡。

哈洛是個老人，本就不是善走的人，更不用說是朝聖之徒了。他想騙誰呀？他的成年生活都在侷促的空間度過。他的皮膚像是一百萬個鋪在筋腱和骨頭上的小片拼貼石磚。他想到他和昆妮之間的遙遠距離，以及莫琳提醒他的話，說他走過最遠的地方是走到車子旁邊。他也想到那個穿夏威夷衫的人的笑，以及生意人的懷疑。他們沒錯。他連最基本的運動都不懂，看不懂地形測量圖，甚至連曠野都不了解。他應該付完帳就搭巴士回家。他毫無聲息地關上客房門，就像是對著一件甚至都還沒有開始的事情說再見。當哈洛悄悄下樓到櫃臺時，他的鞋子踩在地毯上完全沒有一點聲音。

他正把皮夾放回後口袋，早餐室的門砰地打開了。女服務生出現，後頭跟著那兩名灰衣女士和那個生意人。

「我們還擔心你已經走了呢。」女服務生微微喘著氣說，一邊撫平她的紅髮。

「我們要祝你一路順風。」胖女士尖聲說。

「我衷心希望你能走到。」她的高個子朋友說。

生意人把名片塞到哈洛手心。「如果你能走到哈克斯翰，記得來找我。」

他們對他有信心。他們看了穿帆船鞋的他，聽了他說的，而他們在心裡做了決定，不去理會證據，而去想像比表面的事物更偉大也更美好的事。哈洛想起自己的疑慮，頓時滿懷謙卑。「你們太好了。」他柔聲說。他握了握他們的手，也謝了他們。女服務生把臉很快湊向他的臉，親吻了他耳朵上方的空氣。

有可能哈洛轉身要離開時，生意人會噗哧一笑或甚至作鬼臉；也有可能會從早餐室爆出大笑聲，然後是壓低的咯咯笑聲。但哈洛並沒有多這個心，他的心中有太多的感激之情，就算聽到了他也會和他們一起笑。「那我們在哈克斯翰見了。」他答應他，並且大力揮了揮手，一邊大步走向馬路。

白蠟色的大海在身後，在他面前是大片會將他帶往伯威克的陸地，而到了那裡之後，又會面向著大海了。他已經啟程了，就在這麼做的時候，哈洛也已經看到了終點。

5 哈洛與酒保與給他食物的女人

這是個完美的春日，空氣香甜而溫柔，高高的天空是深藍色。哈洛很確定他最後一次透過運河橋路家中的紗簾望出去時，樹木和圍籬在天際線的背景前都是暗黑的骨架和細枝；而現在他出了門，又徒步行走，彷彿他看到的每個地方——田野、花園、樹木和矮叢——全都生意盎然。溼黏的嫩葉形成的樹篷緊緊貼著他上方的樹枝，路上有一簇簇亮黃色連翹花、些許紫色南庭薺，一株新生柳樹在一片銀亮池水中搖曳生姿。初長的馬鈴薯嫩芽穿出泥土，醋栗和黑醋栗叢上已經有小小花苞垂下，像是莫琳常戴的耳環。豐富的新生命已經足以讓他眼花撩亂了。

旅館已經在他身後，路上沒有幾輛車，這時候哈洛忽然想到自己是多麼脆弱無助：孤單一個人，又沒帶手機。如果他跌倒，或是有歹徒從樹叢中跳出來，誰會聽到他的呼喊？一陣樹枝的啪啦聲把他嚇得匆匆往前，待他心臟狂跳地回頭一看，才發現一隻鴿子重新在一棵樹上站穩了。隨著時間過去，他也找到走路的節奏以後，他才開始感覺更加確定。英格蘭在他腳下展開，而那種自由的感覺、那種往前走向未知的感覺，令他大為歡喜，他忍不住微笑了。如今他獨自一個人在這個世界上，沒有一樣事情能擋住他，或是要他去除草。

矮灌木過後，他左右兩側的地面都呈斜坡往下延伸。一處雜樹叢被風吹得像一簇豎立的頭髮。他想起自己還是青少年時那厚厚的頭髮，每天都要用髮膠抹出一個油亮的尖頂。

他要往北走到南布倫特，找個簡單的住處過夜。從那邊沿著A38公路走到艾克希特。他記不得確實的里程數，不過從前這趟路他可以不慌不忙地開上一個鐘頭又二十分鐘。哈洛走在單線道上，路旁圍籬又密又高，就像是行進在一道壕溝裡。哈洛很驚訝地發現，當你不是在車子裡的時候，那些車子看起來有多麼快又兇。他脫下防水外套，搭在手臂上。

他和昆妮駛過這條路肯定已有無數次了，然而他卻對路上的風景毫無記憶。他必定太專注在當天的行程，以及要準時到達目的地的事情上，使得車前方的地貌在他看來不過是一抹綠色，以及一座山的背景而已。當你一步步走在其中時，人生是很不一樣的。在土堤的缺口處，這片陸地上下起伏、切割成橫格般田地，還立著成排的高高樹籬和樹木。他忍不住停下來欣賞。大地有太多深淺不一的綠色，使得哈洛感到謙卑。有些綠幾乎深到像是黑天鵝絨，其他的卻會淺到近乎成為黃色。遠處陽光照射在一輛駛過的車上而反光——也許照到了車窗，那亮光抖顫著穿過山丘，像是一顆流星。為什麼他從前從沒有注意到這些？淺色的不知名花朵成簇開在樹籬腳下，旁邊還有櫻草花和紫羅蘭。他不知道多年前昆妮有沒有從她的副駕駛座車窗看到外面這些景象。

「這輛車有股糖的味道。」莫琳有一次說過，一邊用鼻孔吸著空氣。「紫羅蘭糖。」之後他夜裡開車回家時就格外留心記得打開車窗。

等他到伯威克，他要買一束花。他想像自己走進安寧醫院，昆妮坐在有陽光照射的窗邊椅子上，等他到來。護理人員會停下手邊的事，看他走過，病患全都會歡呼，或許甚至還會拍手呢，因為他可是走了這麼遠的路；而昆妮也會用她那文靜的態度笑著，一邊把花接到懷裡。

莫琳從前常會在洋裝的鈕孔裡插上一朵花或是一片秋天的樹葉，那大概是在他們新婚後不久。如果衣服上沒有鈕釦，她就會把花別在耳朵上，於是花瓣就會掉進她頭髮裡。那情景幾乎算得上滑稽，他已經有好多年沒有想到這件事了。

一輛車放慢速度，停了下來。車身太近了，哈洛還得整個人貼到蕁麻叢上。車窗搖下來了。車裡的音樂很大聲，但是他看不到人的臉孔。「你要去見女朋友嗎，老爹？」哈洛豎起大拇指比了比，等這陌生人通過。他皮膚被刺到的地方麻麻癢癢的。

他繼續走著，輪流把一隻腳踩在另一隻腳前面。如今他坦然接受了自己的緩慢速度，轉而對走過的距離感到得意。前面遠方的地平線不過是一筆畫過的藍色油彩，像水色一樣地淺，沒有住家和樹木中斷那片色彩，不過有時候會變得模糊，彷彿天和地各自擴散到對方的範圍內，而成為同一樣東西相吻合的兩半。他走過兩輛車頭相對的廂型車，兩車的駕駛在爭執誰該倒車到會車處。他的身體渴望食物，他想到他沒有吃的那些早餐，胃就開始絞痛。

哈洛在加利福尼亞十字路口停下來，提早吃頓酒館午餐，從一個籃子裡選了兩份現成的起司三明治。三個滿身沾了石膏粉、活像幽靈一樣的男人，正在討論他們在整修的一間房屋。還有幾個酒客把眼光從他們的啤酒上抬起來看，不過他從來沒負責過這個區域，所以謝天謝地他誰也不認識。哈洛把他的午餐和檸檬汁拿到門口，要走到戶外區時被仰面襲來的猛烈陽光刺得眨了眨眼。才把杯子湊到嘴邊，舌根就湧起一團唾液，等他用牙咬進三明治時，起司的堅果味和麵包的甜味就在他的味蕾上迸開，力道之強，彷彿他從沒有吃過東西一樣。

還是小男孩時，他就盡量嚼食不出聲，他父親不喜歡聽他咀嚼食物的聲音。有時候他不說話，只是蒙住耳朵閉起眼睛，彷彿這孩子是他腦袋裡一陣疼痛；其他時候他罵哈洛是個骯髒的乞丐。「什麼樣的人才知道什麼樣的事。」他母親取出一根菸回答他。他聽到一個鄰居說：那是受了刺激，戰爭把人變得很奇怪。有時候，男孩的他很想要摸摸他父親、想靠近他站著，想體會一個成年人手臂摟住他肩膀的感覺。他曾經想問，在他出生前發生了什麼事，以及為什麼父親要拿杯子的時候手會顫抖。

「那孩子瞪著我看。」有時候他父親會這麼說。他母親就會啪地打他指節，並不用力，而像是拍開一隻蒼蠅一樣，然後說：「走開吧，孩子。你去外面玩。」

他很驚訝自己竟然記得這些。也許是因為走這趟路的關係。也許當你下了車，用兩條腿走路時，你看到的就不只是地面了。

陽光像溫熱的液體般灑在哈洛的頭上和手上。他把鞋襪在桌子底下脫了——這裡沒有人看得到或是聞得到——然後查看雙腳。腳趾溼溼的，顏色火紅。腳後跟與鞋子接觸的部位，皮膚已經變紅，水泡長成一個緊實的豆莢。他把腳弓在柔軟的青草上踩踏，並且閉上眼睛，感覺疲累，但卻知道自己不可以睡著。如果他停下來太久，就很難繼續走下去了。

「趁著有太陽的時候好好享受吧。」

哈洛轉頭過去，生怕發現是他認識的人。結果只是店主，整個人半遮住了太陽。他和哈洛同樣高，不過身形更魁梧，穿著一件足球衫和長版短褲，還穿著一雙莫琳說看起來像是康瓦耳餡餅的涼鞋。哈洛很快把腳穿回帆船鞋裡。

「別讓我礙著你。」店主說，聲音還挺大的，人也沒動。在哈洛的經驗裡，酒館老闆們常會表現得像是有責任當作彼此正在交談，而且這交談有無比的樂趣，即使事實上一片沉默。「好天氣會讓人想要做點事。就拿我老婆來說吧，才遇到第一個晴天，她就把廚房櫥櫃都清理了。」

莫琳似乎一年到頭都在打掃。她會喃喃說道：房屋是不會自己清理乾淨的。有時候她還會把才剛清理過的地方再清理一次。她不像是住在一幢房屋裡，倒比較像是不斷在各個表面中間徘徊游移。不過他沒有說這句話，他只是這樣想。

「我沒看過你，」店主說，「你來觀光嗎？」

哈洛解釋說他是路過。他說他六個月以前從酒廠退休。他是屬於以前的人，那時候的業務員是每天早晨開車出去的，當時的科技東西也少。

「那麼你一定認識奈皮爾囉？」

這個問話冷不防地襲向他。哈洛清清喉嚨，說奈皮爾在五年前車禍喪生以前一直是他的老闆。

「我知道不應該說死人的壞話，」店主說，「可是他是個壞傢伙。我有一次看到他幾乎打死一個人，我們還得把他拉開來。」

哈洛感覺內臟一陣絞扭。還是不要提奈皮爾比較好。於是他解釋自己如何先是拿著給昆妮的信出門，然後發現這樣並不夠。店主還來不及問重點，他就承認他沒有手機、健走靴或是地圖，還有他大概顯得很荒唐。

「昆妮這名字不常聽到，」店主說，「很老派。」

哈洛表示同意，他說她的人也很老派。文靜，總是穿著棕色毛料套裝，即使在夏天也不例外。

店主抱住雙臂，擱放在凸出的柔軟肚腩上，兩腳打開站著，彷彿有件事要說，而這話要說上好一會兒。哈洛希望那不是關於得文郡和推得河的伯威克之間距離的事。「我從前認識一個年輕女孩，好可愛的女孩，住在屯布里治威。她是我第一個親吻的女孩，她還讓我做了一些別的事，如果你懂我的意思的話。這個女孩子會願意為我做任何事，只是我當時不明白。太忙著想闖出一番事業了。一直到幾年後，我受邀參加她的婚禮的時候，我才明白娶她的混帳傢伙有多幸運。」

哈洛覺得他應該說他從沒有愛過昆妮，沒有像他那樣子愛過，不過打斷他的話似乎太沒禮貌。

「我崩潰了，開始酗酒，把自己弄得一團糟，如果你明白我的意思的話。」

哈洛點點頭。

「最後是坐了六年牢。那時候我會做手工藝品，被我老婆笑得要命。餐桌擺飾。我到網路上買些小飾品和籃子。說實話，」說到這裡，他用一根手指去掏耳朵，「我們都有過去，我們都有些我們希望當年做了或是沒有做的事。祝你好運，我希望你能找到這位女士。」店主把手指從耳朵裡拿出來，蹙眉端詳著。「如果你運氣好，應該今天下午就會到了。」

沒有必要糾正他。你不能指望別人理解他這趟路的性質，或甚至推得河的伯威克確實的所在位置。哈洛謝了他，繼續走他的路。他想起昆妮在手提包裡放著一本小筆記本，好計算他們的總里程。她不喜歡說謊，至少是有意的謊話。一絲罪咎感催促他快步向前。

下午時分，水泡變得更痛了。他發現一種把腳趾往鞋尖頂、以避免鞋的皮革磨到腳踝的方法。他沒有想到昆妮，也沒有想到莫琳。他甚至沒有看到灌木樹叢或是地平線或是駛過的車輛。他就是那幾個字——「你不能死」——而這幾個字也是他的兩隻腳。只是有時候這些字會以不同的順序往前走，於是他心頭一驚，發現他的腦袋正在誦唸著「死你不能」或是「不能你死」，或甚至只是簡單的「不、不、不」。在他頭上的天空是昆妮．韓內希頭上的同一片天空，而他越來越確定她已經知道他在做什麼，而且也在等。他知道他會走到伯威克，而他所要做的事只是把一隻腳踩到另一隻腳前面就行了。這件事情的單純很令人欣喜。如果他繼續走下去，他自然就會走到。

大地寂然，只有奔馳而過、震動樹葉發出沙沙聲的車輛打斷這片寂靜。這聲音幾乎讓他相信他又回到海邊了。哈洛發現自己已經半走進一個他不知不覺召喚到心中的回憶。

大衛六歲時，他們到班善海邊，他開始往外海游。莫琳當時大喊：「大衛！回來！現在就回來！」只是她越是喊個不停，這孩子的頭也變得越來越小。哈洛當時跟著她走到水邊，然後停下來解開鞋帶。他正要脫鞋，一名海岸巡邏隊隊員衝過他身邊，脫下T恤，想了一想才往身後丟。那人走進海中，到了水深及腰的地方再縱身潛入水裡，破浪往前游，一直游到大衛旁邊。他把大衛抱在懷裡帶回來。這孩子的根根肋骨突出，像是手指一樣，嘴巴也變成青紫色。「他運氣好。」海岸巡邏隊隊員說。他是對著莫琳說，不是她的丈夫。哈洛退後一兩步。「外海有一股強勁的海流。」他的白色帆布鞋在陽光下溼亮溼亮。

莫琳從沒說過，但是哈洛知道她在想什麼，因為他也想著同一件事：為什麼他的獨子快要淹死的時候，他還會停下來解鞋帶？

好些年後他問大衛：「當時你為什麼要一直游？那天在海邊的時候？你聽不見我們叫你嗎？」

大衛當時一定才剛成為青少年。他用他那雙半孩童半大人的漂亮棕眼回望哈洛，聳了聳肩。「不知道。我已經夠他媽的糟了，好像就那樣待著也比回頭容易。」哈洛當時說最好不要說髒話，尤其是在他媽媽能聽見的地方，而大衛說了一句類似「走開啦」的話。

哈洛不知道自己為什麼想起這些。他的獨生子逃到海裡，多年後還叫他走開。這些景象是整個出現在他心中，彷彿是發生在同一時刻：點點陽光像雨點般落在海上，大衛用似乎要讓他露出原形的強烈目光凝視他。他害怕，這才是實情。他去鬆開鞋帶，是因為他害怕如果沒有別的藉口，他會沒有辦法挺身去救他的兒子。而且更甚的是，他們全都知道：哈洛、莫琳、海岸巡邏隊隊員，甚至大衛。哈洛加緊腳步向前。

他害怕還會有更多東西，更多那些在夜裡塞滿他腦子、使他無法睡著的景象和念頭。多年後莫琳怪他幾乎害他們兒子淹死。他把注意力專注在外頭的世界。

路在兩旁濃密灌木叢形成的廊道間延伸，陽光透過枝葉間的缺口和空隙照下來。土堤上冒出嫩芽。遠方有鐘敲了三響，時間一點一點過去。他加快腳步。

哈洛注意到嘴裡有乾燥的感覺。他試著不要去想到一杯水，只是由於腦中已經產生這種意象，於是它也召喚出嘴裡有清涼液體的感覺和味道了，而他的身體也因為需要這個東西變得虛弱。他小心翼翼地走著，地面在他腳下傾斜，他努力讓它穩住。有幾輛車放慢了速度，但是他揮手要它們繼續開，不想引起別人的注意。他的每一次呼吸似乎都太有稜有角，難以通過胸腔。他別無選擇，只得在他遇見的第一戶人家前停下步子。他扶穩了鐵門，希望這家沒有養狗。

這幢房屋的灰牆磚很新，常綠植物的圍籬修剪成厚實方形，像是圍牆一樣。鬱金香成排整齊抖擻地開在沒有雜草的花床上。旁邊是一條掛著衣物的晾衣繩：幾件大襯衫、長褲、裙子和一件胸罩。他把目光移開，不希望看到他不應該看到的東西。還是青少年時，他時常盯著那些阿姨們用夾子夾著掛起來的緊身褡、胸罩、束腹和長襪，那是他頭一次發現女人的世界裡藏有他想知道的祕密。他按了房屋的門鈴，便靠在牆上。

一個女人來應門，臉色一垮。他想要向她保證她不用擔心，但是他肚腹卻感覺空空如也。他連舌頭都幾乎動不了。她趕緊去拿杯水給他，當他接過杯子時，他兩手都發著抖。冰涼的水流過他的牙齒、牙齦、口腔頂，沖下他的喉嚨。這及時甘霖幾乎讓他哭出來。

「你確定你沒事嗎？」女人給他拿來第二杯水、而他也喝光之後，她問道。她是個胖女人，穿著一件皺巴巴的洋裝，有個生過孩子的屁股，莫琳會這麼說。她臉上飽經風霜的皮膚像是被打過巴掌一樣。「你需不需要休息一下？」

哈洛向她保證說他感覺好多了。他急著要上路，不想打擾陌生人。況且他覺得他已經違背了一條不成文的英國人規矩，而向人求助。要是再妄想什麼，無異是讓自己贊同某種既短暫無常又未知的原則了。在這些字句之間，他也找機會急喘著氣。他向她解釋說，他要走一趟很遠的路，不過可能還沒有掌握訣竅。他希望這話能讓對方露出笑容，不過她似乎看不出好笑的地方在哪裡。他已經好久沒有逗一個女人笑過了。

「你在這裡等一下。」她說。她再次消失在房子的寂靜中，而拿了兩把摺疊椅回來。哈洛幫她把椅子打開，又說了一遍他該繼續走下去的話，不過她身子重重地坐了下去，像是她也旅途勞累，還催他也坐下。「只坐一下子，」她說，「這會對我們兩個都好。」

哈洛坐進她旁邊的椅子裡。一陣沉重的寂然感覺湧上全身，在短時間的抗拒後，他閉起眼睛。陽光在他的眼皮上映出紅光，鳥鳴和駛過的汽車聲融而為一，既在他體內又在遙遠處。

他醒來時，她已經在他膝蓋旁邊放了一張小桌，擺了一盤麵包和奶油，以及幾片蘋果。她手心向上，對著盤子向他比了比，像是為他指引往前走的路。「請。不要客氣，自己來吧。」

雖然他並沒有察覺自己有多飢餓，但是此刻看到蘋果，他的胃突然感到像是被挖空了一樣。況且她已經費了這些工夫，拒絕人家也很不禮貌。於是他貪婪地吃著，一邊道歉，一邊卻停不下來。女人看著他吃，露出微笑，而始終在把玩一片四分之一的蘋果，把它在指間轉動，彷彿那是個她從地上撿起來的好玩東西。「你會以為走路是最簡單的事，」最後她說，「只是一隻腳放到另一隻腳前面而已。不過我每次都會很驚訝，本該是直覺的事其實會非常困難。」

她用舌頭舔溼她的下嘴唇，等著說更多。「吃東西，」終於她說了，「這是另一件。有些人吃東西真的很困難。說話也是。甚至愛。這些全都可以是困難的。」她望著花園，沒看哈洛。

「睡覺。」他說。

她回過頭。「你睡不著？」

「不是每次都能睡。」他伸手再去拿蘋果。

又是一陣沉默。然後她說：「小孩。」

「對不起，你說什麼？」

「小孩也是。」

他再次注視她的晾衣繩，和那十分整齊的成排花朵。他感覺到這裡絕對沒有年輕的生命。

「你有小孩嗎？」她說。

「只有一個。」

哈洛想到了大衛，但是解釋起來太麻煩了。他看到他還是幼兒的時候，看到他的臉如何在陽光下變暗，像是一顆成熟的核果。他想要形容他兩個膝蓋上柔軟的肉渦，以及他穿上第一雙鞋子走路的模樣：他低頭看著，似乎不相信鞋子仍然連在他腳上。他想到他躺在小床上，他的手指頭在他的毛毯外是如此驚人地嬌小而又完美。你看著它們，擔心它們會在你的碰觸下融化掉。

母性是很自然地來到莫琳身上的，彷彿她身體裡一直有另外一個女人等著，準備要偷偷溜出來一樣。她知道要怎樣晃動身體，好讓嬰兒睡著；怎樣讓聲音放柔和；怎麼彎曲手掌，好撐住他的頭。她知道他的澡盆水溫應該是多少、他什麼時候需要睡個覺、怎麼織他的藍色毛襪。他從不知道她竟懂得這些事情，因此他是懷著敬畏看著，像是在暗影中的旁觀者。這情況一方面加深了他對她的愛，一方面也把她拉開了，因此就在他認為他們的婚姻會更堅固的時候，這婚姻卻似乎迷了路，或者至少是讓兩個人置身在不同的地方了。他細細端詳有那麼一雙嚴肅眼睛的小寶寶，心中充滿了恐懼。萬一他餓了怎麼辦？萬一他不快樂怎麼辦？萬一他去上學的時候被別的男孩打了，那要怎麼辦？有太多事情要保護他，讓哈洛不勝負荷。他不知道其他男人是不是也發現為人父母這種新責任同樣地嚇人，或者這只是他自己的缺陷。近年來情形不同了，你會看到男人推嬰兒車、餵嬰兒吃奶，一點也不擔心。

「希望我沒有讓你難過吧？」他旁邊的女人說。

「沒有，沒有。」他站起身，握了握她的手。

「我很高興你停下來，」她說，「我很高興你要水喝。」他回到路上，免得她會看到他在哭。

達特木比較低的嶙峋山壁矗立在他左邊。他現在可以看出，地平面的山肩上原本看起來模糊一團的藍色，竟是連綿不斷的一座座紫色、綠色和黃色的山峰，而峰頂卻是碎石。空中低飛著一隻猛禽——也許是兀鷹，這時牠暫停動作懸在半空中。

哈洛自問多年前他是不是不該對莫琳施壓，要她再生一個孩子。「大衛就夠了。」她當時說，「我們只需要他。」不過有時候他害怕只有一個兒子要承受的太多了。他不知道是不是你有的孩子越多，你愛孩子的痛苦也能夠稀釋掉？孩子的成長是不斷地遠離，當他們的兒子終於永遠拒斥他們之後，他們用不同的方式去面對。先是一段時間的憤怒，接著是別的，像是沉默，但是這股沉默有自己的能量和兇暴。最後，哈洛生了場感冒，而莫琳搬到客房。不管怎麼樣，他倆誰也沒有提；不管怎麼樣，她再也沒搬回來過。

哈洛的腳跟刺痛，背也痛，現在他的腳底也開始灼熱。就連最小的燧石都會讓他疼痛，他不得不一直停下來，脫下一隻鞋子，把它倒空。他不時也會發現他的兩條腿沒來由地就會一軟，彷彿兩條腿變成了凝膠，使得他會一陣踉蹌。他的手指頭一陣陣抖動，不過也許這是因為它們並不習慣垂放著來回晃動。然而，雖然有這些不適，他卻感覺自己是活生生的。遠處一架除草機發動了，他大聲笑了出來。

哈洛接上了A3121公路往艾克希特，在背後車輛川流不息的情況下走了一哩路後，他走上B3372公路，踩在青草的路緣上。當一群看起來很專業的健行者跟上他時，他站到一旁讓路，揮手要他們先過。他們彼此說些關於好天氣和風景的笑話，不過他沒有告訴他們他要去伯威克的事。他寧願把這件事藏在腦中，就像把昆妮的信藏在他口袋裡一樣。當他們繼續往前走時，他頗有興味地觀察到他們全都背了背包，其中有些人還穿著寬鬆的田徑服，其他人還帶了護目鏡、望遠鏡和可伸縮的健行手杖。沒有一個人穿帆船鞋。

幾個人揮手，還有一兩人笑著。哈洛不知道他們這樣是因為他們認為他無可救藥呢，或者他們很佩服，不過他發現，不管是哪種情況，其實都無所謂。他已經和那個從國王橋出發的人不同了；甚至和那個出了小旅館的人不一樣了。他不是去郵筒寄信的某個人，他要走到昆妮．韓內希面前。他再次出發。

他頭一次聽到她到酒廠的消息時很吃驚。「顯然有個女人開始到財務部門上班了。」他告訴莫琳和大衛。他們當時正在最好的那間房裡吃飯，那時候她很喜歡做菜，而那間房的作用是供全家用餐。此刻想到這一幕，他倒是看出那是聖誕節，因為那番對話重現時，還加上了有過節的紙帽這項細節。

「這是件很有趣的事嗎？」大衛當時說，那肯定是他在大學預科一年級的時候。他從頭到腳穿得一身黑，頭髮幾乎垂到肩膀上。他沒有戴紙帽，而是用叉子把紙帽刺穿。

莫琳當時笑了。哈洛本來也沒指望她為他說話，因為她愛兒子，而這樣當然也沒錯。他只希望有時候他不要感覺那麼像個外人，彷彿將他們母子緊緊連著的是他們各自對他的疏離。

大衛說：「女人在酒廠待不久的。」

「顯然她的條件很好。」

「誰都知道奈皮爾。他是個壞蛋，一個有虐待狂傾向的資本主義者。」

「奈皮爾先生沒那麼壞。」

大衛笑出聲音來。「爸，」他說話的語氣暗示他倆之間的聯繫不是血肉，只是一個諷刺的突發異想，「他把人的膝蓋骨給打斷了呢，每個人都知道。」

「我相信他沒有這麼做。」

「為了人家偷零用金罐子裡的錢。」

哈洛不吭聲了，他把一朵球芽甘藍沾了肉汁。他也知道這個謠言，不過他不喜歡去想這件事。

「噢，那我們希望這個新來的女人不是女性主義者，」大衛繼續說，「或是女同志，或是社會主義者囉，對吧，爸？」他顯然已經說完了奈皮爾先生的事，而轉向比較接近家庭事務的話題上。

哈洛短暫地迎向兒子那挑戰的目光。在那段時日裡，那目光仍然銳利，和它交接久了會讓人很不安。「我不反對人和別人不一樣。」他說，但是他兒子卻只吸了吸牙齒，望著母親。

「你看《每日電訊報》吧。」他說。然後他把餐盤一推就站起來，他的身體蒼白凹扁得教哈洛幾乎不忍心看。

「吃嘛，親愛的。」莫琳喊著，但是大衛搖搖頭就溜了，彷彿他父親就足夠讓人放棄他的聖誕午餐。

哈洛望著莫琳，但是她已經站起來收拾碗盤了。

「他很聰明，你知道。」她說。

這句話裡沒明說的是，她深信這份聰明既是所有事情的藉口，也是他們無法企及的。「我不知道你怎樣，不過我已經飽到吃不下雪莉鬆糕了。」她低下頭，讓紙帽滑落，像是某件她已經穿不下的衣服，然後她就去洗碗盤了。

哈洛在傍晚時分抵達南布倫特。他再次走上鋪石路，而為這些石子的細小和整齊感到驚訝。他走過乳黃色的房舍、前院花園，以及有中控鎖系統的車庫，他有種旅人長途旅行後重返文明世界的勝利感。

哈洛在一家小店裡買了藥膏貼布、水、芳香噴霧劑、一把梳子、一把牙刷、塑膠刮鬍刀、刮鬍膏、洗衣粉和兩包醇茶牌消化餅。他住進一間有張單人床、牆上還掛著裝框的絕種鸚鵡圖片的房間，然後仔細查看了他的兩隻腳，再把貼布貼在腳跟已經滲液的水泡和腳趾頭腫起來的地方。他的身體因為一種深切的疼痛而陣陣發脹。他疲累至極。他從沒有在一天當中走這麼遠的路，不過他已經走了八點五哩的路，他還想要走更多路。他要吃點東西，再找個公共電話打給莫琳，然後就要睡覺了。

太陽落下達特木的邊緣，讓天空布滿紅褐色的雲朵。山丘塗上灰暗的藍色，在山上吃草的牛

6 莫琳與謊言

起初莫琳相信哈洛一定會回來。他會打電話給她，他會又冷又累，而她就只得去接他，而那會是半夜時分，她就只好在睡衣外再加上一件外套，再找到她開車穿的鞋，而這一切都是哈洛的錯。當晚她時睡時醒，燈開著，電話放在床邊，但是他既沒有打電話也沒回家。

她不斷回想發生的全部經過。早餐、粉紅色的信，以及哈洛不發一語，只靜靜流眼淚。最微小的細節是藏在她心裡的。他把他的回信摺了兩次，在她還沒看見前就塞進信封。即使她試圖去想其他的事，或是什麼都不去想，還是擋不住腦中浮現的那個畫面：哈洛凝視著昆妮的信，彷彿他內心深處的某個東西正在鬆脫。她好想跟大衛說，只是她不知道該怎麼說。哈洛的步行之旅仍然太讓她困惑也太丟她的臉，她害怕她跟大衛說話時她會很想他，而那會更讓她痛心得無法忍受。

那麼，當哈洛說他要走去伯威克時，他的意思是不是到了那裡就要待下來了？

好哇，如果他想走，他就走吧。她早該看出會有這麼一天的。有其母必有其子，雖然她從沒見過瓊恩，而哈洛也從沒有談起過她。什麼樣的女人會收拾皮箱離開家，甚至連個字條也不留？是的，哈洛可以走，有時候連她自己都好想放手不管了。讓她留在這個家裡的是大衛，可不是夫妻之情。她不記得她初次遇見哈洛時的細節，或者她看上他哪一點，只記得他在某一場市府舞會上跟她搭訕而認識，以及她母親見到他後，認為他很平庸。

「我和你父親心裡有更好的打算。」她用她那種快速又清楚的方式說。

那時候莫琳可不是會聽別人話的人。就算他沒受什麼教育，那又怎樣？就算他的風度不怎麼出色，那又怎樣？就算他住在一間租來的地下室房間裡，兼差多到幾乎都不睡覺，那又怎樣？她望著他，心已為他傾倒了。她要成為他從沒有過的摯愛，要作妻子、母親、朋友。她要作他的一切。

有時候她回顧過往，會疑惑從前那個魯莽的年輕女孩到哪兒去了。

莫琳去翻了他的文件，但是沒有找到什麼可以解釋他為什麼要走去找昆妮。沒有信、沒有相片、也沒有草草寫出的路線說明。她在他床邊櫃抽屜裡只找到一張她自己的照片，那是他倆才剛結婚時照的，還有另一張皺皺的大衛黑白照片，這一定是哈洛藏在這裡的，因為她清楚記得她把這張照片黏在一本相簿裡。室內的寂靜使她想起大衛走了以後的那幾個月，那時候整棟房子似乎都屏住了呼吸。她打開起居室的電視和廚房裡的收音機，但是屋裡仍然太空蕩也太安靜了。

他等了昆妮二十年嗎？昆妮・韓內希也一直在等他嗎？

明天是垃圾清運日，倒垃圾是哈洛負責的。她上網向幾家經營夏日郵輪之旅的公司要了一些小冊子。

暮色掩至，莫琳眼看別無他法，只得自己倒垃圾了。她拖著垃圾袋沿著小路走，靠著花園門把它扔下，彷彿這袋垃圾既然身為被哈洛疏忽了的責任，便也應該為他的離開而接受責難。雷克斯一定從樓上窗戶看到她了，因為當她走回來時，他已經站在圍籬旁。

「莫琳，一切都好吧？」

她簡短地說都好，當然好囉。

「今天晚上怎麼不是哈洛倒垃圾？」

莫琳抬眼看了看臥室窗子。窗裡的空蕩如此強烈地襲向她，一陣出乎意料的痛楚牽動她臉上的內側肌肉。她的喉嚨一緊。「他在床上。」她擠出一個笑容。

「床上？」雷克斯嘴巴一張。「為什麼？哈洛身體不舒服嗎？」

這人很容易擔心。伊麗莎白有一次隔著晾衣繩向她坦言，說他母親大驚小怪的個性把他變成一個最嚇人的疑心病患者。她說：「沒事，他滑倒了，扭了腳踝。」

雷克斯的眼睛大睜，像鈕釦一樣。「莫琳，是他昨天散步時發生的嗎？」

「只是有塊鋪路石鬆了。他會沒事的，雷克斯。他需要的是休息。」

「這很驚人呢，莫琳。鋪路石鬆了噢？天哪，天哪！」

他難過地搖著頭。屋裡電話響起來，她的一顆心都要跳出嘴巴了。是哈洛，他要回家了。她往門口跑去時，雷克斯仍然在圍籬旁邊，還說：「你應該向議會申訴說有塊鋪路石鬆了。」

「不用擔心，」她回頭喊道，「我會的。」她的心跳快得她不知道自己會笑還是哭。她衝向電話，拿起話筒，但是答錄機已經啟動了，而對方掛了電話。她撥了1471，但是無法查出來電號碼。她坐在那裡看著電話，等著他再打過來，或是回到家，但是這兩件事他都沒有做。

這天晚上是最糟的，她不明白怎麼會有人可以睡得著覺。她把床頭鬧鐘的電池挖出來，但是她卻沒辦法阻止外頭的狗叫，或是清晨三點呼嘯而過駛往新住宅區的車輛，或甚至在第一絲天光出現就發出尖銳叫聲的海鷗。她動也不動地躺著，等著遲緩的感覺來到，有時候會有片刻的昏沉悄然掩至，但隨後她又醒過來，於是再次想起：哈洛正步行去找昆妮・韓內希。在睡眠的無知無覺過後重新意識到這件事，要比第一次在電話裡聽到更為痛苦。這是雙重的欺騙。不過事情就是這樣，她知道的。你必須一次次地爬起來，不願相信，卻只會再次被打倒，而一直到真相老實不客氣地把你命中要害為止。

她打開哈洛的床邊櫃抽屜，再次盯著他藏在裡面的兩張照片。一張是大衛穿上他第一雙鞋的時候，他用一隻腳站著，抓著她一隻手而抬起另一隻腳，像是在研究那隻腳一樣。另一張照片是她自己，笑得太厲害，而使得她的大波浪黑髮垂落到臉上。當時她正在照料她種的葫蘆，它已經長到和一個小孩子一樣大了。那張照片一定是他們剛搬到國王橋後不久拍的。

郵輪公司的三個大信封袋寄到時，莫琳直接就把它們丟到回收桶裡。

7 哈洛與健行男人與喜歡珍・奧斯丁的女人

哈洛注意到酒廠有幾個人，包括奈皮爾先生在內，發明出一種奇怪的走路法，會引得他們尖聲狂笑，好像是滑稽得不得了一樣。「你們看！」他會聽到他們在天井裡得意地誇耀著，然後就會有個人伸出一隻胳臂，像是雞翅膀那樣，再壓低下半身，像是要擴大下盤形狀，再搖搖晃晃往前走。

「就是這樣！操，就是這樣！」其他人會尖叫著喊道。有時候那一夥人全都會吐掉他們的香菸一試身手。

從窗子往外觀看了幾天以後，他才漸漸明白，他們是在模仿財務部新來的那個女同事。他們在學昆妮・韓內希和她的手提袋。

想起這件事，哈洛懷著一股想回到室外的強烈念頭醒來。明亮的天光將窗簾鑲了一道金邊，彷彿千方百計想要照到他一樣。讓他鬆了一口氣的是，雖然他的身體硬邦邦，他的兩隻腳一碰就痛，但是這兩者都還可以動，而他腳跟的水泡似乎也沒有那麼紅腫了。他的襯衫、襪子和內褲掛在暖氣機上，昨天晚上他用熱水和洗衣粉洗過。它們都還很硬，而且不太乾，不過可以穿就是了。他在兩隻腳上整整齊齊貼了好些藥膏貼布，再仔細重新裝好塑膠袋裡的東西。

哈洛是餐廳裡唯一的住客。這餐廳其實是一間住家的起居室，裡面有一套三件式家具直接靠牆放著，房中間擺了一張兩人桌。房裡的照明是一盞有橘色燈罩的檯燈，聞起來有股潮味。一個玻璃櫃展示一些西班牙玩偶和乾枯的矢車菊，乾得像是捲扭起來的衛生紙。民宿老闆娘說幫忙的女孩請假。她說這話的語氣彷彿那女孩缺席有什麼討人厭的理由，彷彿她也許是一個必須丟掉的食物。她把他的早餐放在桌上，交抱著兩條手臂從門口看著他。哈洛很高興用不著解釋什麼。他貪婪而急躁地吃著，一邊望著窗外的路，一邊估算一個不習慣走長路的人，要花多久時間才能走完六哩路到巴克法斯特修道院，且不說還有到推得河的伯威克的另外四百八十哩路呢！

哈洛看著昆妮信上的字句，雖然現在他連看都不用看就會背了。親愛的哈洛：這封信可能會讓你很驚訝。我知道從我們上次見面到現在已經有好長一段時間了，不過近來我一直想起過去的事情。去年我動了手術——

「我討厭南布倫特。」一個聲音說。

哈洛嚇了一跳，抬起頭看。屋裡除了他和老闆娘外沒有別人，而她看起來不太像是說了話的樣子。她仍然靠著門框，兩條手臂交叉抱在胸前，還晃著一條腿，一隻拖鞋掛在腳上，幾乎要逃走似的。哈洛眼光回到信和咖啡上，這時候聲音又來了。

「我們南布倫特這裡的雨比得文郡其他地方都多。」

顯然確實是那個女人在說話，雖然她仍然沒望著他。她的臉仍然定定朝向地毯，嘴型是一個空蕩的O型，彷彿她的嘴不管身體其他部分而兀自說了話。他希望自己能說些有幫助的話，但是他也想不出能說什麼。也許他的沉默或光是能聽到她說話就夠了，因為她繼續說了下去。

「就算是晴天，我也沒法開心。我會想，噢，對啦，現在天氣很好，可是這好天也不會持續下去。我不是在看著下雨，就是等著下雨。」

哈洛重新摺起昆妮的信，放回口袋。信封有些地方讓他不安，但是他在心裡左思右想也想不出來，況且如果不全神貫注在這女人身上又似乎不禮貌，因為她顯然是在跟他說話。

她說：「我有一次贏了一個去貝尼多母度假的獎，我只要收拾行李就可以了，可是我卻沒辦法。他們把機票寄給我，我卻一直沒有拆開信封。為什麼會這樣？為什麼當能逃離這裡的機會來到時我卻沒去把握住？」

哈洛皺起眉頭。他想到這些年來他都沒有跟昆妮說過話。「也許你害怕，」他說，「從前我有一個朋友，可是我花了好久的時間才發現她是我朋友。說起來還挺好笑的，因為我們第一次認識是在文具間裡。」他想到當時情景笑了起來，但是女人沒有笑。也許那情景難以想像吧。

她停止晃動那隻像鐘擺一樣搖晃的腳，端詳起她的拖鞋，彷彿之前她沒有注意到一樣。「總有一天我會離開的。」她說。她眼光掃過這間單調的房間，而遇上了哈洛的目光，這時她才終於笑了。

和大衛預測的正好相反，昆妮．韓內希並不是社會主義者、女性主義者或女同志。她是個胖胖的、長相平常的女人，沒有腰身，前臂上挽了個手提袋。大家都知道奈皮爾先生認為女人頂多算是一顆隨時會引爆的荷爾蒙炸彈，他給她們一些酒吧女服務生和祕書的工作，而指望她們在他積架車的後座上偶爾回報。因此昆妮的到來倒開啟了酒廠的新用人風格，而要不是只有她應徵這個工作，奈皮爾先生是不會開啟這種新方向的。

她的態度是文靜而且謙虛的。哈洛聽到一個年輕人說：「你會忘記她其實是個女人。」才幾天的時間，就有人說她讓財務部門有了史無前例的秩序，但是這似乎沒能停止別人學她的樣子和如今充塞在走廊上的笑聲。哈洛希望她沒有聽見。有時候他會在員工餐廳看到她帶著用防油紙包著的三明治。她有種本事，能夠跟那些年輕祕書坐在一起、聽她們說話，卻表現出像是她或她們根本不在場一樣。

有天黃昏，他拿起手提包要回家，卻聽到從一間隔間門後傳來吸鼻子的聲音。他想要逕自走開，但是那聲音沒有停止。於是他轉回來。

他一點點地把門推開，起初他什麼也沒發現，只看到一箱箱的紙張，於是鬆了口氣。接著那聲音又傳來了，這回比較像是啜泣聲，而他也發現了一個矮胖人影，背對著他貼牆蹲著。她的外套上沿著背脊而下的縫線被她的身體牽動著。

「對不起。」他說。他正要再把門關上，然後匆匆走開，她卻開始哭了起來。

「對不起，對不起，對不起。」

「該道歉的是我。」此刻他半站在隔間裡，半站在隔間外，旁邊有一個他不認識的女人，正對著一堆牛皮紙信封哭泣。

「我工作做得很好。」她說。

「當然。」他往走廊裡看去，希望能有個年輕一點的人出現，來跟她說說話。他一向不擅長處理情緒問題。「當然。」他又說了一遍，彷彿一再重複這句話就夠了。

「我是有學位的，我並不笨。」

「我知道。」他說，雖然這算不上是實話，他對她幾乎一無所知。

「那為什麼奈皮爾先生老是盯著我？好像在等我出錯？為什麼他們非要笑我？」

他們的老闆對哈洛而言是個謎。他不知道關於膝蓋骨的傳言是不是真的，不過他看過這位仁兄把最強悍的店東打壓到抬不起頭。上個星期奈皮爾才剛開除了一個祕書，因為那祕書碰了他辦公桌上的東西。他說：「我相信他認為你是非常好的會計。」他只是要她別哭了。

「我需要這份工作，房租不會憑空生出來，可是我要辭職。有些早晨我甚至都不想起床。我父親總是說我太敏感了。」這些資訊超出哈洛能夠應付的範圍。

昆妮低垂著頭，他可以看到她頸背那柔軟的黑髮。這讓他想到大衛，於是他感到一陣憐憫之情。

「不要辭職。」他說，一邊微微彎著腰，聲音也放柔和了。他的話是發自內心的。「起初我也認為很困難，我感到格格不入，不過情況會好轉的。」她沒說什麼，他一時間懷疑她根本沒聽到他的話。「你要不要現在從文具間出來？」

讓他驚訝的是，他竟然向她伸出手，而再次讓他驚訝的是，她竟然接住了。她的手在他手中是柔軟而且溫暖的。

出了文具間，她立刻把手抽開，然後她撫平她的裙子，彷彿哈洛是一道皺褶，她必須把他掃開。

「謝謝你。」她說，態度有點冷漠，雖然她的鼻子紅通通的。

她伸長脖子、挺直背脊走出文具間，讓哈洛感覺失態的人彷彿是自己。他猜想在那之後她不再想要辭職了，因為他每天都會往她桌子看她在不在，而她一直都在，孤獨而平靜地工作著。他們很少交談。事實上他開始注意到，如果他走進員工餐廳，她似乎就會收好她的三明治離開。

早晨的陽光將達特木最高的群峰灑滿金色，但是陰影處的地面仍附著一層薄霜。一道道的光線射向前方的大地，像是火炬一般標示出他往前的旅程。這會是另一個好天。

離開南布倫特，哈洛遇見一個穿著睡袍的男人，正把一碟食物放著要給刺蝟吃。他為了避開幾隻狗而過了街，再走遠一些，他經過一個有刺青的年輕女人，這女人正在樓上一個窗戶下面大罵：「我知道你在上面！我知道你能聽見我的話！」她來回踱步，又踢著花園的牆，身體因為憤怒而顯得緊繃，而每次她看起來都要放棄了，卻又回到屋腳，再次大吼：「你這個混帳，艾倫！我知道你在那裡！」哈洛也經過一個丟棄的床墊、一臺被破壞的冰箱內部零件、幾隻不成對的鞋、許多塑膠袋和一個輪軸蓋，直到人行道再次終止，馬路縮成一條小徑。他很驚訝自己對於能再次在藍天下，夾在兩旁樹木和長著茂密蕨類植物和荊棘的土堤間，竟會感到如此輕鬆。

哈本佛。高迪恩。低迪恩。

他打開第二包醇茶牌消化餅，邊走邊伸手到塑膠袋裡拿餅乾來吃，有些餅乾已經很不幸的碎成粉狀，還有微微的洗衣粉的硫磺味道。

他走得夠快嗎？昆妮還活著嗎？他不可以停下來吃飯或是睡覺，他必須加緊往前。

到了下午，哈洛已經感覺到右小腿後面偶爾會有一陣抽痛，走在下坡路時股關節也會有僵直感。就連上坡路他也慢慢走，兩個手心托住後腰，倒不是背痛，而是因為他感覺到需要有個支撐力量。他停下步子檢查腳上的貼布，把腳跟流血的水泡處換了塊新貼布。

道路轉了彎，上了坡又下坡。有時候他可以看到山丘和田野，有時候他什麼也看不見。在回憶起昆妮，又想像這二十年中她的生活是什麼樣子之際，他完全不知自己置身何處了。他不知道她有沒有結婚？有孩子嗎？可是從信裡看來，很明顯她還保留她的本姓。

「我會倒著唱〈天佑女王〉噢。」她有一次告訴他。而果真她就唱出來了，而且唱的時候嘴裡還含著一顆寶路薄荷糖。「我也會倒著唱〈你沒有帶花送我〉，〈耶路撒冷〉我也快練會了。」

哈洛笑了。他不知道當時他有沒有笑。一群正吃著草的母牛抬眼看了一下，嘴巴暫時停止嚼動。一兩隻往他走過來，先是緩慢的，逐漸加快腳步。牠們身軀看來太過龐大，似乎停不下來。他很慶幸自己站在馬路上，雖然堅硬的路面對他的雙腳是種折磨。裝著他買的東西的塑膠袋重重撞著他的大腿，還在他手腕上勒出白色的印痕。他試著把它掛在肩膀上，但是它卻老是滑到他的手肘上。

也許是因為哈洛提著過重的東西吧，他突然想到他的兒子小時貼著走廊的木頭刻記，新書包揹在肩膀上的模樣。他穿著灰色的學校制服，那一定是他上小學的第一天。大衛和父親一樣，比其他男生高了好幾吋，給人一種年紀比較大、或至少塊頭很大的印象。當時他從靠牆站著的地方抬頭望著哈洛說：「我不想去。」他沒有流眼淚，他沒有抱住哈洛不放手。大衛用一種天真無邪的單純和自知說著。哈洛就回答了——回答什麼？他說了什麼？當時他低頭看著兒子、看著這個他要給予一切的兒子，而楞住了。

他可以說：是的，生命是很嚇人的。或者說：是的，不過情況會越來越好的。或者甚至說：是的，不過生命有時候好，有時候壞。而更好的是，在說不出話的情況下，他可以把大衛抱在懷裡。但是他卻沒有，這些事他一件也沒有做。他那麼深切地感受到孩子的恐懼，而看不出有任何方法可以避開這恐懼。那個早晨，他兒子抬頭看著父親，向他求救，哈洛卻什麼也沒有給他。他逃到他的車上，開車上班。

他為什麼非要記得？

他弓起背，更賣力地踩著步子，彷彿他不是要走到昆妮那裡，而是要逃離他自己。

哈洛在禮品店關門前走到巴克法斯特修道院。正方形石灰石砌成的教堂側影灰濛濛地襯在背後柔和的山峰前。他發現他從前來過這裡，那是好多年前，是給莫琳慶生的驚喜之行。當時大衛不肯下車，而莫琳也堅持要陪他坐在車裡，於是他們連在停車場以外的地方下車都沒有就直接回家了。

在修道院禮品店裡，哈洛挑了明信片和一枝紀念筆，也短暫考慮要買一罐修士做的蜂蜜，不過到推得河的伯威克還有好長一段路，他不確定蜂蜜適不適合裝在塑膠袋裡，或者它能不能撐過這段路而不會沾上洗衣粉。不過他還是買了，並且要求對方包上氣泡紙當作額外保護。店裡沒有修士，只有一群群的觀光客。而新整修的格蘭吉餐廳排隊的人比參觀寺院的排隊人數多。他想著：不知道修士們有沒有注意到這一點，或者他們會不會在意。

哈洛選了一份大份量的咖哩雞，然後把餐盤拿到俯視薰衣草花園的陽臺窗邊。他餓得連舀食物到嘴裡都來不及了。隔壁桌有一對五十多近六十歲的夫妻，似乎正在討論什麼事，也許是路線規畫吧。他倆都穿著卡其短褲、卡其衫、棕色襪子和正統的健行鞋，使得面對面隔桌坐著的兩個人看起來像是同一個人的男女版模特兒。他們甚至還吃同樣的三明治、喝同樣的水果飲料。哈洛試著想像，但是他想像不出莫琳和他穿同樣衣服的樣子。他開始寫明信片。

親愛的昆妮：我走了大約二十哩路。你一定要繼續等下去。哈洛（佛萊）。

親愛的莫琳：已經走到巴克法斯特修道院了。天氣很好。鞋子還撐得住，兩腳兩腿也是。H。

親愛的加油站女孩（「樂意效勞」）：說過要去走路的人向你致謝。

「我可不可以跟你借一下筆？」健行的男人說。哈洛把筆遞給他，他在他的地圖一個點上圈了好幾下。他妻子沒說話，也許甚至還皺了眉頭。哈洛不想看得太仔細。

「你是來走達特木步道的嗎？」男人一邊還筆一邊問。

哈洛說不是。他要步行去找一個朋友，有很特別的目的。他把他的明信片堆疊整齊。

「當然，我和我妻子是健行者囉。我們每年都來這裡，就連她跌斷了腿，我們還是來。你看我們有多麼愛健行。」

哈洛回答說，他和他妻子從前也同樣每年都到東波恩的一家度假營區度假。那裡每天晚上都有餘興節目，還有入住者之間的比賽活動。「有一年我兒子還贏得《每日郵報》扭扭舞比賽獎呢。」他說。

男人不耐煩地點頭，像是催促哈洛快點說。「當然你腳上穿什麼才是最重要的。你穿的是什麼鞋？」

「帆船鞋。」哈洛微笑著，但那健行的男人可沒笑。

「你應該穿『史卡巴』的，專家都穿史卡巴，我們極力推薦史卡巴。」

他妻子抬眼看。「是你極力推薦史卡巴。」她說。她眼睛圓睜，彷彿戴了會讓眼睛刺痛的隱形眼鏡。在一個令人迷惑的瞬間，哈洛陷在大衛從前常玩的一個遊戲的回憶中，那遊戲是他要計時看他能瞪眼多久而不眨眼睛。他眼淚都要流出來了，但還是不肯閉上眼睛。這不是東波恩度假區裡會舉行的比賽，這個比賽看了會很難受。

健行男人說：「你穿的是什麼襪子？」

哈洛望著兩隻腳。「普通襪子。」他打算說，但是男人不等他的回答。

「你需要專門的襪子。」他說，「其他任何襪子就不用提了。」他突然中斷了話。「我們穿什麼襪子？」哈洛不知道。直到男人的妻子說了答案，他才意識到健行的男人是對她說話，不是對他。

「『瑟羅』。」她說。

「Gore-Tex 防水外套呢？」

哈洛張開嘴又閉上。

「健行成就了我們的婚姻。你是走哪條路線？」

哈洛解釋說他邊走邊決定，不過基本上他是往北走。他提到艾克希特、巴斯，也許還有斯特勞德。「我沿著馬路走，因為我成年生活一直都在開車。這是我知道的路。」

健行男人繼續說著話。哈洛突然領悟到，他是那種不用對方開口就可以自己展開對談的人。他妻子端詳自己的雙手。「當然科茲窩步道被高估了。我任何一天都願意去達特木。」

「我個人是喜歡科茲窩的，」他妻子說，「我知道它比較平坦，但是它很浪漫。」她狠狠把玩她的結婚戒，看起來像是要把手指扭斷。

「她好喜歡珍．奧斯丁，」健行男人笑著說，「她所有作品的電影她都看過。我比較算是男人這邊的，如果你明白我的意思的話。」

哈洛發現自己在點頭，雖然他不知道這男人說的是什麼意思。他一向不是莫琳所謂的雄壯威武型的男人，也總是避免跟奈皮爾和酒廠男生去參加大型通宵派對。有時候他也覺得奇怪：他竟然跟酒精一起工作了這麼多年，明明它在他生命中扮演這麼嚴重的角色。也許人都會被他們懼怕的東西所吸引吧。

「我們最喜歡達特木。」健行男人說。

「是你最喜歡達特木。」他妻子糾正他。

他們互相注視對方，彷彿是兩個陌生人。在接下來的短暫沉默中，哈洛回到他的明信片上。他希望兩人不要吵起來，他希望他們不是那種在公共場合才說出在家裡不能說的危險話題的夫妻。

他再次回憶在東波恩的假期。莫琳會準備三明治好在路上吃，而他們會到得太早，連人家大門都還關著。哈洛一向對那些夏天很眷戀，直到最近莫琳告訴他說大衛提到生活的低潮時刻，會形容成跟該死的東波恩一樣無聊。這些日子以來，哈洛和莫琳當然都不愛旅行了，不過他很確定她對那度假營區的說法是錯的。他們開懷大笑過，大衛也認識了一兩個玩伴，還有他贏得跳舞比賽獎那天晚上的回憶。他當時是快樂的。

「跟該死的東波恩一樣無聊。」莫琳如此用力地強調那個詞，使它聽來像是她用嘴巴攻擊他。

隔壁桌那對夫婦打斷了他的思緒，他們音調提高了。哈洛想要逃開，但是這時候看來似乎沒有安全的片刻寧靜，好讓他可以站起來告退離開。

喜愛珍・奧斯丁的女人說：「你認為斷了一條腿被關在這裡是很有趣的事嗎？」她丈夫一直注視著他的地圖，彷彿她沒有說話，而她也繼續說著話，彷彿他沒有不理她。「我根本不想再來這裡。」

哈洛希望女人能住口。他希望男人能笑一笑，或是握住她的手。他想到自己和莫琳，以及在運河橋路十三號那些寂靜的歲月。莫琳有沒有過衝動，想要在每個人都能聽到的地方像這樣誠實說出對他們婚姻的看法？這想法以前從來沒進到他腦中過，而這想法太令人驚恐，使得他已經站起來往門口走去了。這對夫妻似乎沒有注意到哈洛已經走掉。

哈洛住進一間簡單的賓館，這裡有中央暖氣、水煮禽類內臟和空氣芳香劑的味道。他累得全身痠痛，但是等他把少數幾件行李拿出來，又檢查他的腳以後，他坐在床緣上，思考接下來該做什麼事。他心情不平靜，睡不著覺。樓下傳來傍晚新聞的聲音。莫琳也會一邊看新聞，一邊熨著衣服。他待了一會兒，聽而不聞，為了他倆至少以這種方式有了關聯而感到安慰。他又想到餐廳裡那對夫婦，而格外思念起他的妻子，以至於別的什麼都想不到了。如果他的做法不同，能不能讓事情有些不同？如果他曾經推開客房門呢？或甚至安排假期、帶她出國？但是她永遠也不會同意的。她太害怕不能同大衛說話，而錯過她一直在等待著的來訪。

其他事情也進入他腦海。他們結婚的頭幾年，大衛出生之前，她在運河橋路的花園裡種菜，每天傍晚都會在酒廠外的轉角等哈洛。他們會走回家，有時候到海邊看看，或是駐足碼頭看看船。她用床墊料縫窗簾，剩下的她給自己做了件寬鬆內衣。她喜歡到圖書館查新的食譜，有燉菜、咖哩、義大利麵、豆子。吃晚飯時，她會問起酒廠那些人和他們妻子，雖然他們從不去參加聖誕節派對。

他記得有一次看到她穿著紅色洋裝的那一幕，她還用別針在衣領別上一小枝冬青葉。如果他閉起眼睛，他猜想他可以聞到她的香甜。他們在花園裡喝薑汁啤酒、仰望星星。「誰需要別人哪？」他倆當中一個人曾經說過。

他看到她把他們襁褓中的寶寶遞出來，要哈洛抱。他動也不動，她就笑了：「你怎不抱抱他？」哈洛當時說嬰兒比較喜歡她，也許他還把手深深插在口袋裡。

那麼為什麼一件曾經會讓她笑起來，還把頭靠在他肩上的事實，會在多年後成為如此憤恨和盛怒的來源呢？「你從沒有抱過他！」當事情演變到最惡劣的時候她大吼大叫，「他的整個童年時期，你從來也沒碰過他！」這話並不是完全正確，他也說了類似的辯解，不過她的話在本質上沒錯。他一直很怕抱自己的兒子。可是她曾經理解的事在幾年後卻又不理解了，這是怎麼搞的？

他猜想如今自己遠在安全距離之外，大衛會不會去找她？

在房裡待著，想到這些事，又懊悔那麼多的事，這實在太讓他受不了了。哈洛拿了他的外套。屋外，一勾彎月高掛在片片雲朵上方。一個一頭搶眼粉紅色頭髮的女人注意到他，停住正在給吊掛植物澆水的動作盯著他，彷彿他很怪異。

他從公共電話亭打電話給莫琳，不過她沒有什麼新鮮事可說，兩人的對話簡短又時斷時續。她只提到他的步行之旅一次，她問他有沒有想到看地圖。哈洛說等他走到艾克希特，他是打算要買些適當的健行裝備。在城市裡選擇比較多，他告訴她。他還頗內行地提到了Gore-Tex。

她說：「是噢。」聲音是淡然的，似乎表示他觸及某件她早有預備會聽到而又不愉快的話題。在接著的沉默中，他可以聽到她舌頭抵著口腔上方發出的細小聲音，和她嚥口水的聲音。然後她說：「我猜你已經算過這些要花掉多少錢了吧。」

「我想我會用我的退休基金。我是嚴格遵守預算的。」

「是噢。」她又說了一遍。

「反正我們也沒有別的計畫。」

「是沒有。」

「所以這樣可以吧？」

「可以？」她重複道，彷彿她從沒聽過這個詞。

在一個混亂的瞬間，他很想說「你跟我一起來吧！」，只是他知道她會用她那句「這樣不好吧」冷硬回絕，所以他就說：「你覺得可以嗎？我做這件事？我走路這件事？」

「我非得說可以吧。」莫琳說，之後她就掛了電話。

哈洛出了電話亭，再次希望他能讓莫琳理解這件事。只是多年來他倆都置身在一個語言已經沒有意義的地方。她只要看著他，就會被拉回過去。彼此之間三言兩語是安全的，他們盤桓在永遠也不能說出口的事情的表面之上，因為那是深不可測，也永遠無法跨越的。哈洛回到他的臨時房間，洗了衣服。他想到運河橋路十三號他們兩張分開的床，思索究竟是從哪個時間點開始，他倆接吻時她不再張開嘴。是之前呢，還是之後？

拂曉時分哈洛醒來了，對於他還能走路感到驚訝又感激，不過這次他很疲累。暖氣太強，昨晚似乎又長又悶。他忍不住要想，雖然莫琳沒有明說，但是她關於他退休基金的暗示是對的。他不應該未徵得她的認同，就把錢完全用在自己身上。

不過，天知道，他能做出任何感動她的事，也已經是好久以前了。

哈洛從巴克法斯特走B3352公路經過阿士伯頓，而在希斯費德過夜。他經過其他健行者，他們會寒暄幾句，讚嘆眼前美景和初夏氣息，然後互祝旅途平安，再各分東西。哈洛隨著路彎轉、沿著山丘的起伏上下，他的路徑永遠是前方的路。烏鴉拍著翅膀從樹上飛起，一頭幼鹿從灌木圍籬中竄出。汽車不知從何處轟隆駛近，而又消失無蹤。住家大門後有狗，還有幾隻獾靠在水溝裡，像是長了毛的啞鈴。一棵櫻桃樹穿了一身花朵衣服立在那裡，每當有風吹過，它就像灑彩紙一樣脫下一陣花瓣。哈洛已經有心理準備，要迎接各種驚喜了，不論它以何種形式出現。這種自由很少有的。

「我是爸爸。」他六、七歲時有一天告訴他母親。她頗感興味地抬起頭看，而他如此大膽也嚇了他自己一跳。他不知道接下來他要做什麼，他沒別的辦法，只能戴上他父親的扁帽、穿上他的睡袍，以譴責的目光盯著一個空瓶子。他母親的臉色繃緊，像果凍般沒有表情，他怕至少要挨一個巴掌了。然後，讓他震驚又深深開心的，她往後伸長她柔軟的脖子，空氣中充滿她清脆的笑聲。他可以看到她完美的牙齒和粉紅的牙齦，他從沒有逗他母親笑成這樣過。

「可真是個搞笑小丑！」她當時說。

當時他感覺自己像房子一樣高，長成大人了。他不由自主地也笑了，先是咧嘴淺笑，然後捧腹大笑，笑到他彎下腰。從此以後，他就想盡辦法要逗她開心。他學會說笑話，他會扮鬼臉。有時候這些方法管用，有時候不管用。有時候他碰巧說出連他自己也不知道怎麼會好笑的事。

哈洛走過大街與小巷，路忽窄忽寬，時而攀高，時而彎轉。有時候他幾乎是貼著灌木圍籬走，其他時候他又能從容地走在人行道上。「別踩到裂縫，」他聽到自己在母親身後喊著，「你踩到裂縫，就會遇到鬼。」只不過這次她看著他的眼神，彷彿從沒有看過他一樣，然後她就踩了每一個裂縫，他只得在她身後跑著，伸出兩條手臂狂亂揮動。要跟得上像瓊恩這樣的女人絕非易事。

哈洛兩個腳跟都開始鼓出一批新的水泡。到了下午，連他腳趾底側也冒出更多水泡了。他從不知道走路可以這麼痛，他一心只能想到藥膏貼布。

他從希斯費德沿著B3344公路走到查德利奈頓村，再走到查德利。他的身體實在是太疲倦了，能走到這麼遠著實費了一番力氣。他找了一間房過夜，對於才走了將近五哩路感到失望，不過第二天他勉強自己從清晨就開始努力走，而又走了九哩路。一大早的陽光穿透樹木照下來，像是一根根光線的輪輻條；到了上午，天空布滿小而頑固的雲朵，這些雲朵他越看越像是灰色的禮帽。小黑蚊在空中來回飛竄。

離開國王橋六天，離運河橋路大約四十三哩之後，哈洛長褲的腰帶鬆鬆掛在肚子上，額頭、鼻子和耳朵上也被太陽晒得一塊塊脫皮。對照了他的錶之後，他發現他已經會看時辰了。每天早晚他都會仔細查看腳趾、腳跟和腳底，在破皮或是擦傷的地方塗上藥膏或是乳液。他喜歡在屋外喝檸檬汁，而下雨時就和抽菸的人一起躲在棚子下。第一批勿忘我花在月光下的白色光暈中發著亮光。

哈洛向自己承諾要在艾克希特買正經的健行裝備，還要再買一份給昆妮的紀念品。太陽沉在城牆後方，空氣變涼後，他又想起她的信上有些地方不對勁，但是他沒辦法確切指出是哪裡。

8 哈洛與銀髮紳士

親愛的莫琳：我在大教堂旁邊的一張長椅上寫這封信。有兩個人在作街頭表演，不過他們看起來有放火燒到自己的危險。我在我的所在位置標了×。H。

親愛的昆妮：不要放棄。祝好。哈洛（佛萊）。

親愛的加油站女孩（「樂意效勞」）：不知道你會不會祈禱？我試過一次，不過對我來說太遲了。恐怕這跟我不合。誠心祝福。步行的人上。又：我仍然在走呢。

現在是上午時間。人群聚攏在兩個年輕人四周，那兩人在大教堂外圍表演吞火，用一臺手提CD音響播放配樂，而一個披著毯子的老人則在一個垃圾桶裡翻找東西。吞火人穿著暗色的油布衣服，頭髮綁成馬尾。他們的表演有些混亂，彷彿隨時會出錯。他們請眾人往後退，然後開始拋接火棒，群眾報以一陣緊張的鼓掌。老頭子似乎這時候頭一次注意到他們。他擠到人群最前面，站在兩人中間，像是玩在兩人中間搶接球的遊戲。他笑了起來。兩個年輕人喝斥他，要他走開，但是他卻開始隨著他們的音樂跳起舞來。他的動作斷斷續續，毫不優雅，突然那兩個吞火人似乎還顯得熟練而專業了。他們把音響關了，收拾起他們的東西，人群也變得稀疏，只剩幾個路過的人，然而老頭子仍然獨自在大教堂外跳著舞，雙臂張開，眼睛閉上，彷彿音樂和人群依然在一樣。

哈洛想要繼續他的旅行，但是他也同樣感覺這老人是為了陌生人在表演，而他現在是唯一剩下來的陌生人了，如果丟下他是沒有禮貌的事。

他想起大衛在東波恩度假營贏得扭扭舞比賽的那個晚上，全身扭擺的樣子。其他參賽者因為感到尷尬而逐漸離場，只剩下這個八歲大的孩子全身快速扭動，快到你分辨不出他是開心還是痛苦。主持人慢慢鼓著掌，還說了個笑話，笑話在跳舞廳裡迴響，所有人哄堂大笑。哈洛一時慌了，也跟著笑，而在那一刻不明白作他兒子的父親怎麼會是這麼複雜的事。他望了莫琳一眼，發現她正在看他，雙手掩住嘴。他的笑容立刻消失，只覺得自己是個叛徒。

還有呢？那是大衛讀書的時候，他長時間關在自己房間、拿高分成績、拒絕讓父母親幫忙。「他不跟人交往也沒關係的，」莫琳會說，「他有別的興趣。」畢竟他們自己也是獨來獨往的人。這個星期大衛想要一架顯微鏡，下星期要杜斯妥也夫斯基的作品全集，然後是《初級德語教本》，一盆盆栽。他對新事物的求知若渴令他們驚訝佩服，便買了他要的所有東西。他有幸擁有他倆從來沒有的智力和機會，不管他們做什麼，都絕對不能讓他失望。

「爸爸，」他會問，「你讀過威廉．布雷克的東西嗎？」或者，「你知不知道漂移速度？」「再說一次？」

「我猜也是。」

哈洛一輩子都低下頭避免跟人衝突，然而他自己的骨肉卻是個打定主意要把目光直直盯住他、跟他爭個水落石出的人。他真希望兒子扭腰跳舞的那個晚上他沒有咧嘴笑。

老人停止跳舞，他似乎現在才頭一次注意到哈洛。他丟開他的毯子，深深一鞠躬，手貼著地面一揮。他穿著某種西裝，不過已經髒得分不清哪裡是襯衫、哪裡是西裝外套。他站直身子，仍然直直盯著哈洛。哈洛往身後看了看，以為老人是在看別人，但是其他人卻都匆匆走過，避免蹚渾水。老人想找的人無疑是他。

他走向老人，動作很慢。走到一半時他已經尷尬得假裝眼睛裡進了東西，但是老人卻等著。當兩人相隔大約只有一碼遠時，老人伸出兩手，彷彿擁抱著一個看不見的舞伴的肩膀。哈洛沒有別的辦法，只能舉起自己兩條手臂照做。於是他倆慢慢摸索出一種腳步先往左再往右的步法。他們沒有碰觸，但是卻共舞著，而就算當下有股尿味甚至嘔吐味，哈洛其實也曾經散發過更難聞的味道。唯一的聲音來自車流聲和人聲。

老人停住動作，又鞠了個躬。哈洛很感動，急忙低下頭。他謝謝老人與他共舞，但是老人已經撿起他的毯子，蹣跚走開了，彷彿音樂根本不是他在意的事。

在大教堂附近的一家禮品店裡，哈洛買了一組雕花鉛筆，他希望莫琳會喜歡。他給昆妮挑了一個小小的紙鎮，紙鎮裡有個大教堂的模型，當你把紙鎮上下顛倒再轉回去時，就會有金粉滿滿灑在模型教堂上。他突然覺得有件事雖然奇怪卻又真實：觀光客之所以會買些宗教聖地的小飾品和紀念品，是因為他們到了那裡根本不知道還能做什麼。

艾克希特讓哈洛有些驚訝。他已經建立起一種緩慢的內在節奏，而城市的氣焰此刻正威脅要打亂它。在開闊的天地間很安全，每樣事物都各就其位，那種環境令他感到舒適自在。他感覺自己不只是哈洛這個人，而是屬於某個更廣大的東西的一部分。而在城市中，在視野很短的情況下，他感覺任何事情都可能發生，而不管那是什麼事，他都會措手不及。

他在腳下尋找土地的痕跡，但是他找到的只是取代土地的鋪路石和柏油路面。每件事都讓他驚駭。來往車輛、建築物、匆匆走過並對著手機大聲說話的人群。他對每個人露出笑容，但看盡這麼多陌生人，是件累死人的事。

他浪費了整整一天，只是四處閒逛。每當他下決心要離開，他又會看到什麼東西而讓他分心，於是又過了一個小時。他會左思右想，對不確定自己需不需要購買的物品拿不定主意。他該不該送莫琳一副園藝手套？一名店員拿來五雙不同樣式的手套，還戴在手上展示，然後哈洛才想起來，妻子早就放棄她的菜圃了。他停下來吃東西，面對太多種三明治，使他忘了飢餓，什麼也沒吃就走了。（他喜歡起司或是火腿？或是他喜歡本日特選：海鮮總匯？或者他想點別種食物？壽司？北京烤鴨捲餅？）他孤伶伶一個人走在大地上時非常清楚的事，在這充滿各種選項和街道和過季特惠商店的玻璃櫥窗間卻變得無法捉摸了。他渴望能回到曠野。

而現在他有機會買些健行的裝備，卻又猶豫起來。他和一個熱心的年輕澳洲裔店員磨了一個小時，人家不只拿出健行鞋，還拿了帆布背包、一個小帳篷和一個會發聲的計步器，最後他不住道歉，只買了一個手搖式手電筒。他告訴自己說他憑著帆船鞋和塑膠袋應付得很好，只要用點巧思，他就能把牙刷和刮鬍膏放在一個口袋，芳香噴劑和洗衣粉放在另一個口袋。然後他進了火車站附近一家咖啡館。

二十年前，昆妮必定也來過艾克希特的聖大衛車站。她是從這裡直接去伯威克的嗎？她在那裡有親人？朋友？她從沒有提過親人或是朋友。有一次，車裡收音機播出一首歌，她就哭了。〈恰似一朵玫瑰〉。男性歌聲洋溢在空氣中，平穩而低沉。她在一陣陣的抽泣間說：這歌讓她想起她父親，而他最近才過世。

「對不起，對不起。」她低聲說。

「不要緊。」

「他是個好人。」

「我相信是的。」

「你會喜歡他的，佛萊先生。」

她說了她父親的一個故事，說他在她小時候和她玩一種遊戲，假裝她隱形了。「我在這裡！我在這裡！」她一直笑，而他卻始終直直盯著她，好像她不在一樣，並且說：「你現在就過來。你在哪裡呀，昆妮？」

「那時候好好笑喔。」她說，一邊用手帕擰著鼻尖。「我非常想他。」即使她的哀傷也有一種俐落的莊重。

車站咖啡館十分熱鬧。哈洛看著那些度假遊客設法把他們的皮箱和背包卡進桌椅之間的狹小空間，自問昆妮是不是也同樣在這地方坐過。他想像當時的她獨自一人，蒼白的臉，穿著她那式樣老舊的套裝，那張乾淨的臉表情堅決地凝視著前方。

他不應該就那樣讓她走的。

「對不起，」一個輕柔的聲音在他上方說道，「這位子有人坐嗎？」

他搖搖頭，把自己帶回到現在。一個衣著考究的男人站在他左邊，手指著他對面的椅子。哈洛揩了揩眼睛，驚訝又羞愧地發現他又哭了。他告訴這個男人說這個位子的確沒有人坐，並熱心地慫恿他坐下。

男人穿著一套漂亮的西裝，深藍色襯衫，還有小小的珍珠袖釦。他的身材精瘦優雅，濃密的銀白色頭髮往後梳。即使坐下來，他也交疊雙腿，使得長褲的褲褶對齊兩個膝蓋。他把兩隻手湊到嘴邊，比出類似尖塔的形狀。他看起來就像是哈洛希望自己是的那種人：尊貴，莫琳會這麼說。也許他看得太認真了，因為當女服務生送來一壺錫蘭紅茶（沒有加牛奶）和一份熱過的茶糕後，這位男士頗有感觸地說：「道別一向不容易。」他倒了茶，加進檸檬片。

哈洛解釋說他正要步行去找一個他過去辜負過的女人。他希望那不是道別，他非常希望他的朋友能活下去。他沒有看著這個男人的眼睛，而是把目光專注在熱過的茶糕上。這茶糕有盤子那麼大，茶糕上的奶油已經融化得像是金黃色糖漿一樣。

男人把一半的茶糕切成細條，一邊吃一邊聽。咖啡館裡人聲鼎沸，吵吵嚷嚷，窗子布滿霧氣，變得不透明。

「昆妮是那種大家不容易欣賞的女人。她不是漂亮小妞，不像酒廠的其他女人那樣。她臉上可能還有些汗毛，不是鬍子那類的，可是其他那些傢伙都會笑她。他們會給她亂取綽號，讓她很痛苦。」哈洛甚至不確定對方能不能聽見他的話。他驚嘆地看著這位男士動作俐落地把茶糕送進牙齒中間，並且每吃完一口就把手指擦乾淨。

「你要不要來一點？」男士說。

「我不能。」哈洛舉起兩隻手，像是當作路擋一樣。

「我只要吃一半，浪費另一半似乎太可惜了。請一起享用吧。」

銀髮男士把他那些切好的茶糕拿起來，在一張紙巾上擺好。他把沒有動過的另一半茶糕連盤子推向哈洛。「我可以請教你一個問題嗎？」他說，「你看起來像是個正人君子。」

哈洛點點頭，因為茶糕已經在他嘴裡，他又不能把它吐出來。他想不讓奶油流下來，而用手指要把它抹上去，但是它卻沿著他的手腕流，把袖子沾得油油的。

「我每個星期四都會來艾克希特。早上坐火車，傍晚再回去。我是來找一個年輕男人的，我們會一起做些事。沒有人知道我這部分的生活。」

銀髮男士停下片刻，又倒了一杯茶。茶糕停在哈洛的喉嚨裡。他可以感受到男士的眼睛在搜尋他的目光，但是他無法抬頭看。

「我可以說下去嗎？」男士說。

哈洛點點頭。他大口嚥了口水，把那茶糕擠下他的喉間。茶糕伴隨痛楚一路往下走。

「我喜歡我們做的事，否則我就不會來這裡了，不過我也漸漸喜歡上他了。事後他會給我拿杯水喝，有時候他也會聊點什麼。他的英語並不好。我相信他小時候得過小兒麻痺症，有時候那會使他走起路來一跛一跛的。」

銀髮男士頭一次有些遲疑了，彷彿他在和內心的什麼東西對抗。他拿起他的茶，但是當他把杯子湊向嘴邊時，他的手指是顫抖的，使得茶液濺出了杯子、灑到他的茶糕上。「他讓我心動，這個年輕人，」他說，「他讓我無可言喻地心動。」

哈洛把目光望向別處。他思忖自己能不能起身離開，但是他明白他不能，畢竟他吃了這位銀髮男士半個茶糕。然而他卻覺得看到這人的無助像是侵犯了隱私——明明之前他是如此和善又顯得如此優雅。他希望這人沒有把茶潑出來，而且希望他把茶液擦乾，但是他並沒有，他只是坐在那裡，承擔這件事，卻不在意。他的茶糕眼看要毀了。

男士費力地繼續說下去，字字句句說得緩慢且分離。「我會舔他的運動鞋，這是我們做的事中的一部分。但是我今天早晨才注意到他鞋子的拇趾部位有個小洞。」他的聲音抖顫著，「我想要給他買雙鞋，可是我不希望傷到他的自尊心。可是我也同樣無法忍受他穿著破洞的鞋子在街上走路，他的腳會溼掉。我該怎麼辦？」他緊緊抿住上下唇，彷彿壓制住快潰堤的痛苦。

哈洛靜靜坐著。銀髮男士其實一點也不像哈洛一開始想像的那種人，他就是和他一樣的人，有著獨有的痛苦，然而如果你在街上走過他身邊、或在咖啡館坐在他對面卻沒有跟他一起吃茶糕，那麼你根本不會知道這件事。哈洛想像這位男士在車站月臺上，穿著時髦的西裝，看起來和別人沒有什麼不同。全英格蘭一定都是一樣的。人們買牛奶、給車子加油，或甚至去寄信，然而除了他們自己，沒有別人知道他們內心牽掛的事情有多沉重。以及，有時候需要超越人類極限的努力才能保持正常，並且隸屬於看起來簡單又尋常的事物，而處於這種情況有多麼寂寞。深受感動而又感到謙卑之餘，他把紙巾遞過去。

「我想要是我，我就會給他買雙新鞋。」哈洛說。他放膽把目光抬起，迎向銀髮男士的目光。那虹膜是水汪汪的藍，眼白部分是粉紅色，看起來似乎很疼痛。哈洛看了心裡很難受，但是他並沒有移開目光。兩個男人一時間就默默坐在那裡，直到哈洛突然一陣輕鬆，使他露出了笑容。他了解在步行往前為他犯的過錯贖罪之際，這也是他要接受他人的奇特之旅。身為過路客，他置身在一個不只大地開闊，而且每樣東西也都是開闊的地方。別人會暢所欲言，他也可以洗耳恭聽，而在他上路的時候也帶了一些在心裡。他之前忽略了那麼多事，因此他這一點慷慨是要歸功於昆妮和過往。

男士也笑了。「謝謝你。」他擦了擦嘴和手指，然後是杯緣。他站起來時說：「我想我們此後不會再碰到面了，不過我很高興我們見過面。我很高興我們談了話。」

他們握了手便分道揚鑣，剩下的茶糕就拋在身後。

9　莫琳與大衛

莫琳不知道哪樣更糟：是剛得知哈洛正步行去找昆妮這件事帶來的令人麻痺的驚嚇呢，還是之後取而代之的極度的憤怒？她收到他的明信片了，一張上頭有巴克法斯特修道院，另一張是達特茅斯鐵路（希望你安好。H。），但是這兩張都沒能提供她真正的安慰或是解釋。大多數晚上他會打電話給她，不過幾乎都疲累到說得不清不楚。他們存起來準備退休用的錢，在幾個星期裡就會浪費掉了。他竟然敢在她已經忍受了他四十七年以後丟下她！他竟然敢如此狠狠羞辱她，使她甚至不能告訴她兒子！前廳桌上擺放了一堆家用帳單，收信人是H．佛萊先生，她每次匆匆經過時都會因此想起他離家的事。

她拿出吸塵器，找出哈洛的蛛絲馬跡：一根頭髮、一顆釦子，然後用吸嘴把它們吸進去。她又用消毒劑噴灑了他的床邊櫃、衣櫥和床鋪。

讓莫琳掛心的不只是憤怒，還有該怎麼跟她鄰居說的問題。她已經開始後悔扯了哈洛因為腳腫而臥床休養的謊。雷克斯幾乎每天都會出現在大門口，問哈洛要不要人探視，還會帶些小禮物：一盒牛奶托盤牌巧克力、一副撲克牌、一篇他從當地報紙上剪下來關於草坪肥料的文章。事情已經演變到她不敢去看前門上嵌的毛玻璃，害怕看到他矮胖的身形出現。她也考慮過說她丈夫前一晚被緊急送到醫院急診室，不過那會讓雷克斯非常焦慮，她不忍心，況且他說不定還會熱心地要載她去醫院呢。現在她覺得自己比哈洛離家之前更像是關在自己家中的犯人。

在哈洛離家幾乎一個星期後，他打公共電話給莫琳，說他要在艾克希特住第二個晚上，隔天一早就出發往提佛頓。他說：「有時候我認為我這麼做是為了大衛……莫琳，你有沒有聽到我說話？」

她聽到了，但是她說不出話。

他說：「我時常想到他，我也記起一些事情，是他還是小孩子的事。我想這會有幫助。」

莫琳吸進一口氣，這空氣冷得她的牙齒都感覺到像是光裸的一樣。終於她說：「你是說大衛要你走路去找昆妮．韓內希？」

他沒有說話，然後嘆了口氣。「不是。」這是一種悶悶的聲音，像是什麼東西在墜落。

她繼續說。「你跟他說過話了沒有？」

「沒有。」

「見到他了？」

又一句「沒有」。

「那就是了。」

哈洛沒有說話。莫琳站起來，在前廳地毯上來回踱著步子，用她的腳去體會她的勝利程度。

「如果你要去找這個女人，如果你要不帶地圖、不帶手機從南到北走完英格蘭，甚至沒有事先跟我說一聲，那麼你至少行行好，就承擔自己在做的事。這是你的選擇，哈洛。不是我的選擇，當然更不是大衛的選擇。」

以這麼理直氣壯的怒火說完話，她別無選擇，只能掛了電話。但她立刻就後悔了。她想要打回去，但是她不知道號碼。有時候她說是說這些話，但其實她沒這個意思。這些事已經變成她說話時的材料了。她想要找點事分心，但是唯一剩下可以洗的東西是紗簾，而她無法面對把紗簾拆下來該怎麼辦。另一個晚上來了又過了，沒有什麼事發生。

莫琳時睡時醒。她夢到她參加一個社交場合，很多男女穿著正式禮服和晚禮服，而這些人她並不認識。她坐在桌邊吃東西，低頭一看，卻發現她的肝放在自己大腿上。「真高興認識你。」她對在她旁邊的男人說，一邊趁他還沒看到前用手把它蓋住。而她的肝卻一直在她手指間滑動，吱吱咯咯地在她指甲下的空隙間鑽動，最後她實在很懷疑自己還能制住它。服務生開始端上一盤盤蓋著圓頂罩的食物。

然而她卻感覺不到生理上的疼痛，沒有那種痛。她感覺到的更偏向恐慌，因恐慌而痛苦。這種痛苦突如其來，使她的頭皮在她髮絲下麻麻癢癢。她要怎麼不引人注意地把這肝放回身體裡？況且她在身上又摸不到任何開口，可以讓她把肝塞回去？不管她在桌子底下多麼用力地甩手指，她的五根手指全都黏在這東西上。她想要用另一隻空著的手把肝剝掉，可是沒過多久這隻手也被肝黏住了。她想跳起來大喊，但是她知道她不可以。她必須保持一動不動，十分安靜，絕不可以讓人知道她正在顧著她的內臟。

莫琳在四點一刻時滿身大汗地醒來，伸手去開床頭燈。她想到在艾克希特的哈洛、越來越少的退休金，和送禮物來的雷克斯。她想到無法清理掉的沉寂。她再也受不了了。

日出後不久，她同大衛說話。她坦承他父親走去找一個從前認識的女人這件事，他聽著。「我和你都不認識昆妮・韓內希。」莫琳說，「不過她在酒廠做事。她是會計。我猜她是老小姐那種型的人，很孤單的。」之後她告訴大衛說她愛他，希望他能來看看她。他保證說他也同樣希望。「那麼親愛的，我該拿哈洛怎麼辦呢？要是你，你會怎麼做？」她說。

他告訴她他父親的問題是什麼，並且勸她去看醫生。他說出她不敢說出口的事。「可是我不能離開屋子，」她爭辯著，「他也許會回來。他也許會回來，而我偏偏不在家。」大衛笑了。她覺得有點刺耳，不過他一向不是委婉說話的人。她有個選擇。她可以待在家裡等，或者她可以設法對這件事想想辦法。她想像大衛的笑容，眼淚湧上眼眶。接著他說了一件她沒料到的事：他知道昆妮・韓內希，她是個好女人。

莫琳微微抽了口氣，「可是你從沒見過她。」

他提醒她沒錯，但若說莫琳和昆妮沒見過面，這話卻不對。她曾經帶口信到運河橋路的家裡。是急事，她還說。

這一點讓她下定決心。醫院一開門，莫琳就打電話和醫生約了診。

10 哈洛與徵兆

早晨的天空是單一的藍色，上頭掛著細縷的雲朵，一小片月亮仍然在樹後徘徊。重新回到路上，哈洛鬆了一口氣。他很早就離開艾克希特，之前還先買了一本二手的野花百科和大不列顛觀光手冊，他把這兩本書和給昆妮的兩件禮物一起放在他的塑膠袋裡。他重新補滿了飲水、餅乾，並在藥房老闆的建議下買了一罐凡士林，要塗他的腳。「我可以賣給你一種專門的藥膏，不過那會浪費你的時間和金錢。」藥房老闆說。他也警告他說天氣快要變壞了。

在城市裡，哈洛的思緒停止了。如今他又回到空曠的大地，再次置身在不同地點的中間，於是各種景象自由地在他心中奔馳。行走之際，他將花了二十年時間想要躲開的過去釋放出來，如今過去以它自己的活力在他腦中喧囂、嬉鬧。他不再用幾哩看待距離，而是用他的回憶量測。

經過政府放租的耕地時，他看到莫琳穿著一件他的舊襯衫，在運河橋路的前院裡，頭髮往後綁起，被風往前吹動，臉上沾著泥土，正在栽種四季豆。他看到一個破了的鳥蛋，而以一種令人心碎的溫柔想起大衛剛出生時柔軟的腦袋。在寂靜中他聽到一隻烏鴉空洞的叫聲，突然間他成了一個青少年，正躺在床上，聽到同樣的烏鴉叫聲，一陣孤寂襲向他。

「你要去哪裡？」當時他問他母親。他的身高已經高過父親；不過他喜歡自己只及於她肩膀的這件事。她提起皮箱，在頸間繞上一條長絲巾，絲巾垂在背後，像是頭髮一樣。

「不去哪裡。」她說，但是她正打開前門。

「我也要去。」他抓住絲巾，只是絲巾的流蘇，抓這裡她也許不會注意。絲巾在他的指尖下十分柔軟。「我可以去嗎？」

「別傻了，你會沒事的，你已經可以算是個男人了。」

「我跟你說個笑話好不好？」

「不要現在，哈洛。」她把絲巾從他手中慢慢拉出。「你這樣讓我顯得可笑了。」她擦拭眼睛說著，「我的妝有沒有花掉？」

「你很好看。」

「祝我好運吧。」她深吸了一口氣，像是準備要跳進水裡一樣，然後走出去。

細節是如此清楚，簡直比他腳下的土地更真實。他可以聞到她的麝香香水味，看到她皮膚上的白粉，即使她不在那裡，他也知道如果她讓他親她的臉頰，味道一定像是棉花軟糖。

「我想你可能喜歡換個口味。」昆妮·韓內希說。她已經扳開一個小鐵罐的蓋子，露出裡面方形的白色甜點，覆蓋白色糖粉。當時他搖搖頭，繼續開著車。之後她再也沒帶過棉花軟糖。

陽光穿過樹木照過來，使得在風中一波波搖動的嫩葉像是錫箔紙一樣閃亮。在布蘭佛史北克村，屋頂變成了茅草頂，磚頭也不再是燧石的顏色，而是一種溫暖的紅色色調。繡線菊的枝條在成串的花朵重壓下彎著身子，飛燕草的嫩芽推出了土壤。在手冊的幫助下，哈洛認出了菘藟、鹿舌草、紅石竹、漢紅魚腥草、白星海芋，還發現他曾大為驚嘆其美麗的星形花朵是銀蓮花。他因此大感振奮，在往索維頓還剩下二點五哩的路途中，他都在埋首研究他的野生植物百科。雖然藥師警告過他，不過並沒有下雨。他感覺很幸運。

左右兩側的大地都傾斜往下，向著遙遠的山丘延展。哈洛趕過兩個推著嬰兒車的年輕女人；一個戴著五彩棒球帽、騎著「速可達」的男孩；三個遛狗人；和一名健行者。晚上他和一名想要成為詩人的社工人員在一起。這人提議把啤酒加到哈洛的檸檬汁裡，但哈洛拒絕了。過去酒精曾造成不幸，他說；對他自己不幸，也對他身邊的人不幸，多年來他刻意不去沾它。他說了一些昆妮的事：她很喜歡倒著歌詞唱歌、說謎語，還喜歡吃甜食。她特別喜歡梨子糖、檸檬雪酪糖和甘草糖。有時候她的舌頭會變成觸目的紅色或紫色，不過他不喜歡如此告訴她。「我會拿杯水給她，希望能把那顏色沖掉。」

「你真是個聖人！」哈洛告訴他要走去伯威克時他說。

哈洛嚼著炸豬皮，堅持說他並不是。「我妻子會支持我這一點。」

「你該看看我必須去打交道的那些人，」社工人員說，「他們就夠讓你想要放棄了。你真的相信昆妮．韓內希在等你嗎？」

「是的。」哈洛說。

「也相信你可以走到伯威克？憑著一雙帆船鞋？」

「是的。」他重複道。

「你從來不會害怕嗎？自己一個人？」

「起初會，不過現在我已經習慣了，我知道可能會遇上什麼事。」

社工人員的肩膀聳起又放下。他說：「但是其他人呢？和我打交道的那種人呢？當你遇到那樣的人，會發生什麼事？」

哈洛想著他目前遇見又分開的人。他們的故事有的讓他驚訝，有的使他感動，沒有一個不觸動他的。這世界上已經有更多他關切的人了。「我只是個平常人，路過而已。我在人群中不很突出，我也不麻煩人。當我告訴別人我在做的事情時，他們似乎能理解。他們會反省他們的人生，然後希望我能到達目的地。他們和我一樣想要昆妮活下去。」

社工人員聽得太專注了，哈洛感到有點發熱。他伸手到領帶前，把領帶扶正。

這天晚上他頭一次做夢。夢中影像還沒完全成形，他就起來了，不過鮮血從他指節間流出來的記憶已在腦中，如果他再不小心一點，恐怕還會出現更糟的。他站在窗前，凝望著黑色的天空，想起他母親離家那天他父親盯著前門，彷彿光是堅持就足以讓門一開，露出她的身影來。他父親放把椅子和兩瓶酒在那裡，他似乎坐了好幾個小時。

「她會回來的。」當時他說，而哈洛就躺在他的床上，因為要聽聲音而身體緊繃，以至於他覺得自己不是男孩，而是沉默本身。早晨，她的洋裝被四散丟在小小的房子裡，像是一個個空蕩蕩的媽媽。有些衣服甚至被丟到他們稱作前院草坪的稀疏青草上。

「出了什麼事啊？」隔壁的女士問。

哈洛把衣服收到懷裡，捏成一團。他母親濃濃的味道如此清晰，讓人根本不可能相信她不會回來了。他必須把指甲掐進他的手肘，免得發出聲音。他一邊把這幕景象再回想一次，同時看著夜空的黑暗漸漸放鬆。恢復平靜後他又回到床上。

幾個小時後，他不明白有什麼事情改變了。他幾乎不能動彈。如果用貼布包住水泡，那他可以忍受，但是每當他的右腳稍稍用力，就會有一陣抽痛從後腳跟衝上他的小腿。他做平常做的事：淋浴、吃東西、重新收拾好塑膠袋裡的東西，再去付帳，但是他每次測試，小腿的痛都會在。天空是一種冷冷的深藍色，太陽低垂在地平線上，使得縷縷水氣發出白色的光亮。哈洛沿著銀街往A396公路走，卻沒能看到他走過什麼樣的地方。他每二十分鐘就得停下來，把襪子翻下來，捏捏腿上的肌肉。他腿上倒沒有受傷的跡象，讓他鬆了一口氣。

他試著回想昆妮或是大衛來讓自己分心，但是這些想法都沒能成形。每當他找出一段回憶，回憶卻又同樣快地消失。他會想起兒子說：「我敢打賭你說不出非洲所有國家的國名。」但是即使在他想要想出一個國名的時候，他的腿也會突然痛了起來，使他忘了他想要記起來的是什麼。走了半哩路後，他的小腿骨像是被割傷一樣，他幾乎不能再用這條腿出半點力量了。他不得不用左腳拖著長長的步子，然後右腳輕輕一跳。上午過了一半，天空布滿厚厚的雲朵。不管怎麼看待這件事，他都忍不住會覺得往北走、穿越英格蘭，已經變得像是爬山一樣。即使向前延伸的平路，也突然間像是上坡路。

他無法丟開心中他父親癱坐在一張廚房椅子上等他母親的畫面。這幕景象一直都在，但是他感覺他是第一次看到。他父親可能嘔吐在他的睡衣上了，最好不要用鼻子呼吸。

「走開。」他說，但是他的目光從哈洛很快轉到牆上，你很難看出他認為何者更討厭。鄰居們聽說了都來安慰他父親。他們說：瓊恩有她自己的想法，這是福氣，起碼你還夠年輕，可以重新開始。突然家中出現前從未有的大批女性。窗子打開了、櫥櫃清空、被褥晾晒。燉菜、派餅和肉凍紛紛出現，還有板油布丁、果醬和用牛皮紙包著的水果蛋糕。家裡從沒有這麼多食物過，他母親對三餐沒有什麼特別興趣。黑白照片消失到手提袋裡，紅色脣膏從浴室中不見，她一瓶瓶的香水也是。他在街角看到她、在十字路口看到她。他甚至還看到她在放學時等他，卻在他衝出去以後才發現那是個他不認識的女人，戴著他母親的一頂帽子，或穿著她的一條裙子。瓊恩向來喜歡鮮艷的顏色。他的十三歲生日來了又過了，她沒有片語隻字。六個月之後，哈洛在浴室櫃裡甚至聞不到她的味道了。他父親開始用遠親取代他妻子原本占據的空間。

「跟你的妙瑞兒阿姨打招呼。」他會說。他不再穿他的睡袍，而是穿著一套突兀地掛在他肩上的西裝。他甚至還刮了鬍子。

「老天，他個頭真大！」女人是個大餅臉，從一件毛大衣中伸出來，手指像是香腸，抓著一袋馬卡龍。「他要不要吃一個？」

這段回憶讓哈洛嘴裡泛起口水。他把塑膠袋裡所有的餅乾都吃了，但是這些餅乾卻不能滿足他以為是對食物的渴望，他並沒有因此平息這種渴望。他的口水像膠水一樣又濃又白。路人迎面走來時，他都會用手帕掩住嘴，希望不要引人驚慌。他買了兩盒保久乳，大口灌下，使得牛乳濺了出來，流到下巴上。他喝得太急了，但是這種需要太過強烈，他無法和它講道理。他用嘴一次又一次地扯著紙盒，只恨牛奶流得不夠快。又走了幾步路，他不得不停下來嘔吐。他忍不住想到他母親離開的時候。

收拾她的行李離開，不只讓他不再能看到她的笑，也失去了唯一一個比他高的人。你絕對不能說瓊恩是個疼孩子的母親，不過起碼她站在她兒子和雲朵之間。那些阿姨們給他吃糖果，或捏他的臉頰，或甚至問他某件洋裝合不合身，但是這個世界突然間沒有了邊際，而她們的碰觸會讓他縮回去。

「我不是說他古怪，」他的妙瑞兒阿姨就說過，「他只是不看你。」

哈洛成功走到比克利。根據他的導覽書所說，他應該去參觀在艾克斯河河岸上的小小紅磚城堡。不過一個穿橄欖綠長褲的長臉男人告訴他，他的導覽書很不幸地已經過時了，除非哈洛有興趣參加一場豪華婚禮或是度一個謀殺案主題的週末。他要哈洛去比克利磨坊的工藝禮品店，說他也許可以在那裡找到一些比較合他品味和預算的東西。

他看了看玻璃飾品和薰衣草袋和一些本地雕刻的懸掛式鳥食器，不過沒有一樣是他認為可愛的，或甚至是必要的。這一點讓他很難過。他想要離開，但由於他是店裡唯一的客人，店員又盯著他，他覺得非買點東西不可。於是他離開店時已經買了給昆妮的四個餐墊，每個墊子上都有壓印的得文郡風景圖。他選了一枝原子筆給妻子，這筆在你壓到筆尖時會發出昏暗的紅光，這樣她就可以在黑暗中寫字了，如果她想要這樣的話。

「沒媽的哈洛」，學校裡的同學這樣子叫他。於是他開始請假幾天、幾星期，直到他的同班同學變得像是陌生人，而他覺得自己成了不同物種。他的妙瑞兒阿姨會寫假條：哈洛感冒了、哈洛臉色蒼白。有時候她會拿來字典，寫得更有創意：哈洛星期二大約晚上六點因肝膽不適而出了一塊斑。考試不及格以後，他索性根本不去了。

「他沒事的，」妙瑞兒離開後，睡她床位的薇拉阿姨說，「他能說不錯的笑話，只是他在說到笑點時口齒不清。」

孤單又疲憊的哈洛在臨河的漁夫小屋點餐。他和幾名陌生人談話，他們告訴他說，橫過滔滔河水的橋，就是賽門與葛芬柯二重唱那首歌的靈感來源；他自始至終感覺自己點頭又微笑，想要作出正在聆聽的樣子，然而實際上他的心思全被他的旅程、他的過去，以及他的腿的情況所盤據。這腿的情況嚴重嗎？症狀會消失嗎？他很早就上床，還向自己保證說睡個覺就能復原了。結果並沒有。

瓊恩唯一的一封信上這麼寫：吾兒至艾，紐希蘭是個很棒的第方。我必須走。我不是為人母親的人。替我向你爸爸溫好。最糟的部分不是她的離開，而是她甚至連解釋信都錯字一堆。

在哈洛步行的第十天，他走路時已經沒有任何一段單獨時刻、也沒有任何一次彎曲肌肉時，他的整個右小腿不會感到灼灼的疼痛，提醒他他有麻煩了。他想起他對安寧醫院護士承諾說要步行去看昆妮的急切，而現在這似乎顯得沒道理到幼稚的地步。連他和社工人員的談話也讓他羞愧。這好像是某件一夜之間發生的事，彷彿這步行和他對這件事的信念已碎成兩半，如今他只剩下這持續的跋涉。他已經走了十天，他所有的精力都貫注在一腳放在另一腳前面這個動作上。但是現在他既已找到對雙腳的信念，那實際的焦慮卻被更陰險的東西取代了。

在A396公路上往提佛頓的三點五哩路，是他目前為止最辛苦的一段路。路上能避開車輛的地方不多，雖然路旁灌木圍籬最近才修剪過，可以不時看到艾克斯河的銀色河面，但是它卻給它們一種蠻荒的外觀，使他寧可不去看。汽車駕駛會按喇叭、大喊要他離開馬路。他責怪自己只走了這麼點路，以這種速度，到聖誕節他都還走不到伯威克。連小孩子都會走得比他多，他告訴自己。

他想到大衛像個魔鬼般跳著舞，他也想到這孩子在班善向外海游。他又看到某次他對兒子說了個笑話，而大衛把臉皺起來的情景。「可是我聽不懂。」他說。他看起來像是快要哭了一樣。哈洛解釋說這個笑話很好笑，就是要逗你笑的。他於是又說了一遍。「我還是不懂。」男孩說。後來哈洛聽到他在浴室裡把笑話說給莫琳聽。「他說很好笑。」大衛抱怨道，「他說了兩次，可是我都笑不出來。」即使在那個年紀，他也已經會讓他的話聽起來陰沉。

然後哈洛想到他兒子十八歲時：他的頭髮直垂到肩膀以下，他的雙手雙腳都太長了，衣服顯得短。他看到這個年輕人腳放在枕頭上躺在床上，用力盯著，卻沒有望著任何東西，使得哈洛曾短暫猜想他是不是看得到哈洛看不到的東西。他的手腕都是骨頭。

哈洛聽到自己說：「我聽你媽說你進劍橋了。」

大衛沒有看他，他仍然視而不見地盯著空無。

哈洛想要把他摟在懷中，緊緊抱住。他想要說，我的可愛兒子，我不聰明，但是你怎麼會這麼聰明呢？但是他看著大衛那看不透的臉，只說，「哇，這很好。天哪！」

大衛不屑地笑了笑，彷彿剛聽到一個關於他父親的笑話。哈洛的回應是關上房門，向自己保證說有一天，也許當他兒子完全長大了，情況會好一些。

從提佛頓出發時，哈洛決定仍然沿著大路走。他認為這條路徑比較直接。他要先走大西部道路，再穿過鄉間小路，直到走到A38公路。走到陶頓應該有二十哩。

一場暴風雨將要來襲。雲朵升起，像是一個罩子般罩在大地上，還在布拉克當丘陵上灑下一種妖異的亮光。他頭一次想念他的手機了。他感覺對於在前面等著他的東西毫無準備，他也希望他能跟莫琳說話。樹頂在花崗石般波浪起伏的天空下閃亮，在第一陣風吹襲過來時不住搖撼，樹葉和細枝被掃上空中，鳥兒驚叫。遠處雨水像一片片船帆映入眼簾，懸在哈洛和山丘之間。第一批雨點打下時，他縮在外套下。

這裡無處可躲。雨水打在哈洛的防水外套上、流下他的脖子，甚至又往上漫到他的鬆緊袖口。雨點像是胡椒子一樣打下來。雨水在一窪窪的水潭和水溝邊的小水流中打轉，每輛經過的車都把它濺到他的帆船鞋上。一個小時過後，他的兩隻腳全是水，皮膚也因為一直和溼衣服磨擦而發癢。他不知道他餓不餓，也記不得自己有沒有吃飯。他的右小腿一陣陣地痛。

一輛車開到他旁邊，把水從上到下濺了他整條長褲。不要緊，他反正也不可能更溼了。副駕駛座的窗子緩緩轉下來，車裡有一股新皮革和暖氣的溫暖味道。哈洛低下頭。

另一邊位置上的那張臉年輕而且乾爽。「你迷路了嗎？你需不需要人指路？」這張臉說。

「我知道我要去哪裡。」雨水刺痛哈洛的眼睛，「不過還是謝謝你停車問。」

「這種天氣不應該有人還在外頭。」這張臉堅持。

「我作了承諾。」哈洛挺直身體說，「不過我很感激你注意到我。」

走下一哩路時，他自問不去求援是不是太笨了。他走路的時間花得越久，昆妮就越不可能活著。然而他很確定她在等。如果他在這樁交易中沒達成自己的部分——即使這樁交易邏輯不通，他害怕他再也見不到她了。

我該怎麼辦？顯現一個徵兆給我吧，昆妮。他說著，也許是說出口，也許只是在心裡對自己說。他不再確定他自己的界線是到哪裡為止，而外頭世界又從哪裡開始。

一輛大卡車轟轟駛向他，猛地響起一聲喇叭聲，還把他從頭到腳濺了一身泥。

然而有別的事情發生了，並且成為一個特別的時刻，那種一置身當下就能明白它別有意義的時刻。下午較晚時，雨突然說停就停了，突兀得甚至令人難以相信之前有下過任何雨。東邊的雲幕扯開來，一道低低的銀色亮光穿雲而下。哈洛站定，望著大團的灰色一再分裂，顯現出新的色彩：藍色、焦茶色、蜜桃色、綠色、深紅色。然後雲彩滿布一種模糊的粉紅，彷彿那些鮮艷的顏色全滲開來，相遇之後混合了。他無法移動，他要親眼看到每一樣變化。照在路上的光是金色的，連他的皮膚也因為光線而變暖了。他腳下的土地發出吱嘎的聲音，低低說著話。空氣聞起來有股綠意，充滿了初始的味道，一陣溫柔的霧升起，像是縷縷輕煙。

哈洛疲倦得幾乎抬不起腳，然而他感覺到無比的希望，讓他有些飄飄然。如果他能繼續望著比自己更廣闊的事物，他知道他終會走到伯威克的。

11　莫琳與代理醫師

櫃臺接待員道歉，說由於安裝了自動服務的設備，她無法幫莫琳約診掛號了。「可是我人就站在這裡，」莫琳說，「你為什麼不能幫忙？」接待員指著主櫃臺外幾呎的一個螢幕，向莫琳保證新程序很簡單。

莫琳的手指變得潮溼了。自動服務問她是男是女，可是她按錯了鍵。它又問她的出生日期，她先打了月份再打日期，於是只好由一位年輕病人幫忙，那人打噴嚏打了她滿肩膀。等到掛好號，她身後已經排了一小群人，全都因為生病而哼哼啊啊個不停。螢幕閃出「請洽詢主櫃臺」幾個字。小小的隊伍全體一致地搖搖頭。

接待員再次道歉。莫琳原本的家庭醫師突然被找去應診，不過她可以掛一位代理醫師的診。

「為什麼我剛到的時候你沒有告訴我這件事？」莫琳叫道。

接待員第三次道歉。這是新系統，她說，每個人都必須先用電子方式掛號。「就連領養老金的民眾都是。」她問莫琳願意等呢，或者明天早上再來，莫琳搖頭。如果她回家，她不敢確定自己還有沒有意願再來。

「你需要喝杯水嗎？」接待員說，「你看起來很蒼白。」

「我只需要坐一下。」莫琳說。

當然，大衛要她放心離開家是沒錯的，但是他並不知道在來到診所的路上她會有多焦慮。她告訴自己：倒不是說她想念哈洛，但是發現她在外面的世界獨自一人，卻是個全新的震撼。她周遭的每個地方，人們都在做平常的事。他們駕車、推娃娃車、遛狗、回家，好像生活全都是一樣的，但其實不然。這生活是全新的而且是錯的。她把大衣釦子扣到脖子，再把衣領往上拉到貼住耳朵，但是空氣仍然太冰涼、天空也太空曠、各種形狀和色彩也太強烈。她在運河橋路上匆匆急走，免得被雷克斯瞄到，然後逃到市中心。碼頭旁的水仙花花瓣都已成了皺巴巴的棕色。

在候診室裡，她想用雜誌讓自己分心，但是她看著那些字，卻不能將它們連成句子。她看到像她和哈洛那樣的夫妻，並肩坐著，彼此作伴。黃昏的陽光中有點點微塵，在重濁的空氣中打轉，像是被人用一根湯匙攪拌了一樣。

當一個年輕男人打開診間的門，喃喃叫著一個病人的名字時，莫琳坐在那裡等那個人站起來，心裡還納悶為什麼要那麼久，然後她才發現叫的是她的名字，於是急急忙忙站了起來。代理醫師看起來才剛出校門，身體塞不滿他的黑西裝。他的鞋子擦得像七葉樹果一樣亮。她腦子裡憑空冒出一個大衛的學校皮鞋的景象，她感到一陣劇烈的痛苦。她希望她沒有向兒子求助，她希望自己待在家裡。

「我有什麼可以效勞的嗎？」代理醫師坐進椅子裡喃喃說。字句似乎靜悄悄地從他嘴裡滑出來，她還得把頭伸近一點，好捕捉到它們。如果她不小心的話，他會要她檢查聽力。

莫琳解釋說她丈夫出發去找一個他二十年沒見過的女人，深信自己可以拯救得癌症的她。今天是他步行之旅的第十一天，她說著，一邊把手帕捲成一個結。「他到不了伯威克。他沒有地圖，沒有適當的鞋子。他離開家的時候還忘了帶手機。」告訴陌生人，更加證實了這件事的冰冷，她害怕她會哭出來。她放膽望了代理醫師的臉一眼。好像有人趁她沒在看的時候走到他面前，用黑筆在他眉間和額頭上畫了粗粗的皺紋一樣。也許她說太多了。

他說得很慢，彷彿想要記起恰當的字眼。「你丈夫認為他可以拯救從前的同事？」

「是的。」

「讓她從癌症恢復？」

「是的。」她開始感到不耐煩了。她不希望自己必須去解釋，她希望他本能就可以理解。她不是來這裡為哈洛辯護的。

「他認為他要怎樣救她？」

「他似乎認為步行就可以。」

他皺起臉，往下巴擠出更多深深的線條。「他認為走一趟路就可以治好癌症？」

「有個女孩給了他這種想法，」她說，「一個加油站的女孩。她還給他熱了漢堡，哈洛在家從不吃漢堡的。」

「一個女孩告訴他說他可以治好癌症？」如果這診療繼續下去，這個可憐男孩的臉會皺到不能再皺。

莫琳搖搖頭，想要重新整理一番。她突然間覺得很累。「我擔心哈洛的健康。」她說。

「他身體強壯健康嗎？」

「沒有戴老花眼鏡的話，他有一點遠視。門牙兩邊各有兩顆假牙，不過我擔心的不是這個。」

「然而他相信他可以靠步行治好病？我不懂。他有信教嗎？」

「哈洛？他唯一會呼喊上帝的時候，就是打開除草機油門的時候。」她笑了笑，要幫助代理醫師明白她是故意搞笑。代理醫師一臉困惑。「哈洛六個月前退休，從那時候起，他就一直——」她突然中斷，要搜尋正確的字眼。代理醫師搖搖頭，表示他不懂。「動也不動。」她說。

「動也不動？」他重複她的話。

「他每天都坐在同一張椅子上。」

聽到這裡，代理醫師的眼睛一亮，如釋重負地點點頭。「啊，憂鬱。」他拿起筆，啪地打開筆套。

「我不會說他是憂鬱。」她感覺自己心跳加快。「事實是，哈洛有阿茲海默症。」對啦，她說出來了。

代理醫師的嘴張開，下巴發出令人慌亂的咔咔聲。他沒有把筆蓋蓋上就把筆放回桌上。

「他有阿茲海默症，而他還要走到伯威克？」

「是的。」

「佛萊太太，你先生服用什麼藥物？」這沉默嚴肅得令她微微顫抖。

「依我說是阿茲海默症，」她慢慢說道，「不過還沒有確實診斷出有這個病。」

代理醫師又鬆了一口氣，他幾乎笑了。「你是說他常忘東忘西？他會有些老態的時候？只是因為我們忘了帶手機，那不表示我們都有阿茲海默症呀。」

莫琳勉強地點點頭。她無法判定哪樣事情比較讓她光火：是他對著她的方向丟出「老態的時候」幾個字呢，或是現在他對她展現的那種消遣般的笑容。「他們家族有這個病史，」她說，「我認得出那些跡象。」

從這時起，她開始簡述哈洛的個人史：他父親戰後回家成了酒鬼，有憂鬱傾向。他父母親不想要小孩，而他母親收拾了行李離家出走，再也沒回來。她解釋說他的父親後來女人不斷，直到哈洛十六歲生日那天他父親要他離開家為止。從此以後，這兩個男人疏遠了許多年。「然後，突然有一天，一個女人打電話給我丈夫，說是他的繼母。她說：你最好來接你爸爸回去，他已經瘋到不行了。」

「就是他得了阿茲海默症？」

「我給他找了一間安養院，不過他還不到六十歲就死了。我們去探望了幾次，他父親常常大喊大叫，還會亂丟東西。他不知道哈洛是誰。而現在我丈夫也要走上同樣的路了。他不只是忘東忘西，還有其他的病徵。」

「他會不會說話時用詞不當？忘掉整段對話？他會把東西放在奇怪的地方嗎？情緒起伏很快？」

「是的，是的。」她不耐煩地揮了揮手。

「明白。」代理醫師咬著嘴脣說。

莫琳嗅到了勝利的味道。她謹慎地看著他說：「我想知道的是——身為醫師，假如你認為哈洛這樣走路會讓他自己身處危險的話，你可以阻止他嗎？」

「阻止？」

「是的。」她的喉嚨感覺乾澀，「可不可以強迫他回家？」她的腦中血流猛烈搏動，使她頭都痛了。「他走不了五百哩的路，他救不回昆妮．韓內希的。必須要讓他回來。」

莫琳的話語在靜默中迴響。她把手放在膝上，兩個手心貼著，然後把兩腳並排放好。她已經說了她來這裡要說的話，卻沒有感覺到她來這裡想要有的感受，所以需要藉由身體的秩序，去壓制內心逐漸脹大的不安情緒。

代理醫師靜默著。她聽到外頭有個小孩在哭，著實希望有人能把這孩子抱起來。他說：「這聽起來是一個很需要警方介入的案例。你先生有沒有被強制住進精神病院過？」

莫琳從醫師診所衝出來，充滿了羞愧。在說明哈洛的過去和他的步行之旅時，她也被迫頭一次用他的觀點去看事情。他做這件事既瘋狂又反常，但是這不是阿茲海默症。這件事當中甚至還有幾分美感呢，因為哈洛就這麼一次是在做一件他相信的事情，而且不顧所有艱困危厄。她告訴代理醫師說她需要時間考慮一下，而且她是庸人自擾，哈洛只是有一點使老人性子罷了。他很快就會回家了，甚至他說不定已經在家裡了。最後她領了一些給自己的低劑量安眠藥。

當她往碼頭走去時，事情的真相像是黑暗中啪地亮起的燈光一樣出現了。這些年來她一直待在哈洛旁邊並不是因為大衛，甚至也不是她為丈夫感到難過。她之所以待著，是因為不管和哈洛在一起有多寂寞，沒有他的世界卻是更為荒涼。

莫琳在超市買了一塊豬排和一顆發黃的花椰菜。

「就這些嗎？」收銀櫃臺的女孩問。

莫琳說不出話。

她轉進運河橋路，想到正等著她的一屋子寂靜。整齊擺放卻也沒有因此就不嚇人的待繳家用帳單。她的身體變得沉重，腳步也慢了。

她走到花園門口時，雷克斯正用剪子修剪圍籬。

「病人怎麼樣啦？」他說，「好些了嗎？」

她點點頭，走進屋裡。

12 哈洛與騎單車的母親們

說也奇怪，多年前還是奈皮爾先生要哈洛和昆妮成為二人小組的。他把哈洛叫進他有木頭鑲板的辦公室，說他要昆妮到酒館查帳。他不信任酒館老闆，想要趁他們沒有防備時突擊檢查。但是這位女士不會開車，那就必須有人開車載她。他一邊費力掏出一根菸一邊說：他仔細考慮過這件事，哈洛一方面是比較資深的業務代表，一方面也是少數幾個已婚的資深代表，所以是顯而易見的人選。奈皮爾先生兩腳大開站著，彷彿占去比較多的地板面積，他就變得比其他人都要高大了，其實他是個穿著閃亮質料西裝的狡猾人物，身高幾乎還不到哈洛肩膀。

當然，哈洛只能同意。私底下他卻很焦慮。從那次在隔間裡尷尬的小插曲之後，他就沒有和昆妮說過話，況且他把在車裡的時間看成是他自己的時間，比方說，他不知道她喜不喜歡聽第二臺的廣播節目。他也希望她不想說話。跟男同事在一起已經夠糟了，跟女人家相處讓他更不自在。

「很高興這件事解決了。」奈皮爾先生說。他伸出一隻手。這隻手又小又溼，讓人感覺惶恐，像是握到一隻小爬蟲。「你妻子還好嗎？」

遲疑了。「她很好，那您的夫人——？」他感到一陣冷冽的驚恐。奈皮爾先生在六年裡娶了第三個老婆，那是個頂著高聳金髮的年輕女人，曾經短暫作過酒吧女服務生。有誰忘記她的名字，他是不會善罷甘休的。

「維若妮卡很好。我聽說你兒子進了劍橋。」

奈皮爾先生咧嘴淺笑。他的思緒隨時在變，哈洛從來也不知道下一刻他會出什麼招。「腦大無屌。」他說，還從嘴角噴出一口煙。他站在那裡，一邊看一邊笑，等著他的職員回敬他，而他知道這個人不敢。

哈洛低下頭。桌上立著奈皮爾先生珍愛的一批慕拉諾島玻璃小丑，小丑有些有著藍色的臉，有些斜躺著，其他的則彈奏樂器。

「別碰！」奈皮爾說，一根食指伸出來，像是一把槍。「這些是我母親的。」

每個人都知道這些小人偶是他的珍藏品，但是在哈洛看來，這些人偶看起來畸型又恐怖，四肢和臉孔都扭曲著，像是太陽底下的爛泥巴，顏色也都凝結了。他忍不住覺得連這些玻璃小丑都在嘲笑他，而感覺肚腹深處一股憤怒的水浪沖激著。奈皮爾先生把菸在菸灰缸裡捺熄，走到門口。

哈洛走過他身邊時，他還加上一句：「注意一下韓內希好嗎？你知道那些賤女人是怎麼樣的。」他用他那根食指點點鼻頭，彷彿它現在不是一把槍，而是一個指向共同祕密的指針，只是當然哈洛根本不知道他說的是什麼。

他猜想，不管她的能力如何，奈皮爾先生早就想除掉她了。他的老闆從不信任比他優秀的人。

要替她害怕。

第一次出差是幾天後。昆妮出現在他車子旁邊，抓著她的方形手提袋，彷彿她是要去購物，而不是要去查酒館的帳本。哈洛認識這家酒館老闆，最好的時候他也是個狡猾的傢伙。他忍不住要替她害怕。

「我聽說你要開車送我，佛萊先生。」她說，語氣有些傲慢。

他們在沉默中行進。她坐在他旁邊，規規矩矩，兩手緊緊握成一團，放在大腿上。哈洛從沒有這麼清楚地意識到要怎麼把車轉彎、或把腳踩在離合器上，或在他們到達時拉起手煞車。他跳下車去拉開副駕駛座的門，等她一條腿先慢慢伸出，探到人行道的地面。莫琳的腳踝細瘦，使他禁不住會有欲望。昆妮的腳踝卻很粗。他感覺她倒是挺像他的，外觀模糊，缺乏特色。

他抬起目光，卻驚恐地發現她直視著他。「謝謝你，佛萊先生。」最後她說，然後很快走開，手提袋夾在手臂下。

因此當他在檢查啤酒量時，他很驚訝地看到酒館老闆面紅耳赤還流著汗。

「該死，」他說，「那個小女人簡直是惡魔，你什麼事都瞞不過她。」

哈洛感到小小的一陣欽佩，而頗感驕傲。

回程途中，她依然安靜而且動也不動。他甚至猜想她是不是睡著了，只是如果轉頭去看，萬一她沒睡著，那會很失禮。他把車開進酒廠院子停下，她突然開口了：「謝謝你。」

他尷尬地喃喃說他很樂意之類的話。

「我是說，謝謝你幾個星期前的事，」她說，「在文具間那次。」

「不用提啦。」哈洛說，他確實希望她別提。

「當時我很難過，你對我很好。我早就該向你道謝的，不過我不好意思。這是不對的。」

他無法迎向她的目光。他不用看她也知道她正在咬著嘴脣。

「我很高興能幫忙。」他重新把駕駛手套的按釦扣上。

「你是個紳士。」她說。她把一個詞分成兩半說，使得他頭一次看出「紳士」（gentleman）的意思是「溫柔的男人」（gentle man）。說完這話，她在他為她開門前就自己打開車門，下了車。他看著她一身棕色套裝匆匆走過院子，平穩又俐落，讓他心為之碎了。那麼實實在在的樸素。當天晚上他上床，默默承諾自己，不管奈皮爾先生那句曖昧不明的話是什麼意思，他會忠實遵守。他會格外留意昆妮的。

黑暗中飄過來莫琳的聲音：「我希望你可別打呼。」

第十二天，一道沒完沒了的灰色在天空和大地間移動，帶來陣陣雨水，把萬物的顏色和輪廓都變模糊了。哈洛望著前方，努力想要找出方向感，或是能讓他開心的雲霧中的裂口，但那就像是再次隔著紗簾看世界一樣，每樣東西都是相同的。他已經不再參考他的導覽書，因為書中的無所不知和自己的一無所知落差太大，讓他無法忍受。他感覺他正在和他的身體打仗，而他要敗下陣來了。

他的衣服不再會乾了。他的鞋子皮革吸水脹大得變了形。惠特內基、威斯雷、懷特堡，這麼多以W開頭的地名。樹木、圍籬、電線桿、住家、回收桶。他把他的刮鬍刀和刮鬍膏忘在一家旅館的公用浴室裡，沒力氣再買新的。他檢查兩隻腳，驚恐地發現小腿上的灼熱感已經具體成形，變成表皮下一團深紅色。他頭一次感到非常害怕。

在山佛阿藍得村，哈洛打電話給莫琳。他需要聽到她的聲音，也想要她提醒他為什麼要走這趟路，儘管是在憤怒中提醒他。他不希望她察覺他正在起的疑慮，或是他腿上出的問題，因此他問她好不好，家裡情況如何，她告訴他這兩者都很好。然後換她問他是不是還在走，他說他已經過了艾克希特和提佛頓，正要經過陶頓去巴斯。有沒有什麼東西他希望她寄去？他的手機、牙刷、睡衣或換洗衣物？她的聲音當中有一種善意，不過這一定是他的想像。

「我還好。」他說。

「那你一定快到索美塞特囉？」

「我不太確定。我猜是的。」

「今天走了幾哩？」

「不知道。也許有七哩。」

「喔唷，喔唷。」她說。

雨水打在電話亭的頂上，窗外微弱的光線像是液體一樣。他想要待在這裡和莫琳說說話，但是兩人培養了二十多年的沉默和距離卻滋長到如此的程度，使得陳腔濫調都聽起來空洞，而且令人傷心。

最後她說：「啊，我得掛電話了，哈洛。有好多事要做。」

「是的，我也是。我只是想打個招呼之類的，要看看你是不是還好。」

「噢，我很好，非常忙。日子一天天很快就過了，我幾乎都沒有注意到你離開家了呢。你呢？」

「我也很好。」

「那就好。」

「是的。」

終於已經完全沒有話了。他只說：「那好，再見了，莫琳。」只因為這是一個可以說的句子。他不想掛電話的程度比想要再走還要強烈。

他望著外頭的雨，等著它停住，而看到一隻烏鴉低著頭，羽毛溼得發亮，像是焦油一樣。他希望這隻鳥能走開，但是牠卻孤伶伶地坐在那裡，全身溼透。莫琳太忙了，幾乎沒注意到哈洛已經掛了電話。

星期天他醒來時幾乎是午餐時間了。他腿上的疼痛沒有好轉，雨還在下。他可以聽見外面的聲音，世界依然忙碌著：人與車全都匆匆前往下一個目的地。沒有人知道他是誰、他在哪裡。他動也不動躺在那裡，不想面對又一天的步行，卻又知道他不能回家。他想到莫琳從前是如何躺在他身旁，而想像她赤裸的樣子：那光裸有多麼完美、多麼嬌小。他渴望她手指緩緩滑過他皮膚時那種柔軟觸感。

哈洛伸手去拿帆船鞋，發現鞋底已經像紙一樣薄。他沒有沖澡或刮鬍子或查看他的腳，雖然把兩隻腳穿進鞋子時就像是把它們塞進盒子裡一樣。他不思不想地穿上衣服，因為要是去想，只會走上那顯而易見的路。雖然晚了，旅館女主人堅持他可以吃一頓早餐，但是他回絕了。如果他接受她的好意，即使只是迎上她眼神，他都害怕自己會哭出來。

哈洛從山佛阿藍得村繼續走下去，但是每走一步他都恨。疼痛讓他皺起臉。別人怎麼想是無所謂的，他反正也離他們很遠。他不願停下來，雖然他的身體吶喊著要休息。他氣自己這麼脆弱。雨水斜打在他身上。他的鞋子磨損得他不如不穿。他想念莫琳，其他什麼都無法想了。

事情怎麼會錯得如此離譜呢？他們曾經是快樂幸福的。就算大衛在成長期間造成他倆的嫌隙，那也是共同造成的。「大衛在哪裡？」莫琳會問，而哈洛也只會回答說他在刷牙的時候聽到前門關上的聲音。「噢，對。」她會說，表示他們十八歲的兒子習慣夜晚在街上閒晃並不是問題。說出哈洛私底下的恐懼，只會增加她的恐懼。而事實是她在那段日子裡還是一樣煮飯做菜，也仍然和哈洛同床共枕。

但是這種未說出口的緊張關係是不可能永遠掩藏得住的。就在昆妮失蹤前不久，事情終於爆發開來。莫琳痛罵、啜泣，用拳頭搥打他胸口。「你配說自己是個男人？」她大吼著說。還有一次是：「這是你的錯，全都是。要不是你，一切都很好。」

這些話讓他很難受，而雖然事後她在他懷中哭泣，也道了歉，這些字句在他獨處時仍然懸在空中，也不可能收回。這些全都是因為哈洛才引起的。

然後一切就停止了：談話、喊叫、迎向他的目光。這新的沉默和以往的不同。從前他們是希望讓彼此不要有痛苦，如今卻沒有剩下什麼好挽救的了。她甚至用不著說出腦子裡的那些字句，他只要看著她就知道，他說任何話、做任何事都沒辦法補救了。她不再責怪哈洛，她不再在他面前哭；她不讓他抱住她而得到安慰。她把她的衣服都搬到客房，他則躺在他們的床上，不去找她，因為她不要他；但是她的啜泣讓他飽受折磨。早晨來臨，他們會在不同時間使用浴室。他穿上衣服、吃早餐，這段時間她就在各個房間走動，彷彿他不在屋裡，彷彿永不停止動作是壓抑一個人感情的唯一方法。「我走了。」「好。」「晚上見。」「好的。」

這些字眼沒有任何意義，就算改說中文都沒有差別。兩人之間的深溝是無法跨越的。就在他退休以前，他提議他們可以破例去參加一回酒廠的聖誕派對，而她卻張口瞪視，彷彿他犯下天大的暴行。

哈洛不去看山、看天空、看樹木了，他也不去尋找標示出他是往北走的路標。他低頭逆風而行，什麼都看不見，只看見雨，因為天地間只有雨。A38公路比他想像得要糟糕許多。他沿著堅實的路肩走，只要有東西擋著，他就走在那東西的後面，但車輛全都飛馳而過，因此他被濺得全身溼透，也經常身處危險。幾個小時後，他才發現自己太沉迷於回憶和哀悼過往，因而走錯方向，白走了兩哩路。他只能往回走。

走在已經走過的路上甚至更困難，就像完全沒有移動一樣。比這更糟的是，像是把你自己的一部分吃掉。在貝格里格林西邊，他放棄了，而在一間有供食宿的農舍停下來。

民宿主人是個面露愁容的男人，他說他還有一間空房，其他房間被六個女性自行車騎士住滿了，她們要從南騎到北，縱貫大不列顛。「她們全都已經是作媽的人，」他說，「你會感覺她們要放縱一下做自己。」他警告哈洛最好保持低調。

哈洛睡得不好。他又作夢了，而那些自行車母親們似乎在開派對。哈洛時睡時醒，害怕腿上的痛，卻又拚命想要忘記。那些女人的聲音變成取代他母親的那些阿姨們的聲音。這當中有笑聲，還有一聲悶哼，那是他父親嘔吐的聲音。哈洛睜大眼睛躺著——他的腿一陣陣抽痛，希望這夜晚能結束，而他也在別的地方。

到了早上，疼痛更加劇烈。他腳跟上方的皮膚冒出紫色細紋，又腫得幾乎塞不進鞋子裡。他非得把腳穿進去不可，卻不斷因痛楚而縮回來。他瞥見鏡中自己的臉，只見那臉憔悴又晒得焦黑，布滿針頭般的尖銳鬍碴。他看起來一臉病容。他滿腦子浮現的畫面卻是在安養院的父親，左右腳拖鞋穿反了。「跟你兒子打招呼呀。」照護人員說。但他父親一見到哈洛卻開始發抖。

哈洛希望能在那些自行車母親們醒來以前把早餐吃完，但就在他要喝完咖啡時，她們在一陣笑聲和萊卡布料閃現的螢光色中下樓來到餐廳。

「你們知道嗎？」其中一人說，「我不知道我要怎麼再騎上那輛自行車了。」其他人全都笑了。這六個女人當中，她嗓門最大，給人的印象是她是這群人的領袖。哈洛希望他保持沉默可以讓他不受注意，但是她對到他的目光，眨眨眼睛。「希望我們沒有打擾到你。」她說。

她皮膚黝黑，瘦骨嶙峋的臉，頭髮剪得很短，顯得頭皮很薄弱。他忍不住希望她能戴頂帽子。她告訴哈洛：這些女生是她的生命支柱，若是沒有她們，她不知道自己會在哪裡。她和女兒住在一間小公寓。「我不是乖乖在家的那種人，」她說，「我不需要男人。」她列出不需要男人她就能做的所有事，哈洛感覺這些事還挺多的，只是她說的速度太快，他得專心在她嘴巴上才能聽懂。在自己身體疼痛至極之時還要看著她、聽她說話，並且把她的話聽進去，這是很費力的。

「我像小鳥一樣自由。」她說，她伸出兩條手臂，表現她的意思。她腋窩裡露出簇簇黑毛。

周圍傳來一陣讚揚式的口哨聲，和「加油，女孩！」的叫喊。哈洛感覺有必要加入，但頂多只能做到輕輕拍手。這女人哈哈笑了，和其他人擊起掌來，不過她的獨立有些過於熱切的味道，讓他為她擔心緊張。

「我愛跟誰睡就跟誰睡，上星期是和我女兒的鋼琴老師。我還在瑜珈營和一個和尚睡過，他還是發過誓要守貞的呢。」幾個母親高聲怪叫。

哈洛唯一同床共枕過的女人是莫琳。即使她把食譜丟了、也把頭髮剪短，即使他聽到夜裡她的房門嘎啦一聲鎖上，他也沒有去找別人。他知道酒廠其他男生都搞外遇。從前有一個酒吧女服務生總是被他的笑話逗笑，即使是不好笑的笑話，她還會把一杯威士忌推過吧檯，讓兩人的手幾乎碰到。不過他沒有胃口更進一步。他永遠也無法想像自己和莫琳以外的女人在一起，他倆共同分享過的東西太多了。沒有她的生活會像是把五臟六腑從身體內挖出來一樣，他不過剩下一層脆弱的外皮罷了。

他發現自己在祝賀這個騎自行車的母親，因為他不曉得除此之外還能做什麼，然後他起身告退。他的腿上一陣刺痛，整個人一個踉蹌，不得不伸手去扶住桌子。這陣痛襲上來又退下去，襲上來又退下去，而他就假裝在抓手臂上的癢。

「一路順風噢。」騎自行車的母親說。她站起來要擁抱他，帶來一陣濃濃的柑橘混合汗水的味道，這味道半讓人愉快，一半則不然。她笑著把身體往後拉開，兩隻手搭在他肩上。「要像隻小鳥一樣自由。」她告訴他，臉上是十足的這份心意。

他心裡一陣寒意。他眼光往外看，看到她的手臂內側有兩道深深的疤，那是兩刀劃在手腕和手肘間的刀痕。其中一道還有一些痂斑。他不自然地點點頭，也祝她好運。

哈洛走不到十五分鐘，就必須停下來，讓右腿休息。他的背、頸、手臂和肩膀全都痠痛得令他幾乎不能想到其他的事情。雨水像粗針一樣刺在他身上，也在屋頂和柏油路上彈開。一個小時後，他已經步履蹣跚，非常想停下來了。前方有些樹，還有樣紅紅的東西，也許是面旗子。人們會在路邊放些最稀奇古怪的東西。

雨水嘩嘩落在樹葉上，使得樹葉紛紛抖顫著，空氣中有腳下柔軟的腐葉土的味道。哈洛走近旗子，他的肩膀弓了起來。那片紅色不是旗子，而是一件利物浦足球俱樂部的T恤，掛在一副木頭十字架上。

他也曾經經過幾個路邊的紀念物，但是沒有一個像這個那樣讓他心緒擾亂。他告訴自己去走路的另一邊，不要去看，但是卻做不到。他被它吸引，像是某個他不應該看的東西那樣。顯然有個親人或是朋友用閃亮的聖誕節飾品把十字架做成松樹的形狀，還放了一個塑膠的冬青花環。哈洛細看玻璃紙包著的枯萎的花朵，顏色已經全掉光了，還有一張放在塑膠夾裡的相片。這人大約四十多歲，個子矮胖，一頭黑髮，肩上搭著一隻小孩子的手。他還對著攝影機咧嘴笑著。給世界上最棒的爸爸，一張浸溼了的卡片上寫著這幾個字。

你會給世界上最糟的爸爸什麼樣的悼辭？

「幹！」大衛雙腳站不穩，人似乎要從樓梯上摔下來時低聲說。「幹！」

哈洛用手帕乾淨的一角把照片上的雨水抹去，再把花束上的雨水甩掉。當他繼續往前走時，他滿腦子想的都是那個騎自行車的母親。他想著是什事情讓她絕望到去割開手臂，任由它流血。他想著是誰發現她、然後做了什麼事。她想要被救回來嗎？或者就在她相信她可以擺脫生命獲得自由時，別人硬把她拉回來了？他希望他當時能說些話，說些可以讓她永遠不要再做這件事的話。如果他安慰了她，他就可以不用再牽掛她。但事實既是如此，他知道在看到她和聽她說話之際，他心中又承載了另一份重量，他不知道他還能承受多少。不顧小腿的疼痛和骨頭中的冰寒，也不顧心中的騷亂，他驅策自己努力向前。

近傍晚時分，他走到陶頓郊區。這裡房屋挨擠著，屋頂點綴著衛星天線。窗子上掛著灰色的紗簾，有些還有金屬的百葉窗。少數幾座不是由混凝土鋪起來的花園都被雨水蹂躪了。一棵櫻桃樹的花朵四散在人行道上，像是溼掉的紙張。汽車飛馳而過，聲音大到讓他感到疼痛，馬路看起來像浸了油。

一段回憶湧上他心中，這是哈洛最害怕的回憶之一。通常他都相當善於把這些回憶壓抑住。他試著去想昆妮，但即使這樣也沒有用。他用力向外揮動兩隻手肘，想要走得更快，雙腳踩在鋪石路上的憤怒如此巨大，使他的呼吸都趕不上腳步了。但是沒有一件事可以讓他躲開二十年前那個下午的回憶，那時候一切都終止了。他可以看到他的手伸向木頭門，感覺到太陽照在肩膀上的溫熱，聞到腐敗的、變熱了的空氣，聽到一種不應該是沉默的寂靜。

「不！」他大喊，迎著雨水往前走。

突然間他的小腿爆裂開，彷彿肌肉外側的皮膚被割開一樣。地面傾斜了，似乎要鼓起來。他伸出一隻手要阻擋，但就在同一瞬間，他的膝蓋一軟，身體就這麼倒向地面。他感覺雙手和雙膝刺痛。

原諒我。原諒我。原諒我讓你失望了。

他知道的下一件事是有人扯扯他的手臂，大喊著要叫救護車。

13 哈洛與醫師

哈洛跌倒造成膝蓋和雙手割傷，兩隻手肘也瘀青了。救起他的女人是從她的浴室窗子看到他倒下的。她把哈洛扶起來，並且把他塑膠袋裡的東西撿回來，然後扶他過馬路，一邊朝來往的車揮手。「醫生！醫生！」她大喊。進到屋裡，她把他帶到一張安樂椅旁，把他的領帶拉鬆。這個房間似乎冷冷清清：一架電視斜擺在一個貨箱上。近處有一隻狗在一扇關起來的門後吠叫。哈洛一向不怎麼喜歡跟狗打交道。

「我有沒有打破什麼東西？」他說。

她說了一些話，但他聽不懂。

「原先有一罐蜂蜜的，」他說，這時更為驚慌了，「現在它還是完整的嗎？」

女人點點頭，伸手要量他的脈搏。她用指尖按住他的手腕，盯著半遠處，彷彿看到牆外的人影，而一邊默默數著。她很年輕，但是她的臉上有種頭髮往後紮起時的表情，她的慢跑長褲和長袖運動衫鬆垮垮地掛在身體上，顯示這身衣褲是別人的。也許屬於一個男人吧。

「我不需要醫生。」哈洛嘶啞地低聲說，「請不要叫救護車或是醫生。」

哈洛不想待在她家。他不想占用她的時間，或是去接近另一個陌生人，他也怕她會把他送回家。他想要和莫琳說話，但是他也怕在不麻煩她的情況下不知道該說什麼。他希望他沒有因為跌倒而就此投降，他心裡是打算繼續走下去的。

年輕女人遞過來一杯茶，把馬克杯的把手朝著他讓他拿，免得他燙到手指。她在說別的事，不過他還是聽不懂。他試著露出彷彿聽懂她的話的笑容，但是她一直盯著他，等他回答，然後她又說了一遍，這回聲音比較大，速度也放慢了些：「你他媽的在大雨裡做什麼？」

他現在才明白她有很濃的口音，也許來自東歐吧。他和莫琳看過像她這樣的人的報導，報上說他們是為了福利金來的。而同時，那隻狗的叫聲也越來越不像狗，反而像頭野獸。牠用全身的重量撲撞牠的臨時監獄，聽起來很有可能在牠重獲自由後至少去咬他們當中的一個人。你在報上也會看到像這樣的狗的新聞。

哈洛再次向她保證說只要他喝完茶，他就要動身了。他說了他的故事，而她在沉默中聽著。這就是他不能停下來看醫生的原因，因為他已經答應了昆妮，他絕不能讓她失望。他從杯子裡喝了一口茶，望著窗子。一株粗大的樹身正擋在窗前，樹的根部很可能正在破壞這幢房屋，這樹也需要修剪一下。樹的後方車輛來去頻繁。要回到屋外的想法讓他充滿了恐懼，但是他又別無選擇。當他回頭去看年輕女人時，她仍然凝視著他，也仍然不露笑容。

「可是你已經完蛋了。」這話她說來不帶任何情感或是評斷。

「啊，是呀。」哈洛說。

「你的鞋子都完了，你的身體也是，還有你的眼鏡。」她兩手各拿了他老花眼鏡的半副。「不管從哪個地方看，你都完了。你認為你要怎麼走到伯威克呢？」

這話使他想起大衛罵他時那種蓄意的措辭，彷彿他仔細考慮過所有的選項，而以他對他父親的感覺來說，最髒的粗話是唯一合適的。

「我是——誠如你正確指出的——完蛋了。」哈洛垂下頭。他的長褲上濺了泥巴，膝蓋部位也破了。他的鞋子全浸溼了，他真希望進門前先脫了鞋。「我承認到伯威克是非常遠的路，我承認我的穿著不對，我也承認我沒有這趟步行必要的訓練或是體格。我無法解釋我憑什麼認為我可以走到，明明所有的情況都不利。可是我要做。即使當我內心很一大部分都在說我應該放棄，我仍然不能放棄。即使在我不想繼續走下去的時候，我仍然在走。」他遲疑了，因為他說的事是如此困難，並且引起巨大的痛苦。「非常抱歉，我的鞋子似乎弄溼了你的地毯。」

讓他驚訝的是，當他偷偷看了年輕女人一眼時，發現她頭一次露出笑容。她提供一間房間讓他過夜。

在樓梯底，她用腳底去踢了關著那隻憤怒狗兒的房間門，然後要哈洛跟上來。他害怕這隻狗，而且不想讓她擔心他有多麼痛，於是盡力要趕上她的腳步。但是他的膝蓋和手掌在他跌倒以後像是被刺穿一樣痛，而且他的右腿承受不了任何施力。女人告訴他，她名叫瑪提娜，是斯洛伐克人。她說，請原諒這個鬼地方，還有這吵鬧聲，「我們把這個他媽的鬼地方當作暫時住所。」哈洛試圖讓他的臉看起來像是聽慣了她這種言語，他不想顯得愛批判別人。

「我太常罵髒話了。」像是看穿他的想法似的，她說了。

「這是你的房子，瑪提娜。你愛說什麼都可以。」

那隻狗仍然吠個不停，還用爪子去刮樓下那個門後的油漆。

「他媽的閉嘴！」她大喊。哈洛可以看到她牙齒後排補牙的地方。

「我兒子一直想要養隻狗。」他說。

「這不是我的狗，是我伴侶的。」她推開樓上一個房間的門，站到一旁，讓他進去。

房間有種空蕩加上新油漆的味道。牆壁是雪白色，還有和窗簾同色的紫色床罩，枕頭上放了三個有亮片的靠墊。哈洛的心為之一動，發現瑪提娜雖然言語尖刻，卻煞費心思地布置她的窗簾被褥。窗外，樹木的枝葉都擠到玻璃上了。她說她希望哈洛能夠覺得舒適自在，他也向她保證他會。只剩下他一個人後，他慢慢把身體坐到床上，感覺每條肌肉都在跳動。他知道他應該檢查並且清洗傷口，但是他不想動。他甚至連把鞋子從腳上脫下的意願都沒有。

他不知道這樣子他要怎麼繼續下去。他很害怕，又感到孤單。這情況使他想到他的青少年時期，想到他躲在房裡，而他父親丟砸酒瓶或是跟那些阿姨做愛。他希望他沒有接受瑪提娜留他住下的好意。也許她已經在打電話給醫生了？他可以聽見她在樓下的說話聲，雖然他努力去聽，卻一個字都聽不懂。也許是跟她的伴侶說話。也許她的伴侶會堅持要開車送哈洛回家。

他把昆妮的信從口袋拿出來，但是因為他沒戴老花眼鏡，那些字句模糊地交疊在一起。

親愛的哈洛：這封信可能會讓你很驚訝。我知道我們上次見面已經是很久以前的事了，不過最近我常想到過去。去年我動了一個腫瘤手術，但是癌細胞已經擴散，沒有辦法做任何事了。我心情很平靜，也很舒坦，不過我想感謝你在多年前對我展現的友誼。請代我向你妻子問好。我仍然充滿疼愛地想到大衛。祝一切順遂。

他仍然能聽到她平穩的說話聲，清楚得就像她站在他面前一樣。但是那慚愧，那種讓一個善良女士失望，又從來沒有設法去彌補的慚愧啊！

他必須到那裡，他必須去伯威克，他必須找到她。

「哈洛！哈洛！」

「你還好嗎？」

他動了動身體。這不是昆妮的聲音。是他暫住房間的女主人聲音。是瑪提娜。他發現自己很難區分過去和現在。

「我可以進來嗎？」她喊道。

哈洛想要站起來，但是他還沒有站起來，門已經開了，於是她就看到他呈現一種奇怪的縮著身體的姿勢，既不算在床上也不算下了床。她站在門口，端著一個盥洗盆，手臂上搭了兩條毛巾。另一隻手上拿著一個急救箱。「這是給你的腳用的。」她說，頭朝他的帆船鞋點了點。

「你不能幫我洗腳。」哈洛現在已經站起來了。

「我不是來幫你洗腳的，不過你走路的樣子很怪。我需要看一看。」

「我的腳很好。沒有問題的。」

她不耐煩地皺起眉頭，貼著腰間的塑膠盆重量讓她斜彎著身體。「那你是怎麼處理的？」

「我貼藥膏貼布。」

瑪提娜笑了，但這笑並不像她覺得很有趣。「如果你想要走到他媽的伯威克，我們就必須把你的傷處弄好，哈洛。」

這是頭一次有人把他這趟行走看成是共同的責任，他幾乎感激得要哭出來，不過他卻只是點點頭，又坐回床上。

瑪提娜跪著，把馬尾重新綁好，然後小心翼翼把一條毛巾鋪在地上，把皺褶撫平。唯一的聲音是車聲、雨聲和風聲，風讓樹枝壓在玻璃上刮出尖銳嘶喊。天色漸暗，但是她沒有開燈。她伸出兩隻手做舀水狀等著。

哈洛脫了襪子和鞋——雖然彎腰讓他很痛苦，然後他把最近貼的貼布撕下。他可以感覺到她仔細看著。當他把兩隻光著的腳並排放下時，他忍不住用一個陌生人的眼光去打量，而感到很震驚，彷彿這是頭一次注意到它們。這兩隻腳呈現不健康的白色，幾乎要變成灰色，襪子的凹痕在皮膚上挖出了深溝。他的腳趾、腳跟和腳背上都冒出水泡，有些在流血，其他的發炎成膿疱。他大拇趾的趾甲硬得像蹄子，在踢著鞋尖的地方變成一種暗黑的藍莓色。他的腳跟上長出一層厚厚的腳皮，上頭有多處裂開，也流著血。一股難聞氣味令他必須屏住呼吸。

「你不會想要再看的。」

「我要看，」她說，「把褲管捲起來。」

長褲的布料拂過他的右小腿並且刺痛他的腿時，他縮了一下身子。他從沒有讓陌生人碰過他光裸的皮膚。他記得自己新婚之夜站在荷特的旅館浴室裡，對著鏡中光著的胸膛皺眉頭，害怕莫琳會失望。

瑪提娜仍然在等著。她說：「不要緊的，我知道自己在做什麼，我受過訓練。」

哈洛的右腳自動縮到左腳踝後面，就藏在那裡。「你是說你是護士？」

她給他一個冷冷的嘲弄表情。「我是醫生，這年頭可是有女醫生的。我是在斯洛伐克一家醫院受訓的，我就是在那裡認識我的伴侶，他也在那裡工作。把你的腳給我，哈洛。我不會把你送回家的，我保證。」

他別無選擇。她輕輕抬起他的腳踝，他感覺到她手心的柔軟溫熱。她摸著他的皮膚，一直摸到他的腳底。看到他右腳踝上方的瘀紫，她驚嚇了一下，停下來，把頭湊近看。她的手指慢慢撫過受損的肌肉，讓他腿的深處爆出一陣痙攣。

「這樣痛嗎？」

痛，而且很痛。他必須夾緊屁股內側，以免齜牙咧嘴。「不太痛。」

她抬起他的腿，細看腿背。「瘀青一直延伸到膝蓋後頭。」

「不痛。」他重複說了一遍。

「如果你繼續用這條腿走路，它會變得更糟。這些水泡也需要處理，比較大的我會把它戳破清掉，然後我們用繃帶把你的腳包起來。你需要學會怎麼做。」

他看著她用一根針戳破第一個膿疱。他沒有退縮。她把膿液擠出來，動作很小心，沒有再去破壞水泡的皮。哈洛讓她帶著他的左腳慢慢放進那一桶溫柔的熱水中。這是一個極為私密的動作，幾乎是女人和他的腳之間的私事，與他身體的其餘部分無關。他望著天花板，以免眼睛看往不該看的地方。這實在太英式作風，但是他還是做了。

他一向都是太正統的英國人，這話的意思，他猜是說他太平凡了。他缺少色彩。其他人知道一些有趣的故事，或是會問問題。他不喜歡問人事情，因為他不喜歡冒犯人。他每天打領帶，有時候他會想，他謹守的是不是一種從沒有真正存在過的秩序或規矩。也許如果他受過正規教育，事情就會不一樣了。把學校念完，再進大學。然而事實上呢，在他十六歲生日當天，他父親送給他一件大衣，把他請出了門。大衣不是新的，有股樟腦丸的味道，大衣內袋裡有一張巴士車票。「看他走掉很難過。」他的席拉阿姨說，不過她沒哭。在所有那些阿姨中，她是他最喜歡的。她彎下身要給他一個吻，而帶來一陣濃濃香水味，使他不得不走開，免得做出可笑的事，去摟住她。

拋開童年倒是他的解脫，不過雖然他做了自己父親一輩子都沒有做到的事——找到工作、養活妻子和兒子，並且愛他們，即使只是旁觀而沒有參與——但哈洛有時會想到，他早年生活的寂靜也跟著他走進他的婚姻中，在地毯和窗簾和壁紙後面住下來。過去就是過去，你的初始是沒有辦法逃避的，即使打條領帶也逃不掉。

大衛不就是證明嗎？

瑪提娜把他的腳抬放到她大腿上，用一條柔軟的毛巾擦乾，而且小心翼翼地不去磨擦到。她在手指上擠了抗生素藥膏，再小面積地塗抹。她喉嚨下方那個柔軟的凹陷處有一塊深紅色。她的臉因專注而顯得緊繃。「你應該穿兩雙襪子，不是一雙。而且你為什麼不買雙健行鞋？」她沒有抬眼看。

「我到艾克希特時本來打算要買的，可是在路上走了那麼久以後，我改變主意了。我看了腳上的鞋子，看起來很好。我想不出有買新鞋的必要。」

瑪提娜迎上他的目光笑了。他感覺他說了什麼讓她很高興的話，而這使得兩人之間有了一種連結。她說她的伴侶喜歡健行，他們正計畫夏天要去北部山區度假。「也許你可以借他的舊鞋子？他買了一雙新的。鞋子還連同鞋盒放在我衣櫃裡。」哈洛堅持說他很滿意他的帆船鞋。他感覺要對它忠誠，他說。

「我伴侶的水泡很嚴重的時候，他會把它們用水管膠帶纏住，繼續走。」她用一張紙巾擦了手，動作俐落而給人信心。

「我猜你一定是個好醫生。」哈洛說。

她眼珠子一翻。「我在英格蘭只能找到清潔的工作。你認為你的腳很糟，那你真該看看我得刷洗的那些他媽的廁所哩。」兩個人都笑了，然後：「你兒子後來有沒有如願養狗？」她說。

一陣椎心的痛竄過他全身。她的手指突然停住，她抬頭看，怕她又找到另一處的瘀傷。他緊緊撐住他的身體，讓他的呼吸平靜，直到他能說出話來。「沒有。我希望他有，但是他沒有。恐怕二十年前我讓我兒子太失望了。」

瑪提娜往後靠，彷彿她需要一個新的視角。「你兒子和昆妮？你讓他們兩個人失望？」她是很長一段時間以來第一個問起大衛的人。哈洛想要再說些事，但是他不知道要從何說起。坐在一個他不認識的人家裡，褲腳捲起到膝蓋，這時他非常思念他的兒子。「不夠好，永遠也不會夠好的。」淚水刺痛他的眼睛，他眨了眨眼，把淚水止住了。

瑪提娜撕開一個棉花球，清洗他手心的傷口。消毒藥水刺痛割破的皮膚，但是他沒有動。他把兩隻手都伸出去，讓她清理。

瑪提娜借他打電話，哈洛打給莫琳的時候，線路收訊很不清楚。他想要解釋他在哪裡，但是她似乎不明白。「你跟誰一起住？」她一直問。他不想提到他的腿，或是他跌倒這件事，於是告訴她步行之旅很順利。時間過得好快。

瑪提娜給他吃了一顆溫和的止痛藥，不過他睡得很不安穩。來往的車聲不斷把他吵醒，雨水沖打著窗邊的那棵樹。每隔一段時間他就查看他的小腿，希望這腿能夠好一些，輕柔地伸展它，卻不敢用它施力。他想著掛著藍色窗簾的大衛房間，又想著他自己那間衣櫃裡只有他的西裝和襯衫的房間，然後想著有莫琳氣味的那間客房，直到想著想著他慢慢睡著了。

第二天早晨，哈洛先伸了伸左半邊身體，然後是右半邊，把關節一個個拉動，呵欠一直打個不停，直到流出眼淚。他聽不到雨聲。窗外的光線透過窗外那棵樹的葉子照進來，樹影像水波般在白色牆面上波動。他再伸了伸身體，立刻又睡著了，一直到十一點過後才再醒來。

瑪提娜檢查過他的腿之後，說看起來好些了，不過她不會建議他走路。她把他腳上的繃帶換了，並且問他要不要再休息一天，說她伴侶的狗會喜歡她去工作時有個伴。這動物太孤單了。

「我有個阿姨就養過一隻狗。」他說，「牠從前會趁沒人看到的時候咬我。」瑪提娜笑了，哈洛也笑了；不過這件事在當時是深沉寂寞的來源，而不是一種無足輕重的疼痛。「我母親在我快要過十三歲生日時離家出走，她和我父親都很不快樂。我父親酗酒，她則想要去旅行。我記得的就是這些了。她走了以後，他變本加厲了一段時間，然後鄰居們知道了這件事，她們喜歡寵愛、照顧他。我父親突然間神氣了起來，他帶好多阿姨回家，變得有點像卡薩諾瓦那類風流情聖。」哈洛從沒有這麼坦白地說起他的過去，他希望他的話不要聽起來很可憐。

瑪提娜露出一絲笑意，牽動了她的嘴唇。「阿姨？是真正的阿姨嗎？」

「號稱的阿姨。他是在酒館裡認識她們的，她們會住一段時間然後走掉。每個月我們家都有新的香水味道。晾衣繩上總是掛著不同的內衣。我從前常躺在草地上，往上看。我從沒有看過那麼美麗的東西。」

她的笑容換了另外一種。他注意到瑪提娜快樂時面孔變得有多柔和，以及她的臉頰多麼適合有一點顏色。一綹頭髮從綁得很緊的馬尾中鬆脫，他很高興她沒有把它撥回去。

一時間他心裡只看到莫琳那張年輕的臉，她抬臉凝視著他，坦然相向，幾乎是毫無掩飾的；她柔軟的嘴半張，等待他接下來要說什麼話。回想起受到她注意的情況，那份悸動太強烈了，哈洛希望能想到別的事讓瑪提娜開心，但是卻做不到。

她說：「你後來再也沒有看到你母親了嗎？」

「是的。」

「你從沒有找過她嗎？」

「有時候我希望我有。我會想告訴她說我很好，如果她擔心的話。不過她天生不是作母親的人，莫琳卻正好相反，她似乎從一開始就知道要怎麼愛大衛。」

他沉默不語，瑪提娜也一樣。他對說出來的事情感到很安心。跟昆妮說話也是這樣的，你可以在車裡說東說西，而知道她會把那些事安全地藏在她思緒裡，她不會用那些事評斷他，或是在未來做出不利於他的事。他猜友情就是這樣，而他很後悔這些年來他都在沒有友情的日子中度過。

下午，當瑪提娜出去做她的清潔工作時，哈洛用貼布修理他的老花眼鏡，然後打開後門去清理小花園。那隻狗興致盎然地坐著看他，但是沒有叫。哈洛找到她伴侶的工具，就打掃了草坪邊緣，還修剪樹籬的樹枝。他的那條腿很僵硬，而且因為記不得把鞋子弄到哪去了，於是他就光著腳走路。暖和的塵土在他腳跟下像天鵝絨一樣，消除了緊繃感。他思忖有沒有時間去對付那棵擋住臥室窗子的樹，但樹太高了，而且這裡也沒有梯子。

瑪提娜下班回來，遞給他一個牛皮紙袋，袋裡是他的帆船鞋，換了鞋底，也擦亮了。她甚至還給它們換了新的鞋帶。

「你在國民健康局可不會得到這樣的服務哩。」她說，然後在他還沒來得及謝謝她之前就走開了。

這天晚上他們一起吃飯，哈洛提醒她說她一定要讓他付房錢。她說第二天早晨他們還會見面，但哈洛搖搖頭。天一亮他就要走了，他必須補上浪費掉的時間。狗坐在他腳邊，頭趴在哈洛大腿上。「很可惜沒能見到你的伴侶。」他說。

瑪提娜皺起眉頭。「他不會回來了。」

這震驚像是給了他一拳。突然間他必須重新思量他對瑪提娜和她的生活的看法了，而這件事的突兀似乎很殘忍。「我不明白，」他說，「他人在哪裡？」

「我不知道。」瑪提娜表情一垮，把餐盤推開，雖然她還沒有吃完。

「你怎麼會不知道呢？」

「我敢說你認為我是他媽的瘋了。」

哈洛想到這趟旅程中遇到過的人。他們全都不一樣，但是他不認為其中有任何人是奇怪的。他想了想自己的人生，以及從外表看來那會有多麼平凡，但是其實它卻包含有那麼多的陰暗和問題。「我不認為你瘋了。」他說。他伸出一隻手，她端詳了一會兒，彷彿手是她從沒想過會去握的東西。然後她的手指碰到他的手指。

「我們來到英國，好讓他能有比較好的工作。我們才來這裡幾個月，然後某個星期六，有一個女人提著兩箱行李、抱著一個嬰兒出現。她說他有個孩子。」瑪提娜握得更緊，使他的婚戒壓迫他的手指。「我不知道有這個女人，我不知道有這個孩子。他回來了以後，我以為他會把她們趕出去，我知道他有多愛我。但是他沒有，他抱起他的孩子，我好像看到一個我不認識的男人一樣。我說我要出去走走，等我回來，他們已經走了。」瑪提娜皮膚白到他都可以看到她眼皮上的青筋。「他丟下他所有的東西。他的狗、他的園藝工具，甚至新鞋。他很愛走路。我每天一醒來就想，今天就是他回來的那天了。而每天每天，他都沒有回來。」

有一會兒的時間，屋裡只有承載她字句的沉默。哈洛再一次意識到人生如何瞬息萬變。你可能正在做件再平凡不過的事——幫你的伴侶遛狗、穿上鞋子，卻不知道你即將失去你想要的每樣東西。

「他也許會回來。」

「那是一年前的事了。」

「你永遠也不知道呀。」

「我是知道的。」

她吸了吸鼻子，像是要感冒一樣，但是這動作騙不了他們兩個人。「而我卻遇到要走到推得河伯威克的你。」他很怕她又要說他沒辦法走到，但是她卻說：「要是我能分到你一點點的信心就好了。」

「可是你有啊。」

「不，」她說，「我是在等一件永遠不會發生的事。」

她坐在那裡，動也不動，他知道她想到了過去。他也知道他的這種信念，其實是很脆弱的。哈洛收拾兩人的餐盤，拿到廚房。他在水槽裡接了熱水，洗了髒鍋子。他把剩菜倒給狗吃，想著瑪提娜在等一個不會回來的男人。他想到自己妻子在刷洗那些他看不到的汙垢。他感覺自己以一種奇怪的方式更了解她了，而希望可以告訴莫琳這件事。

之後，他在房間裡收拾東西要裝進塑膠袋時，先是走廊上傳來一些輕輕的窸窣聲，然後是一聲敲門聲，他走到門口。瑪提娜交給他兩雙健行襪，和一捲藍色的水管膠帶。接著她把一個空的背包掛在他手腕上，又把一個黃銅羅盤放到他手心。這些都是她伴侶的東西。他正要堅持說他不能再收任何東西，她卻很快把臉湊向他，輕輕吻了他的臉頰。「好好走，哈洛。」她說。「而且你不欠我任何房錢。你是我的客人。」羅盤在他手上，溫暖又沉重。

哈洛如自己所說的，天一亮就離開了。他在枕頭前立了一張明信片，寫著他對瑪提娜的感謝。他還放了那套壓印風景的隔熱墊，因為她可能比昆妮更用得上這些東西。東方天幕已開，透出一抹淡淡的光亮，開始要往上爬升，填滿天空。他走到樓梯底時，輕輕拍撫她伴侶的狗。

哈洛靜靜關上前門，不希望吵醒瑪提娜，但是她正從浴室窗子看他，她的臉貼在玻璃上。他沒有回頭看，也沒有揮手。他瞥見窗邊她的身影，於是盡量用力邁著步伐，因為他猜想她可能會擔心他的水泡或是他的帆船鞋；但同時他也希望不要留下她孤單一人，只有一隻狗和一些鞋子陪著。作她的客人不容易。知道一點點事而又走掉，這也不容易。

14 莫琳與雷克斯

和代理醫師談過後，莫琳陷入更低落的心境中。她羞愧地想起二十多年前昆妮・韓內希來訪，而希望當時自己能夠比較和善些。

如今，哈洛不在家，沒完沒了的日子一天過完又一天，她冷漠地看著它們，不知道如何去填滿。她會決定要拆下床罩被褥去洗，卻發現沒有什麼意義，因為沒有人會看見她用力放下洗衣籃，也不能埋怨地說她沒有人幫忙也可以處理得很好，謝謝了。她把路線圖在廚房桌上攤開，但每次她看著圖，努力想像哈洛的旅程時，她卻更清楚地感覺到自己的孤寂。這麼大片的空蕩在她身體裡開展，彷彿她也是隱形的一樣。

莫琳熱了一小罐番茄湯。怎麼會變成這樣：哈洛步行去伯威克，而她坐在家裡，什麼事也不做？她錯過了什麼步驟？她和他不一樣，畢業時學歷可是不錯的。她上過祕書課程，而當大衛在讀小學的時候，她還跟空中大學自學法文。從前她喜歡園藝。從前在運河橋路，可是沒有半吋土地不是開花或結果的。她每天下廚，她看了食譜作家伊麗莎白・大衛的書，也樂得去尋找新食材。「今天我們是義大利人噢。」她會笑著說，一邊踢開餐廳的門，給大衛和哈洛端上蘆筍燉飯。「Buon Appetito。」她用義大利語說著「用餐愉快」。對於自己放棄掉的一切感到的遺憾湧上心頭。那些雄心壯志都到哪去了？那些精力呢？她為什麼從不出去旅行？或是多享受一些性愛？她讓過去二十年來的每一個清醒時刻都褪了色、都扼殺了。除了去感受、除了迎向哈洛的眼神並且說出那無法說出的話以外，她什麼事都做了。

沒有愛的日子，不是生活。莫琳把湯倒進水槽，坐在廚房桌前，雙手掩面。

是大衛出的主意，要她跟雷克斯坦承哈洛步行之旅的實情。一天早上他告訴她說他考慮過這個情況，認為說出來會對她有益。她笑著抗議說她幾乎不認識這個人，但他說雷克斯是她鄰居，他們當然算認識。

「那並不代表我們會交談，」她說，「他妻子死的時候他們才搬來這裡六個月。況且我用不著跟別人說話，我有你呀，親愛的。」

大衛說這話雖然沒錯，但是如果莫琳說實話，或許對雷克斯有好處。她無法永遠隱瞞事實。她正要說她很想他，他就告訴她說她應該立刻去做。

「我會很快看到你嗎？」她說。他保證說她會的。

莫琳看到雷克斯在花園裡，正用一把半月形的刀片修剪草地的邊緣。她站在兩家花園之間的圍籬旁，因為斜坡的關係，這圍籬有一點歪斜；她用輕快的語氣問他過得怎樣。

「想辦法找事情忙，這就是我現在最大的期盼了。哈洛還好嗎？」

「他很好。」她兩條腿發抖，就連手指也覺得好輕。她重新吸了一口氣，像是重新開始文章的一個段落。「說實話，雷克斯，哈洛不在家，我一直在騙你。我很抱歉。」她用指尖按住嘴脣，不准自己再多說話。她不敢注視對方。

在聽得到怦怦心跳的沉默中，她聽到修草剪放到草地上的聲音。她感覺到雷克斯走近。他輕聲說話時有股薄荷牙膏的味道。「你以為我不知道事情不對勁嗎？」

雷克斯伸出一隻手，搭在她肩上。這是好久以來第一次有人碰觸她，而這種解脫太強烈了，使得她全身震顫地湧現哀傷，淚水劃過她的臉頰。她把一切都拋開了。

「你過來，我泡壺茶吧！」他說。

從伊麗莎白的喪禮後，莫琳就沒有走進雷克斯家了。在這段期間的幾個月裡，她本來想像屋裡會有厚厚一層灰，和一般程度的雜亂，因為男人不會注意這些事情，尤其是情緒悲傷的男人。但讓她驚訝的是，屋裡各種東西的表面都是光亮的。仙人掌盆栽一盆盆立在窗臺上，間隔整齊到彷彿是用尺量過的。沒有成堆未拆封的信件、洋菇色的地毯上沒有泥濘的鞋印。看起來好像雷克斯甚至買了一段塑膠墊鋪在地上，作為從前門進來的走道，因為她很確定伊麗莎白在世的時候是沒有這東西的。莫琳在圓形鏡子裡照了照她的臉，又擤了擤鼻子。她看起來蒼白又疲累，鼻子紅得像是警示燈。她思忖兒子對於她在鄰居面前哭泣會有什麼看法。當她跟大衛說話時，她都很努力忍住不哭。

雷克斯在廚房喊說要她在起居室等著。

「你確定我不要幫什麼忙嗎？」她說，但是他再次堅持說請她不要客氣、放輕鬆。

起居室和前廳一樣，安靜且整潔，使得莫琳感覺自己的出現是種入侵。她走到壁爐架前，看著相框裡的伊麗莎白照片。她是個高䠷的女人，有個像牛一樣的方下巴、沙啞的笑聲和雞尾酒會客人那種不專注的表情。有件事莫琳除了大衛外沒告訴過任何人，那就是她始終覺得氣勢有點被伊麗莎白比下去。她甚至不確定自己喜不喜歡她哩。

傳來一陣杯盤相碰的聲音，門被推開了。她轉過身，看到雷克斯端著一個托盤站在門口。他倒茶時一點都沒有濺出來，甚至還記得附上一小罐牛奶。

莫琳一開始說起話來，自己都訝異竟然對哈洛出走這件事有那麼多意見。她告訴雷克斯昆妮寄信來的事，以及哈洛突然決定要離開家。她告訴他去看代理醫師的事，以及她的羞愧。「我很害怕他不回來了。」最後她說。

「他當然會回來。」雷克斯那子音發得有些輕柔的聲音聽來如此真誠，她立刻就安心了。當然哈洛會回來的。她突然感覺一陣輕鬆，很想笑出來。

雷克斯遞給她一杯茶。杯子是細緻的瓷器，放在一個成組的盤子上。她想像哈洛泡咖啡的情景：馬克杯裡的咖啡滿到杯口，你拿起杯子時一定會把咖啡灑出來，燙到你的手。就連這個景象也似乎變得好笑了。

她說：「起初我認為這可能是中年危機，只是哈洛這個人動作總是慢半拍。」雷克斯笑了，她感覺那笑有一點是出於禮貌，不過至少兩人間生疏的沉默被打破了。他把一盤奶油餅乾和一方餐巾遞給她。她拿了一塊餅乾，她原本並沒有意識到自己飢腸轆轆。

「你確定哈洛可以走完這趟路？」他說。

「他一輩子沒做過像這樣的事。昨天晚上他住在一個年輕的斯洛伐克女士家裡，他甚至不認識人家。」

「天哪！」雷克斯窩起手心放在下巴下面，要接住一塊粉紅色夾心酥的碎屑，「我希望他沒事。」

「我看他是好得很。」

他們笑了笑，陷入一陣沉默，而這沉默似乎讓他們又疏遠了，於是他們又彼此向對方笑了笑，這次更客套。

「也許我們應該去追上他。」雷克斯說，「看看他是不是沒事。我的路華車還有油。我可以做些三明治，我們可以直接出發。」

「或許吧。」莫琳咬著嘴脣，思索這件事。她思念哈洛，幾乎像思念大衛一樣深。她很想看到他，但是當她想到接下來的部分，也就是她趕上了丈夫以後，她又慌了。如果他終究還是不要她，她會有什麼感覺？如果他真的是要永遠離開她呢？她搖搖頭。「事實是我們彼此不講話的，不再講話了，不再好好說話了。雷克斯，他離開的那天早晨，我還拿白麵包和果醬的事來挑他毛病。果醬呢。怪不得他要走掉。」她再度難過起來。她想到他們分別在不同房間裡的冰冷的床，和他們你來我往，只是表面卻沒有任何意義的話。「這婚姻已經有二十年都不成婚姻了。」

在這段沉默中，雷克斯把茶杯湊到嘴邊，莫琳也是。然後他說：「你喜歡昆妮．韓內希嗎？」

她沒有料到他問的竟是這個問題。她不禁快速把茶嚥下，這口茶捲著一小塊搗蛋的薑餅一起入喉，使她咳了起來。「我只見過她一次，不過那是很久以前了。」她拍拍胸口，幫助餅乾進到肚裡。「昆妮很突然就消失了，我只記得這件事。有一天哈洛去上班，他回家時說會計部換了一個新人。好像是個男的吧。」

「昆妮・韓內希為什麼消失？」

「我不知道。當時是有些謠傳，不過那時對我和哈洛都是段不好過的日子。他從來沒說，我也從來沒問。我們就是這樣的人，雷克斯。這年頭每個人都在爆料自己最黑暗的祕密，我在診所翻了那些名人八卦雜誌，簡直看得我暈頭轉向。但我們不是這樣。我們曾經說了很多事，很多我們不應該說的事。所以昆妮不見了的事，我根本不想知道。」

她遲疑了，生怕自己洩露了太多，而不確定該怎麼繼續說才好。「我聽說她在酒廠做了件她不應該做的事，而他們老闆是個非常難相處的人。他不是一個會寬恕、不記仇的人。也許她消失了是最好的。」莫琳看到的昆妮・韓內希就像多年前她在運河橋路家門口臺階上看到的一樣：雙眼浮腫，遞出一束花。雷克斯的起居室似乎突然變得好冷，她兩手抱著腰。

「我不知道你怎麼樣，」終於他說，「但我想來點雪莉酒。」

雷克斯開車載莫琳到了史雷頓沙灘的史塔灣酒館。她可以感覺到酒精滑下她的喉嚨、鬆弛她的肌肉，先是冰涼，之後像是要燒起來。她跟雷克斯說，重新走進一間酒館感覺很奇怪，因為哈洛後來滴酒不沾，她也很少喝酒。他們同意兩人都沒心情煮飯做菜，於是點了份提早吃的酒吧餐，再加上一杯葡萄酒。他們先是舉杯祝哈洛旅途順利，她感覺肚腹一陣輕鬆，使她想起自己還是年輕女人時初次戀愛的情景。

由於天還亮，他們沿著海和草地間的狹長海岬散步。兩杯酒下肚後，她感覺體內溫暖，對於事物的分際也有些模糊。一群海鷗隨著風在飛。他告訴她：這裡可以看到刺嘴鶯，還有冠鷿鷉。「伊麗莎白對野生動物一向沒什麼興趣，她說看起來都一樣。」莫琳有時候聽，有時候沒在聽。她想著哈洛，並在腦中重播兩人四十七年前相識的情景。奇怪，她竟然把那晚的細節丟開了那麼久。

當時她馬上就注意到哈洛，她沒辦法不看到他。他一個人在舞池中央跳著搖擺舞，外套的下襬像千鳥紋翅膀一樣往外飛騰，好像他在用跳舞把鎖在心裡的什麼發洩出來。她從沒看過像這樣的人，她母親介紹給她的那些年輕男人全都梳著分線呆板的髮型、穿著正式服裝。也許他也覺察到她在看，即使他們隔著晦暗且喧騰的大廳，因為他突然停下來，迎上她的目光。他又跳了一會兒，她也繼續看著。她看呆了。他那種鮮活生猛的精力打動了她、那麼淋漓盡致地表現自己感動了她。他又停止跳舞，再次盯住她。然後他穿過人群走來，在她面前停住，距離近到她可以聞到他皮膚的熱度。

如今她心中憶起那個時刻，她就能清楚看見了：看到他俯下身，嘴巴湊到她耳邊，撥開她一小綹頭髮，好讓他能把話說進她耳裡。這個大膽舉動讓她脖頸竄起一陣如電流般的針刺感，即使現在她都感覺到皮膚下有一種遙遠的震顫。他接著說了什麼呢？不管是什麼，反正是很好笑的事，而他們笑得太厲害了，使得她打了一連串教人尷尬的嗝。她想起他的外套一飄，他大步走去吧檯拿了一杯水，而她動也不動等著他。那段時日裡，世界彷彿只在哈洛出現時才有光亮。那兩個曾經如此痛快地跳舞和放聲大笑的年輕人是誰？

她察覺雷克斯停止說話，正在注視她。

「你在想什麼呀，莫琳？」

她笑笑，搖搖頭。「沒什麼。」

他們並排站著，眺望海面。西沉的落日從海平面畫了一條通向岸邊的紅色道路。她猜想哈洛睡在哪裡，並且希望她能向他道晚安。莫琳把脖子往後面向天空，在暮色中搜尋第一抹星蹤。

15 哈洛與新的開始

雨水結束後帶來一段植物怒放的新生期，樹木和花朵似乎都迸發繽紛的色彩和香味。七葉樹顫巍巍的樹枝上開滿狀似蠟燭的新生花朵；路旁開滿茂盛的白色峨參傘形花；野薔薇爬上花園的牆；第一批的深紅牡丹盛開，像是衛生紙藝術作品；蘋果樹開始抖落蘋果花，結出小顆的果實；野風信子厚厚地散布在林地上，像是整片池水；蒲公英已經長出毛茸茸的種子穗了。

哈洛堅定不移地走了五天，經過歐特利、波登山、史崔特、格拉斯頓柏立、魏爾斯、雷史多克、皮斯頓聖約翰，在一個星期一早晨抵達巴斯。他平均一天走八哩多一點的路，而在瑪提娜的建議下，他準備了防晒乳、脫脂棉、指甲刀、貼布、新繃帶、消毒藥膏、莫斯金牌水泡防護貼片和一片肯德爾薄荷蛋糕，以備緊急時用。他補充了盥洗用品以及洗衣粉，並且把它們連同那捲水管膠帶整齊地裝進她伴侶的背包裡。走過商店櫥窗看見自己的倒影時，那回瞪他的人是如此抬頭挺胸、看起來如此腳步穩定，使他忍不住多看了一眼，好確定那真的是他。羅盤穩穩地指向北邊。

哈洛相信他的旅程是真正開始了。原先他以為旅程在他決定走到伯威克時就開始了，如今他看出之前他是多麼天真。開始可以有不止一次，或者是有不同的方式。你可以認為你正從頭開始一件事，而實際上你做的是持續從前的事。他面對了他的缺點，並且克服了它們，因此真正的步行現在才開始。

每天早晨，太陽都會悄悄在地平線上升起、爬到天頂，再在每天黃昏西沉，一天過完換另一天。他用很長的時間望著天空，以及大地在天空下變化的樣子。旭日升起時山頭染成了金色，映照晨曦的窗子橘黃得你會以為屋裡著火了。黃昏的樹影躺在樹下，拖得老長，像是另一座黑暗構成的森林。他迎著一陣清晨的霧氣往前走，還會對著從乳白色煙幕中探出頭的鐵塔露出微笑。山丘變得柔和，也變平坦了，在他眼前敞開，青綠而且溫柔。他走過索美塞特溼地平坦的部分，那裡的水道表面閃閃發亮，像是銀針一樣。格拉斯頓柏立高岡立在地平線上，再過去是門迪普丘陵。

哈洛的傷腿逐漸復元了，瘀青的地方從紫色變成青綠，再變成一種柔黃色，他不再害怕了。別說害怕，他反倒變得更為堅定。從提佛頓到陶頓的那段路，充滿了憤怒和痛苦。他想要的多過他身體上能夠付出的，因此他的行走就成為一場和自己的戰鬥，而他戰敗了。現在他每天早上和晚上都會做一套和緩的伸展運動，而且每走兩個小時會休息一下。他會在水泡還沒有感染以前先處理它們，也隨身帶著乾淨的水。他再次拿出他的野生植物書，辨別灌木圍籬的花朵和它們的用途：哪些會長出果實——那些果實是可食用、有毒性或其他，以及哪些葉子有藥效。野生大蒜的香甜辛辣味充滿在空氣中。他再次驚訝地發現，只要他懂得觀察，腳下有多少豐富的東西值得認識。

他仍然繼續寄明信片給莫琳和昆妮，向她們報告他的進展，偶爾他也會寫給那個加油站女孩。哈洛遵從不列顛觀光手冊的建議，在史崔特留心尋找鞋子博物館，並且參觀了克拉克村莊的商店，雖然他仍然相信都走這麼遠了還要放棄他的帆船鞋是不對的。在魏爾斯，他給昆妮買了一個粉晶吊飾，讓她可以掛在窗前，還給莫琳買了一枝用樹枝雕成的鉛筆。幾個婦女會的快活成員慫恿他買一個馬德拉蛋糕，但是他卻選了一頂手織貝雷帽，顏色是昆妮喜歡的那種棕色。他參觀了大教堂，坐在裡面冷冷的光線下，這光線從上頭如水般傾瀉而下。他提醒自己，幾世紀以前，人們蓋教堂、搭橋、造船，如果你仔細思索的話，那些都是出於瘋狂和信心的大膽之舉。當沒有人看到的時候，哈洛跪了下去，祈求保佑他拋在身後的人，以及在他未來將遇見的人平安。他祈求能有繼續走下去的意願，他也為自己並不信神而道歉。

哈洛經過上班族、遛狗的人、購物的人、上學的孩童、推嬰兒車的母親、和他一樣的健行者，還有幾個旅行團。他遇見一個查稅員，是個督以德教徒，已經有十年沒有穿過鞋子了。他談過話的對象，包括一個尋找生父的年輕女人、一名承認在彌撒中學小鳥發出啾啾聲的神父、幾個正在接受馬拉松長跑訓練的人，和一個帶著一隻會唱歌的鸚鵡的義大利人。他有天下午和幾個人一起度過，包括來自格拉斯頓柏立的一個行善的巫師、一個喝酒喝掉自己房子的遊民，以及四名要找M5公路的自行車騎士、一個承認她不知道生命竟會如此孤單的六個孩子的母親。哈洛跟這些陌生人一起走，聽他們說話，他不評斷任何人，不過隨著日子一天天過去，時間和地點開始模糊不清之後，他已經記不得那個查稅員是沒有穿鞋子，還是肩膀上站了一隻鸚鵡。這已經都不再重要了。他已經了解，是人類的渺小與孤寂使他心中充滿了驚異和溫柔。這個世界是由兩隻腳輪流往前邁步的眾人所構成，而某種人生之所以看起來普通，只是因為這個人生的主人已經過了許久這樣的日子。哈洛此後再經過任何一個陌生人，都會理解這個事實，那就是每個人都是一樣的，也都是獨特的，而這正是生而為人的矛盾。

他走得如此有信心，彷彿他這一生都在等著從他的椅子上站起來。

莫琳在電話裡告訴他，她已經搬出客房回到主臥室了。他已經獨自睡覺好多年，所以起初他很驚訝，然後十分高興，因為主臥房是兩間房中較大且較舒適的一間，而且，因為是在屋子前側，所以可以享有眺望國王橋的廣闊視野。不過他猜想這也意謂她已經把他的東西收拾起來，搬到客房去了。

他想到他有許多次注視著那扇緊閉的門，知道她把自己放逐到他完全無法碰觸的地方。有時候他還會摸摸門把，彷彿那是她身體有感覺的一部分。

莫琳的聲音從沉默之下慢慢升起：「我想到我們第一次見面的時候。」

「你說什麼？」

「那是一場在伍爾維區的舞會。你摸了我的脖子，然後你說了一件很好笑的事。我們笑個不停。」

他皺起眉頭努力回想當時情景。他記得是有一場舞會，但是除了這個以外，他只能看到當時她有多麼美麗、多麼秀氣。他記得自己像個白痴一樣地跳舞，也記得她那又黑又長的頭髮像天鵝絨般披散在臉的兩旁。但是他不太可能膽子大到走過一個擁擠的房間去找她，他不太可能會逗她笑了又笑。他猜她是不是把他錯認為別人了。

她說：「啊，我得讓你去忙了，我知道你有多忙。」

她說這話的語氣和她對醫師說話時一樣，那是她想表示她不要給人添麻煩。然後她說：「我希望我能想起來你在舞會中跟我說的是什麼，那真的好好笑噢。」她掛了電話。

在這一天之後的時間裡，他的心裡全在回憶莫琳，以及兩人初識時的情景。他想到兩人去電影院、去里昂角落茶館，以及他從沒看過有人吃得這麼謹慎，把食物切到最小最小，再送進嘴裡。即使在那時候，他也已經在為兩人的未來存錢了。他清晨開垃圾車，然後下午兼差擔任公車車掌。他每星期去醫院值兩整晚的夜班，星期六他在圖書館上班，有時候他累得趴到書架下面就睡著了。

莫琳常會從她家外頭上了公車，一直坐到終點站。他會發車票給乘客、為司機搖鈴，但是他眼中只見到莫琳，那穿著藍色外套、皮膚像瓷器般細緻、有一雙清澈綠色眼睛的莫琳。她也常陪他走到醫院，使他在刷洗各樓層地板時，滿心都在想她人在哪裡、當她匆匆離去時看到些什麼。她也常常溜進圖書館，翻著食譜，而他就從櫃臺處看著她，愛慕和缺乏睡眠令他腦袋發暈。

他們婚禮規模很小，來了一些他不認識的戴帽子和手套的賓客。他寄了一份喜帖給他父親，而他沒出現，倒讓哈洛鬆了一口氣。

終於只剩下他和新婚妻子了，他從旅館房間看著她在另一邊脫下衣裙。他迫不及待想要撫摸她，卻又害怕得全身顫抖。他摘了領帶、脫了西裝外套——西裝是向公車總站一個同事借來的，袖子短了點。他抬眼一看，發現她穿著襯裙坐在床上。她實在太美了，他承受不住，只得衝向浴室。

「哈洛，是我的關係嗎？」半小時後她隔著門問。

想起這些事、這些遙不可及的事，讓他痛心。他眨了幾次眼睛，想要趕開這些畫面，但是它們仍然紛紛湧回心頭。

哈洛走過充滿其他人聲音的城鎮、走過穿過大地的道路，他才明白了生命中的某些時刻，像是事情才剛剛發生一樣。有時候他相信自己變得只有回憶而沒有現在了。他將生命中某些情境一再播放，像是一個困在外頭的旁觀者，看出了那些錯誤、那些矛盾，以及那些不應該做出、但卻已經完全束手無策的決定。

他看到自己在莫琳母親猝逝——在她父親死後兩個月——後接到電話的情景。他緊緊摟住她，好告訴她這個消息。

「現在只剩下你和我了。」她啜泣著。

當時他伸手撫摸她脹大的肚子，向她保證說會沒事的。他會照顧她，他說。而他是真心真意的。哈洛最想要的，莫過於讓莫琳快樂幸福。

那段時日她是相信他的，她相信她只要有哈洛一個人就足夠了。從前他不知道，但現在他知道了。作父親才是他真正的考驗和挫敗，他猜想他是不是後半生都得睡在客房裡。

哈洛往北朝格洛斯特郡走去，有時候他的腳步非常確定，走來毫不費力。他用不著去想先抬這隻腳再抬那隻腳。走路是他讓昆妮活著的信念的延伸，而他的身體也是這信念的一部分。這些日子以來，他可以連想都不想就走上山，他猜他的身體越來越強壯了。

有些日子他沉陷在舉目所見的周遭。他試著要找出正確的字眼描述每一段路程，只是有時候就和他遇過的人一樣，那些路程開始混在一起了。不過也有些日子裡他感覺不到自己、自己的行走，或是大地。他什麼也沒有想，至少沒有想任何能夠訴諸言詞的事。他就只是在那裡。他感覺陽光照在他的肩膀上，看著一隻茶隼靜靜飛翔，而同時間他的前腳掌也一直把他的腳跟抬離地面，身體的重量從一條腿轉到另條腿上，而這就是一切了。

只有夜晚困擾他。他仍然找些簡單的住處，但是室內卻似乎擋在那裡，成為他和他目標間的阻礙。他感到體內有種需要，要把自己的一部分留在外頭。窗簾、壁紙、裝框的圖片、成套的毛巾和浴巾，這些東西都變得不必要而且沒有意義。他把窗子打開，好讓自己能繼續感覺到天空和空氣的存在，但是他睡得很不安穩。他越來越被過去的一些影像困擾得睡不著，再不就是夢到他的腳不斷抬起、放下。他會在凌晨左右醒來，在窗邊望著月亮，感覺被困住了。這些天來他用現金卡付了房錢出發時，天色都還沒有亮。

逐漸走向拂曉時，他驚異地看著天空發出鮮艷的紅光，再褪為單純的藍色，像是置身在完全不同版本的一天，而這天的每件事都不平凡。他希望他能向莫琳描述這些。

什麼時候可以走到伯威克、怎麼樣走到伯威克，這個問題已經退到背景裡；哈洛知道昆妮正在等他，他確定得就像他能看見自己的影子般。想像他走到的情景、以及她坐在窗邊椅子上晒太陽的情形，這都能帶給他快樂。到時會有好多話可以說、好多從前的事可說。他會提醒她，有一次她在回程中從手提袋裡拿出一條瑪氏巧克力棒。

「你會害我變胖的。」當時他說。

「你？你身上根本沒肉啊。」她笑著說。

那是奇怪的一刻，並不是不愉快的不自在，但那卻是兩人彼此說話態度有了轉變的分界點。這話顯示了她在注意他，而且她也關心他。從那次以後，她每天都帶一塊甜點給他，而且互相直呼名字了。他們出差時，彼此都很自在地聊天。有一次他們在一家小廚師連鎖餐廳停下，兩人隔著三合板桌子相對而坐，發現話題都說完了。

「你怎麼稱呼兩個搶匪（two robbers）？」他聽到她問。這時候他們已經回到車上了。

「什麼？」

「這是個笑話。」她說。

「噢。很好。我不知道。怎麼稱呼呢？」

「一條內褲。[1]」她用一隻手掩住嘴，但是她抖得太厲害了，一陣猛烈的噴氣聲從她指縫中迸出來，讓她臉色緋紅。「我爸爸很喜歡這個笑話。」

最後他不得不把車子停下，因為他們笑得太厲害了。當天晚上他在吃白醬義大利麵時把這個笑話說給大衛和莫琳聽，但是他們兩人都呆呆看著他，使得他說出最好笑的部分時，聽起來並不好笑，反而有點色。

哈洛和昆妮常談到大衛，他不知道她是不是還記得？她自己沒有孩子，也沒有姪表親人，因

1 譯註：一條內褲（a pair of knickers），knickers 音同 nickers（小偷）。

此她對大衛在劍橋的情形很有興趣。大衛覺得那座大學城怎麼樣？她會說。他有沒有交很多朋友啊？他喜歡划學校的平底船嗎？哈洛向她保證，說他兒子正過著一生中最快樂的時光，雖然大衛其實很少回莫琳的信和電話。他沒有提過交朋友或讀書的事，當然更沒有提到划船。

哈洛沒有告訴昆妮，假期過後他在大衛房裡發現藏起的空伏特加酒瓶，他也沒有提起放在一個牛皮紙信封裡的大麻。他沒有告訴任何人，甚至包括他妻子。他把這些東西裝進盒子裡，在上班途中丟了。

「哈洛，你和莫琳一定很驕傲。」昆妮會說。

他回想他們一起在酒廠的時候，他們都不是喜歡跟大夥一起的人。昆妮還記得那個愛爾蘭酒吧女侍嗎？那個聲稱懷了奈皮爾先生的孩子、然後突然不去上班的女孩？聽說他安排讓那個女孩拿掉孩子，而後來她還有些併發症。還有一次，一個新來的年輕業務員喝得大醉，後來被人發現全身被脫得只剩內褲綁在酒廠大門上。奈皮爾先生說要讓狗在院子裡攻擊他。那會很有趣，他說。最後那男孩大聲尖叫，一道棕色液體流下他兩條腿。

再次回想起來，哈洛感覺到一陣令他作嘔的羞愧。大衛對奈皮爾的看法沒錯，而展現勇氣的人是昆妮。

他看到她一如往常那樣笑著，有些緩慢，彷彿連快樂的事情也有份哀傷。

他聽到她說：「酒廠出事了，發生在夜裡。」

他看到她在搖晃身體。或者那是他自己？他想他也許會倒下。他發現她嬌小的手抓住他的衣袖，並且搖晃著。從文具間那次之後她從沒有碰過他，她的臉色蒼白。

她說：「你在聽嗎？這件事很嚴重，哈洛，非常嚴重。奈皮爾不會善罷甘休的。」那是他最後一次看到她。他知道她已經猜到事情真相了。

哈洛不知道她為什麼要為他頂罪，以及她知不知道他有多麼懊悔自己做的事。他也再次問自己，為什麼多年前她沒有來道別。想到這一切，他搖了搖頭，繼續往北走。

她是當場被開除的。奈皮爾的辱罵聲全酒廠都聽到了。甚至還有謠言說他丟了一個小小的圓形東西——也許是個菸灰缸，也可能是一個小紙鎮——差一點就打中昆妮的額頭。奈皮爾先生的祕書後來向幾個業務員證實，說他從來就不喜歡那個女人。她也證實了昆妮堅持自己的立場。她沒辦法聽清楚昆妮的話，因為門是關上的，但是從奈皮爾先生的大喊大叫裡，你可以大致猜出昆妮說了些什麼，她說的大概就是「我不知道這些紛擾是怎麼回事，我只是想要幫忙」。「如果她是男人，」有人告訴哈洛，「奈皮爾先生早把她打個半死了。」當時哈洛坐在一間酒館裡。他感到很不舒服，伸手去拿了他那杯雙份白蘭地，一仰而盡。

哈洛回想起這件事，肩膀弓了起來。那時他是個不可原諒的懦夫，不過至少現在他在設法彌補了。

巴斯市已經出現在視線中，皇家新月樓和街道嵌進山壁，像是小小的牙齒；奶油色石頭在晨曦中閃閃發亮。今天會是個熱天。

「爸！爸！」

他嚇了一跳，回頭張望，清清楚楚地感覺到有人在呼喚。路過的車輛把樹葉掀起了沙沙聲，但是這裡並沒有半個人。

16 哈洛與醫師與超級名演員

哈洛打算在巴斯短暫停留。他在艾克希特學到一件事，就是城市會沖淡他的決心。他需要換鞋底，但是補鞋匠因為家中有事，要到中午才能做生意。哈洛趁著等待時間再為昆妮和莫琳挑個紀念品。陽光以一道道刺眼的光線照在修道院旁的院落中，光線炫目得他必須用手擋在眼睛上。

「可以請你們全排成整齊的一排嗎？」

哈洛往後看，發現自己被混在一群外國觀光客當中，這些人戴著帆布遮陽帽，正在參觀羅馬浴池。他們的導遊是個英國女孩，還是個青少年，有張秀氣的臉和上流社會那種帶著顫音的說話聲。哈洛正要解釋他不是這一團的人時，她承認說這是她第一次實際帶團。「他們沒有一個人知道我在說什麼。」她小聲說。她的聲音和少婦時期的莫琳驚人地相像，使他無法動彈。她的嘴唇微微顫抖，彷彿快要哭出來了，於是哈洛心軟了。他試著在後面徘徊，也跟著一群快要參觀完的人在一起，但是每當他想要溜走，他就想起當年他那個穿著藍色外套的年輕妻子，而不能讓這個導遊失望。兩個小時後，她的團在禮品店結束，他在店裡買了明信片和馬賽克鑰匙環要給莫琳和昆妮。他告訴她，他特別喜歡她對聖泉的介紹，那些羅馬人真的是聰明絕頂。

年輕導遊微微皺了皺鼻子，像是聞到不好聞的味道，然後問他有沒有考慮去參觀附近的巴斯溫泉水療館，他既可以欣賞如畫般美麗的城市景色，又能享受高科技的洗浴經驗。

哈洛心驚膽戰，立刻直接衝去那裡。他始終留意清洗他的衣服和他自己，但是他的襯衫領子都磨破了，指甲縫裡也有汙垢。直到他買了入場券、租了浴巾，他才想到他沒有泳褲。於是為了這他只得離開，找了附近一家運動用品店，而使得這一天成為到目前為止花費最多的一天。店員拿來一堆泳裝和蛙鏡，然而當哈洛解釋說他多半是走路而不是游泳時，她又很熱心地給他看可以裝羅盤的防水盒蓋，和一些特價的百搭長褲。

等到他提著裝了泳褲的小袋子走出店門，人行道上已經擠滿了大批人群。哈洛發現自己被擠靠著一尊銅像，那是個頭戴高禮帽的維多利亞時代男人的銅像。

「我們在等那個名演員。」他身旁一個女人解釋。因為天氣炎熱，她的臉又紅又潮。「他要為他的新書簽名。如果他和我四目相接，我會昏過去。」

要看到這位超級名演員都已經很難了，更不用說還要與他四目相接，因為他似乎頗矮，又被一堵穿黑色制服的書店店員人牆包圍住。群眾大吼大叫，拍手鼓掌。攝影師舉起他們的攝影機，街上閃光燈此起彼落。哈洛思考有這麼成功的人生會是什麼感覺。

他身邊的女人正在說她給她的狗取了這位演員的名字。她說這狗是隻可卡犬，她希望她能告訴這位演員。她看過雜誌上所有關於他的報導，像個朋友一樣地認識他。哈洛想要靠著銅像看得清楚些，卻被銅像在肋骨刺了一下。白森森的天空發著亮，汗珠從哈洛脖子上冒出來，從他的腋窩流下，使他的襯衫緊緊黏在皮膚上。

等到哈洛回到了水療館，一群全都是年輕女人的團體正在水中嬉戲，他既不想驚擾她們，也不想妨礙她們，於是他很快洗了個蒸汽浴就匆匆離去。在幫浦室，他問能不能帶走一點可以促進健康的溫泉水，好送給一個在推得河的伯威克的好朋友。服務生倒了一些水在一個瓶子裡，收了他五鎊，因為哈洛弄丟了羅馬浴池的入場券。時間剛過中午，他需要快快上路。

在公廁裡，哈洛發現他正在簽書會的那個演員旁邊洗手。演員穿著一件皮夾克和長褲，還有一雙低跟的牛仔靴。這人盯著鏡中的臉，拉了拉皮膚，彷彿查看上面有什麼東西不見了。近看之下，他的頭髮黑得像是塑膠做的。哈洛不想打擾演員，他擦了雙手，假裝正在想別的事。

「別告訴我說你也有隻狗是用我的名字命名。」演員說。他直直盯著哈洛。「我今天沒這個心情。」

他告訴演員說他沒有養狗。他又說，他小時候被一隻叫「清客」的北京狗咬過很多次。這名字恐怕並不政治正確，不過養牠的那個阿姨懶得理別人的感覺。「不過我一直在步行，我最近見過一些不錯的狗呢。」

演員再次望著鏡中的倒影。他繼續說著給狗取名字的事，好像哈洛根本沒說那番關於他阿姨的話。「每天都會有某個人走過來告訴我他們的狗的事，還說他們給狗取我的名字。他們說得好像我應該高興一樣，他們根本大錯特錯！」

哈洛同意這實在是很不幸，不過私底下他倒認為這算是一種恭維。比方說，他就沒辦法想像有人會給寵物取名叫「哈洛」。

「我花了好多年從事嚴肅的戲劇工作。我在皮羅克利演了一整季的戲，然後我演了一齣古裝戲，就這樣紅起來。這個國家的每個人都認為以我的名字給狗取名是很有創意的事。你是為我的書來巴斯的嗎？」

哈洛承認他並不是。他簡單幾句把昆妮的事告訴了演員，他不認為他應該提到他想像當他抵達安寧醫院時那些護士會鼓掌。演員一副像在聽的樣子，不過在故事結束時他又問哈洛有沒有他的書，以及他要不要他的簽名。

哈洛表示同意。他感覺這書也許會是送給昆妮的理想紀念品，她一向喜歡看書。他正要問演員介不介意等他很快去買一本來，演員卻先開口了。

「說實在的，別麻煩了，那都是垃圾。那書裡沒半個字是我寫的，甚至連看都沒看過。我是個好色男，還有嚴重的古柯鹼毒癮。上星期和一個女人上床，卻發現她有老二。他們不會把這種事情寫在書裡面的。」

「是不會。」哈洛朝門口看了一眼。

「我上了所有談話節目，我出現在所有雜誌裡面。每個人都認為我是個好好先生，卻沒有一個人真正了解我。好像我是兩個人一樣。你也許正要告訴我說你是個記者。」他笑了起來，但是那個動作的一些鹵莽和陰沉之處卻使哈洛想到大衛。

「我不是記者，我如果當記者應該會做得很爛。」

「你再告訴我一次你為什麼要走到布拉福。」

哈洛小聲囁嚅說是伯威克，以及他要為過去贖罪。他被這位超級名演員的告白嚇壞了，還在心裡尋找可以藏起這祕密的空間。

「那你怎麼知道這個女人在等你？她有沒有留話？」

「留話？」哈洛重複著，雖然他聽得一清二楚。這比較像是在拖延時間。

「她有沒有告訴你說她要等？」

哈洛張開嘴，欲言又止了幾次，卻說不出話來。

「你究竟是怎麼做的？」演員說。

哈洛用指尖碰了碰領帶。「我寄明信片去。我知道她在等。」

哈洛笑著，演員也笑了。他希望演員能被聽到的話說服，因為他不確定還有別的方式能說明這件事，而有一會兒的時間，看來這個演員是被說服了；但是之後他皺起眉頭，像是他剛剛嚐到什麼怪味一樣。「如果我是你，我會坐車去。」

「什麼？」

「用走的根本是胡扯！」

哈洛聲音發著抖。「重點就在用走的呀，這樣她才能活著。約翰．藍儂就曾經躺在床上表態，我兒子房間牆上還有一張他的照片。」

「約翰．藍儂有小野洋子和全世界的媒體在那床上陪他。你是靠自己，一步一步走到推得河的伯威克，那要花上好幾個星期。萬一她並沒有收到你的留言呢？他們也許會忘記告訴她。」演員皺眉癟嘴，像是在思忖這樣的失誤會牽連出哪些後果。「你是走路或搭人便車，又有什麼關係？你怎麼到那裡是沒有差別的，重點是你要去見她。我把我的車借你，還有我的司機。你今天晚上就可以到那裡了。」

門開了，一個穿短褲的男士走到小便斗前。哈洛等他完事，他需要讓這個超級名演員知道：你可以是個平凡人，而企圖去做不平凡的事，同時不一定能夠用合邏輯的方式解釋。但是他卻只能想見一輛車開往伯威克。男演員說得沒錯。哈洛留了話，也寄了明信片，但是並沒有證據證明她把他的話當真看待，或甚至有沒有聽說他打了那通電話。他想像坐在溫暖的車裡。只要他說好，他就可以在幾小時內抵達那裡了。他不得不用力抓緊雙手，以免它們發抖。

「我沒有讓你不高興吧？」男演員說，他的聲音突然變得很溫柔。「我告訴過你我是個混蛋。」哈洛搖頭，不過頭仍然低著。他希望穿短褲的男士沒有在看。

「我必須繼續走下去。」他靜靜地說，不過他知道他不再確定了。

新來的人站在哈洛和演員中間好洗手。他開始笑了起來，像是想起一件很私人的事。然後他說：「我必須要跟你說，我們家有隻狗——」

哈洛走到街上。

天空布滿一層濃密的白雲，壓向城市，彷彿要把城市的生命榨乾。酒吧和咖啡館的人多到滿到人行道上，喝飲料和購物的人衣服脫得只剩背心，好幾個月都沒有接觸到太陽的皮膚晒得紅通通。哈洛把外套搭在手臂上，但仍不時要用袖口去擦臉。蒲公英的種子穗懸在靜止的空氣中，像是絨毛。哈洛走到補鞋鋪，店門仍然沒有開。他的背包帶子都被身上的汗浸溼了，勒進他的肩膀。天氣太熱，他沒辦法繼續走下去，他也沒有氣力了。

他想也許他可以躲到修道院裡。他希望那裡會很涼快，並且再次啟發他的心靈，提醒他對某件事有信心是什麼情況，但是修道院卻因為一場音樂會排演不開放遊客進入。哈洛坐在一小片陰影中，注視銅像一會兒，直到一個小孩哭出來，因為這「銅像」竟然揮揮手，還要給她一顆水果糖。他打算到一間小茶館裡等，他想他可以負擔得起一人份的一壺茶。

女服務生面露不悅之色。「我們下午不提供飲料單點的服務，你必須點『攝政巴斯』鮮奶茶點。」但是他已經要坐下了。於是哈洛點了「攝政巴斯」鮮奶茶點。

店內桌子擺放得太靠近，裡面的熱度結實得你幾乎可以看得見。客人打開兩條腿坐著，還用有護貝的菜單搧風。他點的東西送到，一小杓凝結的鮮奶油漂在一團油脂中。女服務生說了句：「慢用。」

哈洛問她知不知道去斯特勞德怎麼走最快，她只聳了聳肩。「你介意併桌嗎？」她說，只是語氣聽來不像問話。她對著門邊一個男人喊了一聲，再指指哈洛對面的位子。男人帶著歉意坐下來，拿出一本書。他有張輪廓鮮明的臉，和一頭修剪整齊的淺色短髮。他的白襯衫領口是開的，露出一片倒三角形的太妃糖顏色的完美皮膚。他請哈洛把菜單遞給他的同時，也問他喜不喜歡巴斯。他是美國人，他說，正在英格蘭遊覽。他的女朋友當下正在享受珍．奧斯丁的文學體驗之旅。哈洛不確定那是什麼，不過為了她好，他只希望這不要和那個名演員有關係。兩人都陷入沉默，這一點讓他鬆了一口氣。他不需要再來一次像在艾克希特、或甚至他才剛經歷過的旅緣了。雖然他對其他人有義務，但是在這一刻他希望面前有一堵牆。

哈洛喝他的茶，但是卻無法面對司康餅。這種漠然提不起勁的感覺像是又回到了昆妮離開酒廠後那些年，他像是在西裝裡面的空殼子，有時候說點話，也聽到別人說話，每天開車上班再回家，卻不再和其他人有連繫。接替奈皮爾的經理建議哈洛低調做到退休。處理文書檔案吧，他給了這麼個解決問題的怪建議。公司給了他一張特別的辦公桌，還有電腦和名牌，但是沒有人走近過他的桌子。他拿一張餐巾紙蓋在盤子上，正好迎上對面那輪廓鮮明的男人的目光。

「太熱，吃不下。」男人說。

哈洛表示同意，旋即後悔了。輪廓鮮明的男人現在似乎覺得有義務要展開進一步的交談。

「巴斯似乎是個好地方，」他說，並且闔上他的書，「你是在度假嗎？」

哈洛不太情願地解釋了他的故事，不過盡量簡單說明。比方說，他就沒有提加油站女孩和她如何救了她阿姨的細節。他反而還加上一段，說他兒子離開劍橋以後，徒步去了湖區旅行，不過他不確定他走了多少路。大衛回家以後，好幾個星期動也不動。

「你兒子有跟你一起走嗎？」男人說。

哈洛說沒有。他問美國人是什麼職業。

「我是個醫生。」

「我遇見過一個斯洛伐克的女士，她是醫師，卻只能找到清潔的工作。你是哪一種醫生？」

「腫瘤科醫生。」

哈洛感覺自己血流加速，彷彿無意間開始跑起步來。「哇！」他說。明顯可以看出，兩個人都不知道接下來該說什麼。「天哪。」

腫瘤科醫師抬了抬肩膀，露出一個遺憾的笑容，彷彿他希望他是別科醫生。哈洛四下張望，要找那名女服務生，但是她正在替另一位客人送水。他熱得昏昏沉沉，他擦著額頭的汗。

腫瘤醫師說：「你知道你朋友得的是哪種癌症嗎？」

「我不清楚。她在信裡說他們已經沒有別的辦法了，她頂多就說這些。」他覺得自己毫無遮蔽，活像腫瘤科醫生在用探針探查他的皮膚。他鬆了領帶，然後解開領口的釦子。他希望女服務生能動作快點。

「肺癌？」

「我真的不知道。」

「我可以看看她的信嗎？」

他並不想把信拿給人看，但是腫瘤科醫師卻伸出一隻空著的手。哈洛伸手到口袋裡，摸到了信封。他調整了一下老花眼鏡上的膠帶，他的臉因為汗水而變得油滑，他不得不用手穩住。他先用袖子把桌面擦了擦，再用餐巾再擦一遍，然後把粉紅色信紙攤開、撫平。時間似乎靜止了。就連腫瘤科醫師伸手輕輕把信拉近一點時，哈洛的右手手指都還在信紙上方游移。

腫瘤科醫師看信時，他也默唸昆妮信中的字句。他覺得他必須保護這封信，而只要不讓信離開他視線，他就可以保護它了。他的目光落在附筆上：不用回信。這幾個字後面是一堆混亂的彎曲線條，像是某個人用左手寫錯了字。

腫瘤科醫師身體往後靠在椅背上，大嘆了一口氣。「很感人的信！」

哈洛點點頭。他把老花眼鏡放回襯衫口袋。「而且打字打得非常整齊，」他說，「昆妮做事一向有條不紊，你應該看看她的辦公桌。」最後他笑了，她會沒事的。

腫瘤科醫師說：「不過我猜是看護替她打的字吧？」

「對不起，你說什麼？」哈洛的心跳停住了。

「她不會身體好到可以坐在桌前打字，應該是安寧醫院哪個人替她打的。不過地址她倒寫得不錯，你可以看得出來，她是真的很努力要寫好。」腫瘤科醫師露出一個明顯是要給人安慰的笑容，但這笑容卻僵在他臉上，看起來像是某個被遺忘或甚至放錯了地方的東西。

哈洛拿起信封。真相像個嚇人的重物直直落下，穿過他整個人，而每樣事物似乎都崩解了。他不再知道他是熱得難受或是凍得要命。他再次摸出老花眼鏡，這次他看出之前他一直弄不清楚的地方是什麼了，也就是他一直感覺不對勁的地方。他之前怎麼會不明白呢？就是那幼稚的筆跡，那往下歪斜的字跡和幾乎滑稽的不整齊。這和信末那混亂的歪扭線條是一樣的，而如今他再看了看，才發現信末是她的名字，是她嘗試要寫卻寫砸了的簽名。

這是昆妮的字跡，這是她現在變成的模樣！

哈洛把信放回信封，不過他的手指抖得太厲害，他沒辦法讓信紙一角伸進信封，於是只好把信抽出來，再摺一次，然後塞進信封。

過了好長一段時間，腫瘤科醫師說：「哈洛，你對癌症知道多少？」

哈洛打個呵欠，壓下在他臉上堆積起來的情緒，而腫瘤科醫師就在這時候輕柔而緩慢地告訴他腫瘤如何形成。他不慌不忙，也沒有畏縮。他解釋了一個細胞可能失去控制地繁殖，而形成不正常的組織塊。癌症有兩百多種，他說，每一種的成因和症狀都不同。他描述了原發性和次發性癌的區別，以及如何藉由確定腫瘤的起源來決定治療的形式。他也解釋說，當一個新的腫瘤在一個遠處的器官上長出時，它會表現得像是原本的腫瘤。比方說，長在肝臟裡的乳癌就不是肝癌，它會是原發性乳癌，轉移到肝臟。但是一旦牽涉到其他器官時，癌症的病徵就會更嚴重。而一旦一個癌開始擴散出了原先的病灶，要治療就更加困難了。比方說，如果癌細胞進入到她的淋巴系統，那麼生命會結束得很快，不過在免疫力如此低的情況下，只要一次感染就可能先要了她的命。「即使是個感冒。」他說。

哈洛動也不動地聽著。

「我不是說癌症沒辦法治好。而且當外科手術失敗的時候，也還有替代的療法。但是身為醫師，除非我絕對確定，否則我絕不會告訴病人說已經沒有別的辦法了。哈洛，你有妻有子。恕我這麼說，你看起來很疲累。這樣走真的有必要嗎？」

哈洛語塞，便站了起來。他拿起外套，要把手伸進衣袖，但是他卻老是有一隻手穿不進去，腫瘤科醫師還得站起來幫忙。「祝你好運，」他伸出手說，「請讓我買單，這是我最起碼能做的事。」

下午其餘時間，哈洛在街道上遊蕩，卻不知道自己要去哪裡。他需要有個人對他走路有信心，好讓他也能相信這件事，但是他幾乎沒有力氣說話。他終於換好鞋底。他又買了一盒貼布，好讓他可以走到斯特勞德。他停下來買杯外帶咖啡，簡短地提到了伯威克，但是沒有說到他要怎麼去或是為什麼要去。沒有人說出他想要聽的話，沒有人說：你會走到的，昆妮也會活下去；沒有人說：到時候會有大批人群鼓掌，哈洛，因為這是我們聽過最好的主意，你絕對要走完它。

哈洛想跟莫琳說話，又擔心他占了她的時間。他覺得他已經丟失所有正常的字眼和日常的問題，而這些都可以引發一些尋常的談話內容。因此對他來說，開口只會造成更多痛苦。他告訴她他現在非常好。他鼓足勇氣暗示說有幾個人曾經表示過懷疑，他希望莫琳也會一笑置之，但是她卻說：「是啊，我明白。」

「我甚至不知道她是不是——」他再次說不出口。

「她是不是——什麼？」

「我以為你知道呢？」

「仍然在等。」

「並不盡然。」

「你有沒有再住在什麼斯洛伐克女人家？」

「我遇見一位醫生，和一個非常有名的演員。」

「老天！」莫琳笑著說，「等我告訴雷克斯吧！」

一個穿著花洋裝的粗壯禿頭男走過電話亭，路人都慢下動作，指著他笑。洋裝在他肚子上的釦子繃得很緊，他一隻眼睛上有個好大的瘀青，是最近被人揍出來的。哈洛希望他沒有看見，但他看見了，他知道他一想到這個人會難受一陣子，但他還是會去想。

「你確定你沒事嗎？」莫琳說。

隨著這話而來的是另一陣短時間的沉默，突然他好怕自己要哭出來，於是他跟她說有人等著用電話，他得掛了。西方天空有一抹紅色，太陽開始西沉。

「那麼，再見囉。」莫琳說。

有好長一段時間，他坐在修道院旁邊一張長椅上，想著該決定去哪裡。彷彿哈洛先是脫去外套，然後是襯衫，然後是幾層皮膚和肌肉。即使最尋常的事情似乎都有萬鈞的重量迎面襲來。一名店員開始把條紋圖案的遮雨篷捲起來，那嘰嘰嘎嘎的聲音好刺耳，聲音像切進他腦袋裡一樣。他往空蕩蕩的街上看過去，不認識任何人、不屬於任何地方，就在這時候，街的另一頭出現一個人，是大衛。

哈洛站起來，他的心跳快到他可以在嘴裡都感覺到。這不可能是他的兒子，他不可能在巴斯！但是，看著那彎腰駝背、大步走向他的身影用力抽著一根菸，黑色大衣往外翻飛像翅膀的樣子，哈洛知道他是大衛，而兩人將會打個照面。他顫抖得太厲害，不得不伸手去扶著長椅。

即使隔這麼一段距離，他也可以看出大衛又把頭髮留長了。莫琳會很高興的。他剃光頭髮的那天，她哭得好傷心。他的走路姿勢還是那樣：身子不穩而且步伐很大，兩眼盯著地面，低下頭像是要避開別人。哈洛叫著：「大衛！大衛！」兩人現在距離頂多五十呎。

他兒子蹣跚走著，像是失去平衡或是絆到了一樣。他可能喝醉了，不過沒關係，哈洛會給他買杯咖啡，或是一杯酒，如果他比較喜歡這個的話。他們可以吃點東西，或是不吃也可以。不管他兒子想要做什麼，他們都可以做。

「大衛！」他喊著。他開始一點一點走向他。輕柔地走著，要讓他知道他不會傷害他。再走幾步就行了。

他想到大衛在湖區之旅後骨瘦如柴的樣子，他那顆腦袋頂在脖子上的姿態，暗示他的身體已經拒斥世界上的一切，只對於耗損自己有興趣。

「大衛！」他又喊了一聲，聲音比較大，要讓他抬頭看。他的兒子迎向他的目光，卻沒能露出笑容。他看了哈洛一眼，彷彿他父親不在那裡，或者只是街道的一部分，而不是他認得的人。哈洛的五臟六腑全都翻攪起來，他希望自己不要昏倒才好。

他不是大衛！是別人，是別人的兒子。他讓自己短暫地相信大衛可能出現在街道另一頭，而他自己坐在街的這一頭。年輕男人急急右轉，很快走開，人影越來越小，也越來越難以分辨，直到他又很快轉到另一個轉角。哈洛一直看著，等著萬一這年輕人改變心意，而且的確是大衛，但是年輕人並沒有改變心意。

這比二十年沒有看見他的兒子更糟。這就像是先是有這個兒子，然後又沒有了，而重頭再來一遍。哈洛回到修道院外的長椅上，知道自己必須找地方過夜，但卻無法移動。

最後他住進火車站附近一間俯視馬路的窒悶房間裡。他用力扳起上下開的窗框要透氣，但車流接連不斷，火車尖聲叫喚進出月臺。隔牆傳來一陣外國話，對著電話嚷嚷。哈洛躺在一張過於柔軟的床上——有太多他不認識的人之前睡過的床，耳裡聽著他聽不懂的話，感到很害怕。他下了床，在房裡來回踱步，牆和牆之間太近，空氣太滯悶，而車流和火車則通向它們要去的任何地方。

過去是無法改變的，不能動手術的癌症是無法治好的。他想像那個打扮成女人、頭上還挨了一拳的陌生人的樣子。他又想起大衛畢業典禮那天的模樣，以及之後幾個月的樣子，彷彿他是睜著眼睛睡覺一樣。這實在是太教人難以承受了。太讓人受不了，無法繼續走下去了。

天方破曉，哈洛已經上路，但是他沒有去看羅盤或觀光手冊。不斷把一隻腳放在另一隻腳前面，已經用盡他所有的氣力和意志。直到有三個騎馬的少女問他薛普頓城怎麼走，他才發現一整天他都走錯方向。

他坐在路邊，遠望一片開滿亮眼黃花的田野。他記不得這些花的名字，也懶得把他的野花手冊拿出來。事實是，他已經花了太多的錢。走了三個星期，他離國王橋仍然比離伯威克近。第一批春燕在空中往下俯衝、嬉鬧，像小孩子一樣。

哈洛不知道他要怎樣重新起身上路。

17 莫琳與花園

「是的，大衛，」莫琳告訴他，「他還在走。大部分晚上他都會打電話。雷克斯也對我很照顧。說來很可笑，我幾乎是很驕傲的。我希望我能知道怎麼跟哈洛說。」

躺在從前和哈洛一起睡的床上，她看著大片明亮的早晨陽光被困在紗簾後面。一個星期當中發生了這麼多事，她有時候覺得她像是溜到另一個女人的身體裡一樣。「他會寄明信片，偶爾還會寄禮物。他似乎喜歡筆。」她停了一下，害怕她惹大衛不高興了，因為他沒有回答。「我愛你。」她說。她的話語逐漸消逝，但是他仍然不說話。「我應該讓你走了。」最後她說。

倒不是說停止這件事是個解脫，而是她頭一次對於跟兒子說話感到不自在了。她原本相信現在哈洛不在家了，他倆會更加親密，但是面對這種情況——只要她願意，她可以有好幾個小時的時間告訴他事情的狀況，她卻發現自己太忙了。或者她會說話，但她逐漸確切地發現他根本沒在聽。她找理由不去打掃他的房間，她甚至不再想她可能會看到他這件事了。

去史雷頓沙灘那次成為她的轉捩點。當天晚上，她忙亂翻找出前門鑰匙插進門鎖，隔著兩家圍籬對雷克斯高喊謝謝，然後鞋也沒脫就上了樓，直接走進主臥房。她衣服一件都沒脫，倒頭就睡了。半夜她一陣驚恐地發現自己睡在哪裡，隨後是鬆了一口氣。結束了。她不能明確想出是什麼事結束，只知道是一種不明確的痛苦重擔。她拉開鴨絨毯，縮進哈洛的枕頭裡，枕頭有股洋梨香皂和他的味道。之後她醒來，感覺那同樣的輕鬆像熱水一樣散布到她全身。

之後，她把她的衣服從客房捧出來，掛在衣櫥的吊桿上，吊桿另一頭是哈洛的衣物。她給自己一個挑戰：沒有他的每一天，她都要嘗試一件新鮮事。她把那堆沒打開的家用帳單拿到廚房桌上，還拿了支票簿，開始付起帳單。她打電話給保險公司，確定哈洛的健康保險時效還在。她把車開到修車廠，檢查了輪胎的胎壓。她甚至在頭上綁了條絲巾，像從前那樣子。當雷克斯突然出現在花園圍籬旁時，她不由得立刻伸手到頭上，把絲巾的結扯開了。

「我看起來很可笑。」她說。

「一點也不會，莫琳。」

他看起來像有心事。他們會談花園或是哈洛現在在哪裡，然後他想到一個念頭，人就沉默了。當她問他還好嗎的時候，他也只是點點頭。「你等著，」他會告訴她，「我有個計畫在進行噢。」她有種預感，這是和她有關的事。

上個星期她在臥室窗子的紗簾後面擦拭灰塵時，不經意注意到郵差把一個裝在紙筒裡的東西送到雷克斯的前門。過了一天，在同樣的有利位置上，她又看到雷克斯拿著一片窗子大小的木板努力走上小徑，他還想用路華車裡一張格紋毯藏住這塊板子。莫琳可好奇了。她在花園裡等他，甚至還拿出一籃已經洗好晾乾的衣服，再把它們夾到晾衣繩上，但是他整個下午都沒有出來。

她敲他家門，問他那裡牛奶還夠不夠，他透過門縫喃喃說還夠，還說他今天要早點上床睡覺。可是當她十一點鐘到屋外查看後花園時，他家廚房的燈仍然亮著，她可以看到他慢吞吞在屋裡晃來晃去。

第二天，信箱上一聲叩叩聲，讓她立刻衝到門廳，看到壓花玻璃後有個奇怪的正方形影子，正方形上面還有個看來像是一個小小人頭的東西游移著。她打開門，發現雷克斯正站在一個很大的牛皮紙扁平包裹後頭，這東西用繩子一圈圈綑住。「我可以進來嗎？」他說。他喘得幾乎話都說不出來了。

莫琳記不得上回有人在非聖誕節或她生日時送她禮物，是什麼時候的事了。她領他走進屋裡，再走到起居室，問他要茶或咖啡。他堅持說他沒時間喝茶或咖啡，她必須打開她的禮物。「莫琳，撕開包裝紙。」他說。

她不能，這太刺激了。她撕開牛皮紙一角，看到一個堅硬的木框，接著她撕開另一邊，發現也是同樣的。雷克斯握緊兩手放在大腿上坐著，每當她撕下一條包裝紙，他的兩腳就抬起來，像是在跳過一條隱形的跳繩，而且他還會倒抽著氣。

「快點，快點！」他說。

「這到底是什麼呀？」

「拉出來。快呀。好好地看清楚，莫琳。是我替你做的。」

這是一幅大型的英格蘭地圖，貼在一塊備忘板上。他在板子背面裝上兩個掛鏡子的小鉤子，可以掛在牆上。他指向國王橋，她看到那裡有一根圖釘，纏著藍色的線，線連到洛迪斯威爾。藍線再從洛迪斯威爾道到南布倫特，再到巴克法斯特修道院。哈洛到目前為止走過的路都用藍線和圖釘標出來，線段直到巴斯為止。在英格蘭地圖最頂端，推得河的伯威克用綠色螢光筆標出來，上面還有一面小小的自製旗子。他甚至還準備了另外一盒圖釘，好讓她可以展示哈洛的明信片。

「我想你可以把明信片釘在他沒去的地方，」雷克斯說。「像是諾福克，和南威爾斯。我相信這是可以的。」

雷克斯在廚房釘上釘子好掛地圖，他們把地圖掛在桌子上方，這樣莫琳就可以看到哈洛的所在位置，並且把他剩下的旅程也一一補上。地圖掛得有點歪，因為他不太會用電鑽，第一個壁釘卡進牆裡了。不過如果她看地圖時頭稍微斜一點，就幾乎不會注意到。況且，正如她告訴雷克斯的，事情不完美是不要緊的。

這也是莫琳一個新的改變。

地圖禮物之後，他們每天都外出。她陪他去骨灰塔，為伊麗莎白獻上玫瑰花，之後會到荷普灣喝茶。他們去塞爾孔玩，坐船划過河口；還有一個下午，他開車載她到布立克珊翰買螃蟹。他們沿濱海公路去畢格布里，再到生蠔小屋吃貝類海鮮。他說他能出來走走是好的，他也希望他沒有打擾到她，而她向他保證說這也對她有幫助，不用再東想西想。他們坐在班善海邊的沙丘前，她說明自己和哈洛在四十五年前新婚時搬來國王橋，那個時候他們滿懷希望。

「我們誰也不認識，但是這不要緊，我們只需要彼此。哈洛童年很艱苦，我猜他很愛他母親，而他父親想必在戰後有一點精神崩潰的問題。我想要作他從來都沒有過的一切，我想要給他一個家和一個家庭。我學燒菜，我做窗簾，我找到木頭箱子，就敲敲打打做成一個咖啡桌。哈洛在屋子前面幫我挖了菜圃，我什麼都種。馬鈴薯、豆子、胡蘿蔔。」她笑了。「當時我們很快樂。」說出這些事真是太開心了，她希望還能有別的詞來形容。「非常快樂。」她又說了一遍。

潮水退到很遠的地方，因此沙子在太陽下看起來發著光。在岸上和柏格島之間有一片清澄的水域。人們帶了五顏六色的擋風板和小小的彈性帳篷。狗兒在沙地上奔逐、追著丟擲的木棍和球；孩童拿著水桶和鏟子跑來跑去；遠處海水閃閃發亮。她想到大衛曾經多麼想要養隻狗。莫琳翻找她的手帕，要雷克斯別理她。也許是因為在這麼多年以後再次來到班善的關係。那天大衛差點淹死的事，她怪哈洛怪了好多次。

「我說了很多我並不是有意要說的事。好像就算我想到哈洛一些好的地方，可是等話到嘴邊，就變得不好了。他告訴我什麼事，話還沒說完，我就會說：『這樣不好吧。』」

「我一直很氣伊麗莎白不把牙膏蓋蓋起來。現在我每次打開一管新的牙膏就馬上把蓋子丟了，我發現我根本不想要那蓋子。」

她微笑著。他的手跟她的手靠得很近。她把手抬起來，摸著自己喉嚨骨頭凸起的地方，那裡的皮膚仍然柔軟。「我年輕的時候看到我們這個年紀的人，猜想我的生命已經上了軌道。我從沒想到當我六十三歲時竟會置身在最亂七八糟的狀況中。」

有太多事莫琳真希望她能換種作法重來一遍。在早晨的天光中，她躺在床上，打呵欠伸懶腰，用雙手雙腳去感覺床墊的大小，甚至連冰冷角落都碰到了。然後她把手指摸向自己，摸著臉頰、喉嚨、乳房的輪廓。她想像哈洛兩手摟著她的腰，嘴貼在她的嘴上。她的皮膚鬆弛，指尖不再有年輕女人的敏感度，但是她的心臟仍然撲撲狂跳、血流也一陣陣悸動。屋外傳來雷克斯前門關上的聲音，她猛地坐起。一會兒過後，他的車子發動了，她聽到他開車走了。她再縮回被子裡，把被子拉著貼住她，像是一個人體般。

衣櫥門半開，露出一件哈洛丟下的襯衫的袖子，她感到一陣舊日的心痛。她拉開被子，要找些事分心。她走過衣櫥時，最理想的事就出現在她面前了。

多年來，把衣服按照季節排列一直是莫琳的分類法，也是她母親的分類法。冬天的衣服掛在橫桿的一頭，還有厚重的套頭毛衣；夏天衣服就掛在另一頭，旁邊是輕薄的外套和開襟羊毛衣。之前她急匆匆把自己的衣服放進衣櫥時，不知怎地她沒注意到哈洛的衣服掛得亂七八糟，既不是按天氣，也不是按衣料掛放。她要把每件衣服都檢查一遍，把他不再需要的丟了，把其餘的好好掛著。

這裡有他的一些上班西裝，領子都磨破了。她把這些拿出來，放在床上。還有一些開襟羊毛衣，手肘部位全都磨薄了，她會去補上。翻過一堆白襯衫和格紋襯衫後，她看到他特別為參加大衛畢業典禮而買的斜紋呢外套。她感覺胸口有一陣撞擊，像是有東西被困在裡面。她已經有好多年沒有看過這件外套了。

莫琳把外套從衣架上拿下來，高高舉在面前，那是哈洛的高度。二十年的距離消失了，她又看到他們兩人站在劍橋大學國王學院教堂前面，毫釐不差地站在大衛要他們等著的地點，而穿著新行頭的兩人都不太自在。她看到自己穿件緞子洋裝，洋裝還有墊肩，如今她想起來，洋裝的顏色像是煮熟的蝦蟹顏色，可能還和她的臉頰顏色一樣哩。她看到哈洛弓著肩，兩條手臂僵直的伸出去，活像外套的袖子不是布料做的，而是木頭做的。

當時她埋怨：都是他的錯，他應該先確認約定的時間地點的。她會痛罵他是出於緊張。他們等了兩個多鐘頭，結果他們等的地方根本就不對，於是他們錯過了整個儀式。而大衛雖然在他們剛好碰見他從酒館走出來（這一點你可以原諒他，那是個值得歡慶的日子）時道了歉，卻也沒有在他已答應的划船之行前去跟他們會合。這對夫妻在沉默中開了好長的路從劍橋回到國王橋。

「他說他要去健行度假。」最後她說。

「那好。」

「就當是填補這段空檔，直到他找到工作。」

「那好。」他又說了一遍。

挫折的眼淚哽住，像是她喉中的一團東西。「至少他有學位，」她光火了，「至少他可以在他的生命中有點作為。」

兩個星期後，大衛突然回家了。他沒有解釋他為什麼這麼快回來，不過他揹著一個棕色的大帆布袋，上樓時撞在樓梯扶手上發出匡啷匡啷的聲音。他也常把他母親拉到一旁要錢。「大學讓他讀得太累了。」她會說，為他早上爬不起來找理由開脫。或者她會說：「他只是需要找到適當的工作。」他錯過與人面試的時間，再不就是他雖然去了，卻忘了漱洗和梳頭。「大衛太聰明了。」她會說。哈洛會用他那種好好先生的方式點點頭，而她卻很想為他那副像是聽信她的態度對他大吼。事實是，他們的兒子大部分時間連站都站不直。有時候她偷偷看他，甚至不太能相信他畢業了。大衛的事，你可以回頭去看，而發現有太多的矛盾處，連你以為知道的事情也開始露出了破綻。可是這時她就會因為懷疑她兒子而感到愧疚，於是她反而把過錯怪到哈洛身上。她會說：至少大衛還有前途，至少他還有頭髮，她會說任何讓哈洛不勝煩亂的話。她錢包裡的錢開始減少，先是銅板，接著是紙鈔。她假裝錢沒有不見。

這些年來，她問過大衛很多次她是不是可以做得更多，但是他向她保證已經夠多了。畢竟，是她在報紙徵才廣告上的合適職位下畫了線；是她和醫生約好診，開車送他去的。莫琳還記得他如何把處方箋丟到她大腿上，彷彿那和他無關一樣。處方的藥有治憂鬱的樂協健、減緩焦慮的煩靜，如果他夜裡仍然失眠，還有替馬西泮。

「這還真多呢，」當時她急忙站了起來說，「醫師跟你說什麼？他認為怎麼樣？」

他聳聳肩，又點了一根菸。

不過至少在那以後情況是有些改善。夜裡她仔細聽，他似乎睡了。他不再在清晨四點起來吃早餐、不再穿著睡袍在夜裡出去遊蕩，或是使屋裡瀰漫著大麻菸那令人作嘔的甜味。大衛很確定他會找到工作。

她又看見那天的情景，那天他決定向軍隊應徵，自己剃了光頭。浴室到處是他剃掉的長髮。他的皮膚上有些割痕，那是他手沒拿穩剃刀而不小心割到的。那顆可憐的腦袋上遭受到的粗暴對待——那顆她之前愛得發狂的可憐腦袋——使她恨不得尖叫出來。

莫琳在床上坐下，臉埋在兩手中。他們還能做什麼？

「噢，哈洛。」她用指尖摸摸他那身英國紳士外套粗粗的斜紋呢料。

她突來一種衝動，要做點完全不同的事。就像是一股能量通過，逼她再站了起來。她拿出畢業典禮那天她穿的紅蝦洋裝，掛在橫桿中央，然後她拿了哈洛的外套，掛在洋裝旁的一個衣架上。這兩套衣服看起來孤寂而又疏遠。於是她提起他的一個衣袖，搭放在她那件洋裝的粉紅色肩膀上。

然後她就把她每一件外出服配上他的一套衣服。她把她上衣的袖口塞進他藍色西裝的口袋裡，又把一件裙子的裙襬繞著一件長褲的褲腿。另一件洋裝，她讓它摟在他的藍色開襟羊毛衣的懷裡。看起來像是有好多隱形的莫琳和哈洛蜷在她的衣櫥裡，伺機要走出來。這情景使她露出微笑，然後又讓她哭了起來，不過她沒有把它們恢復原狀。

她被雷克斯的路華車開到屋外的聲音打斷。不久，她聽到前花園傳來一種刮擦聲。她掀開紗簾，發現他已經用繩子和木樁劃出一塊塊長方形的地面，正用鏟子在地上挖呢。

他抬頭朝她揮揮手。「如果我們運氣好，也許還來得及種紅花菜豆噢！」

莫琳穿著一件哈洛的舊襯衫，種了二十株菜苗，然後把它們綁在竹棍上，沒有傷到它們柔軟的青綠菜梗。她拍平根部的土壤，然後澆水。起先她心懷恐懼地看著它們，深恐會被海鷗啄食，或是被一陣五月的寒霜凍死。但是她密集戒護才一天左右，她的憂慮就消退了。過了一段時間，植物的莖長粗了，也長了新葉。她還種了成排的萵苣、甜菜和胡蘿蔔。她也把觀賞池的礫石清掉。

能夠用指肉感受到土壤，並且再次細心照顧某個東西，感覺真是不錯。

18 哈洛與他的決定

「午安，我是為一個病人的事打電話來，她叫做昆妮．韓內希。她在四個星期前寄給我一封信。」

第二十六天，在斯特勞德南邊六哩的地方，哈洛決定要停下來了。他往回走了五哩到巴斯，再從那裡沿著A46公路又走了四天，但之前走錯方向這件事深深困擾著他，旅途變得很艱難。灌木圍籬減縮成水溝和石頭堆牆。大地開闊，向左右伸展。巨型電塔一座座往前延伸，直到視線所及的盡頭。他觀察這些事，但是對於它們為什麼會發生卻毫無興趣。不管他往哪條路看去，那路是永遠不會終止的，也永遠不會實現它的承諾。他用盡全身任何一點力量繼續前進，心裡知道他不可能做到。

為什麼他要浪費這麼多時間，仰望天空、眺望山丘、跟人說話、思索生命，還要記起那些前塵往事，而其實他可以一直選擇坐進車裡？當然他靠一雙帆船鞋不可能走到，當然昆妮不可能只因為他要她活下去就活下去。每天天空都是低垂著，天色發白，被一道道銀色陽光照亮。他低下頭，以免看到頭上那些鳥兒在空中俯衝，或是呼嘯而過的車輛。他感覺比置身在一座遙遠的山上還要孤單、被人遺忘。

做出這個決定時，他不單是想到自己，還有莫琳。他越來越想她。他知道他已經失去她的愛了，但是就這麼一走了之，讓她去收拾殘局，卻是不對的，他已經造成她太多的悲傷了。還有大衛。從去過巴斯以來，哈洛就感覺和他之間有令人痛苦的遙遠距離。他想念他們兩個人。最後還有錢的問題。小旅店都很便宜，但他還是負擔不起一直像這樣花錢。他查過銀行的戶頭金額，而大為震驚。如果昆妮還活著，如果她對於有人來訪還是有興趣，那麼他要搭火車去。到晚上他就可以到伯威克了。

電話另一頭的女人說：「你之前有打來過嗎？」他猜想，她是不是那個他留下最早口信的女人。那口音是蘇格蘭腔，他想，或者是愛爾蘭腔呢？他疲累得分不出來了。

「我可以跟昆妮說話嗎？」

「很抱歉，恐怕不行。」

這像是撞上一面他沒有看到的牆一樣。「她是不是——？」他的胸口劇痛。「她是不是——？」他沒辦法說出口。

「你是那位要走路來的先生嗎？」

哈洛嚥下某個尖利的東西。他說是的，他是。他道了歉。

「佛萊先生，昆妮沒有家人，沒有朋友。當病人沒有值得為其活下去的對象的時候，通常他們很快就走了。我們一直在等你的電話。」

「噢。」他幾乎說不出話來，只能聽。連他的血液都變得靜止而冷卻。

「你打電話以後，我們全都注意到昆妮的改變，那非常明顯。」

他看到擔架上一個人體，沒有生命，僵硬躺著。他感覺到太遲而來不及有所作為是什麼意思了。他用嘶啞的低聲說：「是的。」然後，由於她沒說話，他就又說了一句：「啊，當然。」他把額頭頹然抵在電話亭玻璃上，然後一隻手抵住玻璃，再閉起眼睛。要是停止有任何感覺是件簡單的事就好了。

女人發出一種抖顫的聲音，像是笑聲，但是那當然不可能。「我們從沒看過這樣的事。有些日子她還能坐起來，她給我們看你寄來的所有明信片。」

哈洛搖頭，聽不懂。「對不起，你是說……？」

「她在等呢，佛萊先生，就像你吩咐她的一樣。」

他發出一聲歡喜的叫聲，把自己都嚇了一跳。「她還活著？她身體好多了？」他笑了，他不是有意要笑的，但是笑意越來越濃，隨著淚水浸溼他的臉頰，一波波地發散出來。「她在等我？」他把電話亭的門推開，往空氣中敲了一拳。

「當你打電話來告訴我們你要走來的事時，我們害怕你誤解了事情的嚴重性。可是，你看，我錯了。這是一種頗不尋常的治療方法。我不知道你是怎麼想出來的，不過也許這正是這個世界需要的：少一點道理，多一點信念。」

「是的，是的。」他仍然在笑，他停不住。

「我可以問問你的行程還好嗎？」

「不錯，很好。昨天呢，也許是前天，我在老索德伯利，我也走過敦克爾克，現在我應該是在奈爾斯沃斯。」就連這也很好笑了。對方也在咯咯笑。

「真教人好奇這些名字是誰取的。你什麼時候會到？」

「我想一想。」哈洛擤了擤鼻子，把最後的淚水擦拭掉。他看看錶，思忖多快可以坐上火車，要換多少次車。然後他再次看到介於他和昆妮之間的空間：山巒、道路、人們、天空。他看見這些，就像他在第一天的下午所見的一樣，不過現在有地方不一樣了：他把自己的身形也放在它們當中。他有一點耗損、有一點疲倦，背對著全世界，但是他不會讓昆妮失望。「大概三個星期。也許會多，或許會少。」

「哇！」那聲音笑了，「我會告訴她的。」

「並且告訴她不要放棄，告訴她我會繼續走下去。」因為她笑了，此時他也又笑了。

「我也會轉告她這句話。」

「即使她害怕的時候，她還是必須等。她必須繼續活著。」

「我相信她會的。天主保佑你，佛萊先生。」

下午的其餘時間，哈洛都在走，一直走到薄暮時分。打電話給昆妮之前那強烈的疑慮已經消失了，他躲過一次很大的危機。世界上畢竟還是有奇蹟的。如果他坐火車或汽車，他會自認為做對了，但是整體說來卻是錯的。他幾乎要放棄了，但是另外有事情發生，於是他繼續走路。他不會再想要放棄了。

路從奈爾斯沃斯經過舊的工廠建築，進入斯特勞德的郊外。當道路向中間傾斜時，他走過一排紅磚造的連棟式房屋，其中一間有建築鷹架和梯子，路上還放著一個大桶，裡頭裝著建築用砂石。有樣東西的輪廓吸引他的目光。他停下來，推開幾片合板，發現一個睡袋。他抖了抖睡袋，把灰塵抖掉。雖然睡袋有破的地方，裡頭的鋪料都鼓出來，像是從破洞裡伸出的柔軟白色舌頭，但破的地方只是表層，拉鍊也完好無損。哈洛把睡袋捲成一團，走到房子前。樓下已經亮了燈。屋主聽了哈洛的故事後，叫來了妻子，他們還拿來一把摺椅、一個自動煮茶機和一張瑜珈墊。哈洛向他們保證，說睡袋已經很足夠了。

那個妻子說：「我真的希望你要小心點。上個星期我們這裡的加油站才被四個持槍歹徒搶劫。」

哈洛答應說他會提防，雖然他已經漸漸相信人性本善。暮色逐漸深沉，像一層毛皮附著在屋頂和樹木的輪廓上。

他看著各個住家裡那一方方奶油色的光亮，以及來來去去做著各自事情的人們。他想著他們如何窩到床上，試圖伴著夢境入眠。他再次發覺自己十分關心眾生，而他自由自在地走下去的同時，他們都大致處於安全而溫暖的環境，這點也令他相當寬慰。畢竟事情一向是這樣的：他總是跟別人有些距離。月亮清楚地進入視線，圓而飽滿地高掛天空，像是一枚從水裡浮現的銀幣。

他試了試一個花園工具間的門，但是門上了鎖。他在一座運動場搜尋，但是這裡沒有適當的掩蔽處。之後他來到一處建築工地，建築的窗子都用塑膠布封起來了。他不想去自己不受歡迎的地方。片片雲朵襯著天空閃亮著，像是一條銀黑兩色的鯖魚。路面和屋頂沐浴在最柔和的藍色中。

沿著一座陡斜的山丘，他走到一條泥巴小路上，路底是一座穀倉。這裡沒有狗也沒有車。穀倉屋頂是波浪鐵板做的，三面牆也是，第四面牆則是用一片防水布權充，在月光下映著淡淡的光。他抓起防水布下方一角，低下身子走進去。裡面的空氣聞起來又甜又乾爽，寂靜像是有保護墊一樣。

乾草一捆捆堆疊著，有些堆得低，有些高到和屋椽齊高。他往上爬，在黑暗中找到立足處比他想像得要容易。乾草在他的帆船鞋下吱嘎作響，在他手下卻很柔軟。到了最上頭，他把睡袋攤開，跪著把睡袋側邊的拉鍊拉開。他動也不動地躺著，不過很擔心過段時間他的頭和鼻子可能會受寒。他在背包裡翻找，摸到給昆妮的毛線貝雷帽的柔軟毛料。她不會介意他暫借一用的。山谷對面人家的亮光抖顫著。

哈洛的心越來越清澈，但身體卻像是融掉了。雨點開始打在屋頂和柏油布上，但這是一種輕柔的聲音，充滿了耐性，像莫琳在大衛年幼時唱歌哄他睡覺那樣。雨聲停了以後，他倒思念起來，彷彿它已經成為他所知的一部分了。他感覺在他和大地與天空之間，已經不再有任何具體東西阻隔。

哈洛在拂曉前醒來。他用一隻手肘把自己撐起來，透過空隙往外看，這時白日正與黑夜進行拉鋸戰，光線一點點滲到地平線上，顏色淡得沒了色彩。距離變得明顯，白日也變得有信心了，於是鳥兒唱起歌來，而天空從灰、乳白、桃橘、靛青轉為藍。一道溫柔的長長霧氣悄悄漫過山谷底部，使得山頂和屋舍全都像是浮出雲朵般。月亮已經成為淡影。

他成功了，他度過第一個野宿的夜晚。哈洛感到一陣不敢置信的激動，而這激動很快就成為歡喜。他一邊跺腳、往兩隻合成碗形的手裡哈氣，一邊希望他能告訴大衛他做到了什麼事。空氣中沾染如此旺盛的鳥鳴和生命，使他像是站在雨裡一般。他把睡袋緊緊捲好，再次上路。

他整天都在走，發現泉水就彎身用雙手舀起來喝，泉水冰涼又清澄。經過一個路旁攤販時，他停下來買了咖啡和燒肉串。當他告訴攤子老闆他的步行故事時，老闆堅決不肯收他的錢。他的母親也正在癌症的緩解期，他非常樂意請哈洛這一餐。為了回報他，哈洛把那瓶巴斯水療館的水給了他。路上還會有很多的。他走過斯拉德，一個面容和善的女人從頂樓一扇窗子往下看，對他笑了笑；他又從那裡走到柏利普。陽光燦爛地穿過克蘭翰森林的樹葉照下來，以抖動的細碎光影灑落在山毛櫸落葉鋪成的地毯上。他又露宿了第二個晚上，暫棲在一間空柴房裡，第二天他往赤爾登罕走，左邊的格洛斯特山谷像是一個大碗。

遠處橫跨在地平線上的是黑山山脈和馬爾文丘陵。他可以看出許多工廠的屋頂，和格洛斯特大教堂的模糊輪廓，還有一些小小的物體形狀，那些必定是人家的房舍和汽車。外頭有那麼多東西、那麼多的生命，忙著尋常地過日子、受苦和奮鬥，渾然不覺他高高在上地坐在這裡看著他們。他再次深刻地感覺到他正在所見的一切之內，也同時在它之外；他既和世事相連，卻又與它們擦身而過。哈洛開始明白這也是他這次步行的真相：他既是事物的一部分，又不是它們的一部分。

為了要成功，他必須真誠對待最初觸發他的心情。別人是否會用別的方式去做這件事，其實是無所謂的；事實上，別人勢必會有不同的方式。他會沿著馬路走是因為，雖然汽車開得很快，但是他在路上比較有安全感。他沒有手機，無所謂；他沒有既定路線、也沒帶道路圖，無所謂。他有一份不同的地圖，就是在他心裡的地圖，由他所經過、碰過的所有人和地方畫出來的。他也會堅持穿他那雙帆船鞋，因為，雖然這鞋已經磨損，但卻是他的。他發現當一個人遠離了他所知道的事物，並且成為一個過客時，陌生的事物就有了一種新的意義。知道這件事之後，讓自己忠於使他成為哈洛的那些本能直覺——而不是其他任何人，似乎就很重要了。

這些事情完全說得通了。那麼為什麼還有件事仍然在困擾他？他把兩手伸進口袋，喀啦喀啦撥弄著零錢。

他回想起拿食物給他的善良女人，以及瑪提娜的好心。她們給了他安慰和住處，即使他害怕接受，而在接受時他也有了新的領悟。受與施都是一項禮物，因為兩者都需要勇氣和謙卑。他想到他在穀倉中躺在睡袋裡得到的平靜。哈洛讓這些事在他心裡重現，同時他腳下的地面遠去，遠得像天空一樣。突然間他知道了，他知道他必須怎麼做才能走到伯威克。

在赤爾登罕，哈洛把他的洗衣粉送給一個正走進自助洗衣店的學生。走過一個來自普瑞斯伯利、在包包裡遍尋不著鑰匙的女人時，他又送給她手搖式手電筒。第二天，他把他的貼布和消毒藥膏給了一個母親，她的孩子膝蓋破皮流血而哭鬧不休；而為了逗孩子開心，順便把梳子也給了。他把不列顛觀光手冊送給一對惶惑的德國夫妻，他們在克利夫山附近迷路了，而由於他已經都記住了植物百科的內容，所以他想他們或許也會喜歡它。他把給昆妮的禮物重新包好：一罐蜂蜜、粉晶、會飄金粉的紙鎮、羅馬鑰匙圈和羊毛帽。他又把最近給莫琳買的紀念品包好，帶到郵局。羅盤和背包他留下來，因為這些不是他的，不能送人。

他要經由溫契孔走到布洛德威，再從那裡到密克頓、克利佛欽伯斯，然後到亞芬河上的史特

19 哈洛與走路

這是前所未見的美麗五月天。每天天空都閃耀著無與倫比的藍，沒有一絲雲彩。花園中已經長滿羽扁豆、玫瑰、飛燕草、忍冬花和一叢叢有如綠雲的斗篷草。昆蟲嘰啾、盤桓、亂竄、飛掠而過。哈洛走過金鳳花、罌粟花、法國菊、苜蓿、野豌豆和剪秋羅的田野。灌木圍籬散發出低垂著頭的接骨木白花的香甜，糾纏長著野鐵線蓮、忽布草和野玫瑰。放租耕地的植物也都萌芽了，一排排的萵苣、菠菜、菾菜、甜菜、早生的馬鈴薯和一座座種著豌豆的棚子。第一批醋栗吊掛在樹叢上，像是毛茸茸的綠色豆莢。菜農留下一箱箱剩餘的農產品給路過的人，還有個牌子寫著：歡迎自取。

哈洛知道他已經找到他的方式了。他會說明昆妮的事和加油站女孩的事，問陌生人肯不肯好心幫他，他以聆聽對方說話作為回報。有人會給他一份三明治，或是一瓶水或是一包新貼布。他從不拿取超過他需要的東西，也會很委婉地拒絕搭別人便車、接受健行裝備或是讓他繼續走下去的多餘食物。他會從一根彎曲的枝籐上摘下一個豆莢，津津有味地吃著，像是吃糖果一般。他遇見的人、走過的地方，全都是他旅程中的踏階，而他也在心中為他們各留了一個位置。

在穀倉過了一夜後，哈洛繼續露宿戶外。他會選擇乾燥的地方，並且總是小心翼翼不要破壞東西。他在公廁、噴泉和溪流中漱洗，也會在沒有人看到的地方洗他的衣服。他想到那個他已經半遺忘了的世界，人們在房舍、街道和汽車中過生活，一天吃三餐、夜晚睡覺，彼此作伴。他很高興他們都很安全，也很高興他終於在他們之外了。

哈洛會走幹道、地方道路、巷道、小徑。羅盤指針顫動著指向北方，他就跟著走。他白天走或晚上走，看他的心情而定，一哩一哩又一哩。如果水泡變嚴重了，他就用水管膠帶包起來。睡意來臨他就睡，然後站起來再走。他走在星空下，在月亮的溫柔月光中；月亮高掛天空，像一抹眼睫毛，樹幹發著亮光，像是白骨。他在風雨中行走，也在被陽光照得發白的天空下行走。哈洛覺得他這輩子似乎都是為了等著開始走。他不再知道自己已經走了多遠，只知道他要一直往前走。蒼白的科茲窩石變成了瓦立克郡的紅磚，地勢也平坦了，進到了英格蘭中部。哈洛把手伸到嘴邊，要趕開一隻蒼蠅，這時他感覺已長出濃密的鬍子。昆妮會活著，他知道的。

而這一切最奇特的地方是，也許會有個駕駛開車越過了他，短暫地看見一個穿西裝打領帶的老人走在路上，也許還看見那人穿著帆船鞋，而覺得看到的只不過是另一個走在路上的人而已。這實在是太好笑了，而他也太開心、太和他腳下的土地合而為一，使他可以為了這件事如此簡單而笑了又笑。

他從史特拉福走向瓦立克。在科芬特里南邊，哈洛遇到一個很愉快的年輕人，這人有雙溫柔的藍眼睛，鬢角彎到了他的臉頰骨下面。他告訴哈洛他叫米克，還買了一杯檸檬汁請他。他舉起他的啤酒杯，為哈洛的勇敢敬酒。「所以你讓自己任由陌生人處置囉？」他說。

哈洛笑道：「不是的。我很小心。我不會在夜裡待在市中心，我避開麻煩。不過大致來說，肯停下來聽我說話的人，都是那種會幫助我的人。有一兩次我是害怕的，我曾經以為A439公路上一個男人要搶我錢，結果他其實是要伸手擁抱我。他的妻子因癌症過世了，我會誤會他是因為他缺了門牙。」他看到握在檸檬汁玻璃杯上的手指，看到它們變得有多黑，指甲斷裂，成了棕色。

「那你真的相信你會走到伯威克？」

「我不會趕路，也不會四處閒晃。只要不斷地把一隻腳放在另一隻腳前面，我就會天經地義地走到那裡。我已經開始覺得我們坐得太久了。」他笑了笑，「不然我們為什麼要有腳呢？」

年輕男人舔舔嘴脣，彷彿在品味某種還沒有進到他嘴裡的東西的滋味。「你在做的是一種二十一世紀的朝聖之行，好酷喲，你的故事是人們想要聽的。」

「你想我可以麻煩你給我一包醋味薯片嗎？」哈洛說，「午餐後我就沒有吃過東西了。」

兩人分手前，米克問他可不可以用手機給哈洛拍張照：「只是要記得你。」他擔心閃光燈也許會打擾到幾個正在射飛鏢的當地男士，於是說：「你可不可以到外頭，我好拍你的單獨照？」

他要哈洛站在一個路牌下，路牌指向西北方的窩佛罕普頓。「那裡不是我要去的地方。」哈洛說，但是米克說天這麼黑，這個小細節不會很明顯的。

「請用好像已經累得要死的表情看我。」米克說。

哈洛發現這很容易。

貝德沃斯；奴尼頓；泰克羅斯；阿士比佐希。穿過瓦立克郡、列斯特郡西緣，進入德比郡，他繼續走著。有幾天他可以走到十三哩以上，有幾天那些建築物密集的街道讓他走糊塗了，於是連六哩路都走不到。天空從藍色到黑色再到藍色，溫柔的山丘在工業城市和鄉鎮之間連綿起伏。

當他走到提克諾時，有兩名健行者呆瞪著他，把他嚇了一跳。在德比以南，一輛計程車的司機在駛過哈洛身邊時對他豎起大拇指；一個戴著紫色小丑帽的街頭音樂家停止演奏手風琴，朝他咧嘴笑。在小赤斯特，一個金髮女孩送他一盒水果汁，還欣喜萬分地抱住他的膝蓋。一天後，在里普利，一群莫利斯舞[2]舞者似乎放下他們手中的啤酒而歡呼了起來。

奧斐頓；克雷克羅斯。赤斯特非那歪斜尖塔的輪廓預告了山區[3]由此處展開。一天早上，哈洛在德朗非暫歇喝咖啡時，一個男人把他的柳枝手杖送給哈洛，並且捏了捏他肩膀。又走了七哩路，雪菲耳一名店員把她的手機塞進他手裡，讓他打電話回家。莫琳說她很好，讓他安心，雖然蓮蓬頭有一點小小的漏水問題。之後她問他有沒有看新聞。

「沒有，莫琳。從我出發以後我連一份報紙也沒看過。什麼事啊？」

他不太確定，不過他覺得她好像發出微小的嗚咽聲。然後她說：「唉，你就是新聞啦，哈洛。你和昆妮．韓內希。你們的新聞似乎到處都是啦。」

2　英國人在五月節跳的一種化妝舞蹈。

3　德比郡北部一處景致優美的高原和高山地區。

20 莫琳與公關人員

自從哈洛的故事登上《科芬特里電訊報》後，運河橋路沒有一天早晨是風平浪靜的。這件事發生在一個沒什麼新聞的清淡日子。先是在一個廣播的「叩應」節目中提到，幾家本地報紙就採用這個故事刊出，包括用頭版連三頁報導它的《南漢姆斯公報》。之後有一兩家全國性報紙也刊載這件事，突然間，所有人都覺得聽得還不夠。哈洛的步行之旅成為第四廣播電臺「每日一思」節目的主題，而引發出大量社論，討論現代的朝聖（長途旅行）、英格蘭的本質，以及屬於北歐冒險故事那個世代的毅力與勇氣。商店、遊樂場、公園、酒館、派對上、辦公室裡，都有人在談論這件事。正如米克向他的編輯保證的一樣，這故事吸引了人們的想像，雖然隨著它流傳開來，它的細節也開始改變、蔓生。有些人說哈洛的年紀是七十出頭，其他人則說他有學習障礙。有人說看到他在康瓦耳和英凡內斯，還有人說在泰晤士河畔的京斯頓以及山區看到他。有幾個記者在莫琳屋前斜到極點的路面上守候，本地一家電視臺的工作小組則在雷克斯的水蠟樹圍籬外駐守。如果你懂得門路，甚至還可以在「推特」隨時關切他的旅程進行到哪裡。莫琳沒有這種門路。

當她看著本地報紙上他的相片時，最讓她震驚的是他模樣的變化。從他出門去寄信到現在，才剛過了六個星期，但是他看起來卻是高得離譜，並且很自在。他仍然穿著他的防水外套，打著領帶，不過他的頭髮已經蓬亂糾纏成一團地頂在他頭上，斑駁的鬍子從他下巴竄出，他的皮膚好黑，她不禁緊緊盯著照片，想找出她從前認識的那人的蛛絲馬跡。

「哈洛．佛萊不可思議的朝聖之行」，標題如此寫著。文章描述國王橋（也是南得文郡小姐的家鄉）一位退休男士如何在不帶錢、不帶手機和地圖的情況下準備步行到伯威克，而以此行為證明他是二十一世紀的一個英雄。文章結束時附了一張較小的照片，照片說明是「將行走五百哩路的一雙腳」，照片裡是一雙疑似哈洛那雙的帆船鞋。顯然這種鞋子現在正在刷新銷售紀錄。

那條藍色線在雷克斯的地圖上從巴斯往上走，路線碰到雪菲耳。她計算了一下，如果他繼續以這種速度走，他可能在幾個星期以內就會到伯威克了。然而，雖然他這麼成功、雖然她的花園也花開草長，還有和雷克斯的友誼，更不用說每天還會收到那些祝福者和癌症病患們表達支持的信件，莫琳有些時候卻感到像是失去親人般地傷慟。這種感覺似乎是無來由的。她可能正在泡茶，突然間她那單個茶杯的孤寂就會使她想要尖叫。她從沒有告訴過雷克斯，但是在這種時候她會回到臥室，拉上窗簾，躲在被窩裡大哭。再也不起床將會是件很容易的事。不再洗東西、不再吃東西，都會很容易。形單影隻是需要不斷努力來支撐的。

一天一個年輕女人突然打電話給莫琳，說可以當她的公關代表，她說人們想要聽到她這方對這件事的說法。

「可是我沒有什麼說法。」莫琳說。

「你對你先生做的事有什麼想法？」

「我認為那一定非常累。」

「你們的婚姻是真的出了問題嗎？」

「對不起，你說你是哪個單位來著？」

年輕女人重複著說她做公關工作。她的職責是要給一般大眾呈現最能引起共鳴的畫面，並且保護她的客戶。莫琳打斷她的話，問她可不可以稍候，有一個攝影師踩到她種的豆子了，她必須去敲一下窗子。

「我可以用很多方式替你效勞。」年輕女人說。她說到情感支持、早餐時段電視節目訪問，和受邀參加「B咖」派對。「只要你說出你想要什麼，我都可以安排。」

「你真好，不過我從來也不是愛去參加派對的人。」有些時日裡她還真不知道是誰比較瘋：是她腦中的世界，或是你在報章雜誌上看到的那個世界。她謝謝女孩的好意。「不過我不確定我是否需要人幫忙，當然啦，除非你會幫人熨衣服？」

她告訴雷克斯這件事，他笑了。她倒是記得那個公關女孩沒有笑。他們正在他的起居室喝咖啡，因為莫琳的牛奶喝完了，而花園外有一小群粉絲等著要知道哈洛的消息。他們還帶了水果蛋糕和手織襪子當作禮物，但是，就像她已經跟幾個粉絲解釋過了的，她並沒有可以轉寄的地址。

「有一個記者說這是個絕佳的愛情故事。」她輕聲地說。

「哈洛並沒有愛上昆妮・韓內希，他走路為的並不是這個。」

「那個公關人員問我們是不是有些問題。」

「你要對他有信心，莫琳，也要對你的婚姻有信心。他會回來的。」

莫琳端詳她的裙襬。縫線鬆脫了，有一段垂散下來。「可是要一直相信好困難吶，雷克斯。

那真的是很讓人心痛的。我不知道他是不是還愛我，我不知道他愛不愛昆妮。有時候我認為如果他死了我倒還好過些，至少我會知道我確實的處境。」她抬眼看著雷克斯，臉色發白。「說這話很糟糕。」

他聳聳肩。「沒關係。」

「我知道你有多想伊麗莎白。」

「我無時無刻不想她。我心裡知道她已經不在了，可是我還是一直在找。唯一的不同是我已經習慣那種痛苦了，就像發現地上有個大洞，一開始你會忘記那裡有洞，於是一直掉進去；過了一段時間，它還是在那裡，不過你已經學會繞開它了。」

莫琳咬著嘴脣點點頭，畢竟她也熟知她的那份哀傷。她再次想到人的心可以一直感受到什麼樣的騷亂。對一個年輕人來說，如果走在路上，經過雷克斯身旁，他看起來就是個無助的老頭子，脫離現實世界，老朽無用。然而在他蠟黃的皮膚下，在他胖胖的身軀內，有一顆和青少年一樣熱情跳動的心。

他說：「你知道我對於失去她最遺憾的事是什麼嗎？」

她搖搖頭。

「就是我沒有放手一搏。」

「可是伊麗莎白是長腦瘤呢，雷克斯。你怎麼去和這搏鬥？」

「當醫生告訴我們說她會死的時候，我握住她的手，就此放棄。我們都放棄了。我知道到頭來並沒有什麼不同，但是我希望能讓她看到我有多麼想要留住她。我應該大發脾氣的，莫琳。」

他坐在那裡，彎身俯在他那杯茶之上，像是在祈禱一樣。他沒有抬眼。他用她從沒在他身上看過的平靜執念一再重複那些字句，使他的茶杯在碟子上抖動著。他的指節全是骨頭。「我應該生氣的。」

這番談話一直縈繞在莫琳腦中。她又變得消沉了，常常好幾個小時呆望著窗外，回想起過去，但幾乎不做什麼。她思量起過去那個年輕的自己，她曾經那麼確定可以作哈洛的一切；然後她又想到自己變成的那個女人。甚至連個妻子都不是。她拿出她在他床邊櫃抽屜找到的兩張照片，一張是兩人結婚後她在花園裡歡笑，另一張是大衛穿著第一雙鞋子。

第二張照片的某個地方讓她一驚，她不由自主地再看了一眼。是那隻手，大衛用一隻腳站著時，那隻扶住他的手。一陣冷顫沿著她脊椎滑下。那隻手不是她的，而是哈洛的。

是她拍的照片。當然，現在她想起來了。哈洛握著大衛的手，而她跑去拿相機。她怎麼會將那段回憶從腦中阻絕開來？她怪哈洛從沒有抱過他們的兒子，怪了好多年。怪他沒有給他一個孩子需要的愛。

莫琳走到那間最好的房間，把沒有人看的相簿拿出來。相簿邊緣毛茸茸地積了一層灰，她用裙子擦掉。拭去淚水，她端詳每一頁。照片大多是她和大衛的，但中間也夾雜了其他的。他還是嬰兒時躺在哈洛大腿上，他父親低頭看他，兩手舉在半空中，彷彿不准自己去碰觸一樣。還有一張大衛坐在父親肩膀上，哈洛扭著脖子要把他扶穩。還有大衛青少年時和哈洛並肩站著，年輕人穿黑衣、留長髮；作父親的穿西裝、打領帶，兩個人都望向金魚池水面。她笑了。他們也試過要親密的，不是很明顯地試過，不是用一種日常的方式。但是哈洛曾經嘗試過，甚至大衛也偶爾試過。她坐在那裡，相簿攤開來放在大腿上，她盯著空氣，看到的不是紗簾，只有往日。

她再次看到在班善的那天，就是大衛游進水流中那天。她看著哈洛在解他的鞋帶，她想到她花在譴責他的那些歲月。然後她從一個新的角度去看那景象，彷彿她把相機轉過來，對著她自己拍。她的胃一陣震顫。水邊有一個女人，高聲呼喊，揮動雙手，但卻沒有往海裡跑。一個驚恐到呈現半瘋狂狀態的母親，卻毫無作為。如果大衛差一點在班善淹死，她也該受到同樣的責難。

之後的日子還更糟。最好的房間地上到處是相簿，因為她無法面對還要把它們放回去。她一大早放了自己的衣物去洗，卻讓它在洗衣槽裡泡上一整天。她養成吃起司和餅乾果腹的習慣，因為她連燒一鍋開水都懶得做。她現在就只是個回憶的人了。

當哈洛打電話回來時，她能做的只是聽著。「天哪。」她會喃喃說道，或者是：「誰會想到哇？」他告訴她他睡過哪些地方：簡陋的木頭屋、工具間、茅屋、公車候車亭和穀倉。那些字句從他口中如此有活力地琅琅說出，使她感覺自己已經蒼蒼老去。

「我很小心，不去破壞任何東西。而且我從沒有把鎖撬開。」他說。他知道每一種灌木圍籬植物的名字，也知道它們的用途。他背了幾種名字，不過她卻跟不上。他告訴她，他現在正在學習靠自然物導航。他描述他遇見的人，他們如何給他東西吃或是幫他補鞋，甚至包括毒癮患者、醉漢和輟學生。「一旦你停下來聽人說話，就沒有人是可怕的了，莫琳。」他似乎有時間聽所有人的故事。這個獨自走路還和陌生人打招呼的人讓她太惶恐了，於是她用稍高的音調回應他，講了些拇趾外翻或是天氣等令她事後後悔的事。她始終沒說：「哈洛，我冤枉你了。」她始終沒說她在東波恩時很快樂，或者她希望以前她能同意養隻狗。她始終沒說：「真的太遲了嗎？」但是

21 哈洛與跟隨者

有人在哈洛身後，他可以用背脊感覺到。他加快步伐，但是跟在他後面走在堅硬路肩上的人也加快腳步，而雖然那人還沒有近到如影隨形，卻也很快會趕上。哈洛眼光往前方掃過去，想要看有什麼人，但是前面沒有半個人。哈洛轉身看他身後。細長蜿蜒的柏油路伸向黃色油菜田之間的地平線，午後陽光晒得路面顯現閃閃熱氣。汽車像是不知從哪裡冒出來，也同樣迅速就消失不見，你甚至來不及看見車裡的人。但是四下裡並沒有誰在走路，堅硬的路肩上也沒有半個人。

可是當他繼續走著的時候，有種感覺從皮膚一直往上爬到他的脖子，再進到他的頭髮裡，那感覺是絕對有個人在後頭，而他仍然在跟著。他不想再停下來，於是在車陣中找了個缺口就衝到路上，很快地斜走到另一邊，同時還瞄著左邊。視線裡沒有人，可是幾分鐘後他知道跟蹤他的人也過了馬路。他加快腳步，心跳氣喘，全身冒汗。

他像這樣又走了半個小時。停下步子、往回看，看不到人——但他知道他不是獨自一個人。只有一次，他回頭時，他注意到雖然當時並沒有風，卻有一簇低矮的灌木在抖動。好幾個星期以來頭一次，他後悔沒有帶著手機。這天晚上他在一間沒有上鎖的工具間過夜，但是他在他的睡袋裡動也不動地躺著，傾聽他打骨子裡知道就在外頭守候的人的動靜。

第二天早晨，正在巴恩斯利正北方的地方，哈洛聽到有人從A61公路另一側大喊他的名字。一個戴著反光墨鏡和一頂棒球帽的修長年輕人在車陣中東躲西閃地過來，邊喘氣邊說他是要來加入哈洛的。他話說得飛快，他的顴骨像是細長的鉛筆。他名叫爾夫，哈洛皺皺眉頭。「伊爾夫。」男孩又說了一遍，然後又說了一次：「威爾夫。」他看起來營養不良，不到二十歲，他的腳上穿著運動鞋，鞋帶是螢光綠。

「我要作個朝聖者，佛萊先生。我也要去救昆妮・韓內希。」他把一個運動包舉在空中，這個包包很明顯是新的，跟他的運動鞋一樣。「我也帶了我的睡袋和其他的東西。」

他好像是在跟大衛說話一樣，即使這年輕人兩手在發抖。

沒機會反對了，因為名叫威爾夫的年輕人已經走在哈洛旁邊，邁著跟他一樣的步子、緊張地嘰喳說著。哈洛試著去聽，但是他每次看著威爾夫，會發現更多讓他想到大衛的地方：指甲被啃得都見肉了，脫口而出的講話方式彷彿並不是真的要說給你聽。「我看到報紙上你的照片，然後我請求上天給我一個徵兆。我說：『主啊，如果我應該去找佛萊先生，請顯示您的指示。』結果你猜祂怎麼做了？」

「我不知道。」一輛駛過的休旅車慢下速度。駕駛把一支手機伸出車窗外，看來是用手機給哈洛拍照。

「祂送給我一隻和平鴿。」

「一隻什麼？」休旅車繼續往前開了。

「噢，也許只是一隻鴿子吧。但重點是，那是個徵兆。天主很棒，你問祂方向，佛萊先生，祂就會讓你看見。」

這個年輕人說起他名字的方式使哈洛更是困惑了，彷彿威爾夫知道他什麼事，或是有權利要求他什麼，而哈洛並不知道這事。他們繼續走在長草的路邊，不過有時候路會窄到難以容下兩人並排走。威爾夫的步子比哈洛小，因此他是以一種在旁邊小跑步的方式走著。

「我不知道你有隻狗。」

「我沒有狗哇。」

年輕人扮個鬼臉，轉頭往斜後方看去。「那麼那是誰的狗？」

他說得沒錯。在路的另一邊，一隻狗已經停下步子，正端詳著天空，舌頭掛在嘴巴側邊不停喘著氣。那狗個兒小，顏色是秋天葉子的顏色，一身像刷子一樣的粗毛。牠一定在工具間外頭等了一整晚。

「那隻狗和我沒關係。」哈洛說。

當他再次動身，年輕人跑跑跳跳地要跟上他的腳步之時，他可以用眼角看到這狗也過了馬路，快步跟在他後面。只要哈洛停下步子往回看，這狗就低著頭鑽進圍籬裡，彷彿牠不在那裡，或者是別的東西，也許是一尊狗雕像吧。

「走開！」哈洛叫道，「回家去！」

狗歪著頭，彷彿哈洛跟牠說了件有趣的事一樣。牠小跑步來到哈洛面前，小心翼翼地在他腳邊放了塊石子。

「也許牠沒有家。」威爾夫臆測道。

「牠當然有家。」

「噢，那也許牠不喜歡牠的家，也許牠被打或什麼的。這種事情是有的。牠沒有項圈。」這狗叼起石子，放到哈洛另一隻腳旁邊。然後牠用後腿坐下，抬頭很有耐心地看著他，眼睛眨也不眨，頭一動也不動。地平線上冒出山區那暗黑的高原。

「我沒辦法照顧狗，我沒有食物，而且我要在車輛繁忙的馬路上走向伯威克。太危險了，回家去，狗狗。」

他們想要騙過牠，就把石子丟到一塊空地上，然後躲在一處樹籬後面，但是狗兒卻叼回了石子，然後坐在灌木圍籬旁邊搖尾巴。「問題是，我猜牠喜歡你呢。」威爾夫小聲說，「牠也想跟。」於是他們從樹籬後面爬出來，繼續走路，而狗這時候就公然在哈洛旁邊遛躂起來了。一直走A61公路並不安全，於是哈洛改走比較平靜的B6132公路，但是走得很慢。威爾夫得一直停下來脫掉運動鞋，抖掉鞋裡的東西。他們才走了一哩路。

又有一件讓哈洛意外的事：他被一個在前院花園裡摘掉玫瑰枯葉的女人認出來了。「你就是那個朝聖者對不對？」她說，「我必須說，我認為你做的事真是太了不起了。」她打開錢包，要給他一張二十鎊的紙鈔。威爾夫用帽子擦拭額頭，還吹了聲口哨。

「我不能收下。」哈洛說。他感覺到年輕人的眼睛極力瞪著他身體側面。「不過很希望你好心提供一份三明治，也許有一些火柴和一根蠟燭會更好，今天晚上可以用到。再來一點奶油。這些我一點也沒有。」他往威爾夫那張緊張的臉看了一眼。「我想我們可能會需要。」

她力勸他一起吃個簡單的晚餐，還連帶邀了威爾夫，她並且讓兩個男人使用浴室和電話。

鈴響了七聲，他妻子才接電話。她的口氣很緊繃。「你不會又是那個公關女孩吧？」

「不是，莫琳。是我。」

「情況變得瘋狂了，」她告訴他，「有時候他們還想進到屋子裡。雷克斯發現有個年輕人想要搬走前院圍牆上一塊石頭。」

哈洛沖完澡同時，他的女主人也邀請了幾個好友在草坪上舉行一場臨時的雪莉酒派對。看到他時，他們全都舉杯祝福昆妮身體健康。他從沒看過這麼多往後梳的藍灰色頭髮，或是這麼多有芥末色、金黃色和黃棕色的燈芯絨長褲。在一張擺放開胃小點和冷盤肉的桌子下，坐著那隻狗，正啃著夾在牠兩個腳爪間的什麼東西。偶爾會有人把一顆石子丟出去，狗就會去把它叼回來，然後等人再來一次。

男人們說起他們自己的冒險故事，內容包括遊艇和打獵，哈洛耐心地聽著。他看著威爾夫起勁地和他們的女主人說話。她的笑聲有種尖銳感，哈洛發現他幾乎忘了世上還有這樣的笑聲。他思忖著如果他偷偷溜走，別人會不會注意到。

他正把背包甩上肩膀，威爾夫從女主人那裡走開，跟了上來。「我不知道會是這樣。」他說。他用五根手指抓著一片煙燻鮭魚塞進嘴裡，彷彿那是活的。「我們為什麼要離開？」

「我必須再走下去，通常不是像這樣的。我會找個地方睡睡袋，沒有人注意我。我已經好多天都是靠小麵包和手邊能找到的東西過日子了。不過如果你想的話，你應該留下來，我相信你很受歡迎的。」

威爾夫凝視著哈洛，不過他沒真正在聽。他說：「他們一直在問我是不是你兒子。」哈洛笑了，突然間變得溫柔起來。他再次轉向雞尾酒會的客人，感覺到他和威爾夫在某方面是相連的，彷彿因為兩個人都是局外人，而共同擁有某個比他們實際共有的還要大的東西。他們揮手道別。

「你當我的兒子太年輕了。」哈洛說。他拍拍威爾夫的手臂，「如果我們要找個地方睡覺，最好趕快動身。」

「祝好運噢！」客人們喊著。「昆妮會活下去的！」

那隻狗已經到門邊了，他們三個不慌不忙地走著。他們的影子像是倒映在路上的柱子，暮色漸深的空氣有著接骨木花和水蠟樹開花的香甜味道。威爾夫告訴哈洛他的經歷，說他試過許多事，卻沒有一件做得好。要不是因為天主，他說，他會去坐牢。哈洛有時候聽，有時候他要注意那些在暮色中來回竄飛的蝙蝠。他懷疑這個年輕人是不是真會陪他一路走到伯威克，以及他要把這隻狗怎麼辦。他想著不知道大衛有沒有試過信上帝。遠方工廠將煙霧吐到空中。

才走了一個小時，威爾夫已經很明顯地一跛一跛了。他們還走不到半哩路呢。

「你需要休息嗎？」

「我很好，佛萊先生。」但是他卻在跳著走。

哈洛尋找一個能擋風遮雨的地方，於是他們很早就停下了。威爾夫學他把睡袋攤放在一棵被暴風雨吹倒的榆樹旁邊。片片寬鱗多孔菌從枯樹幹上長出來，上頭有斑駁的條紋，像是羽毛一樣。哈洛摘著蕈菇，威爾夫從一腳跳到另一腳，尖聲叫著說它們好噁心。之後他去找落下帶葉的樹枝和天鵝絨般的大片大片青苔，然後把它們層層堆疊在樹底下有樹根穿過的土坑裡。哈洛已經有好些天沒這麼仔細整理他睡覺的地方了。當他工作時，狗一直跟著他，牠會去叼石子過來，放在他腳邊。

「我不會丟這些石頭的。」他警告牠，不過他偶爾會丟個一兩次。

哈洛提醒威爾夫要檢查腳上有沒有水泡。好好處理是很重要的，再晚一點他會教他怎麼放出膿汁。「你會生火嗎，威爾夫？」

「佛萊先生，你乾脆問我會不會拉屎好了。汽油在哪？」

哈洛再次解釋說他走路不帶不必要的行李。他要男孩去找更多的木柴，同時他用指甲把蕈菇大致撕成一片片。它們比他喜歡的還要粗硬，不過他希望它們的味道能讓人驚艷。他把它們裝在舊鐵罐裡——這鐵罐是他特別為此目的而帶在背包裡的，然後放在火上煮，再加上一小塊奶油，和撕碎的蔥芥葉。空氣中有煎大蒜的味道。

「吃吧。」他把鐵罐湊過去，對威爾夫說。

「用什麼吃？」

「你的手指呀。如果你想的話，事後可以用我的外套把手指抹乾淨。也許明天我們可以找到馬鈴薯。」

威爾夫拒絕了，他發出類似尖叫的笑聲。「我怎麼知道它有沒有毒。」

「我也在吃啊，你看看我。況且今天晚上也找不到別的東西可吃。」

威爾夫拿了一小角塞進他牙齒中間，吃時還把嘴唇往後翻，好像怕被刺到一樣。

「該死，」他不斷嘀咕，「該死。」哈洛笑了，男孩吃了更多。

「味道還不差，」哈洛說，「是吧？」

「吃起來有該死的大蒜味，還有芥末。」

「那是葉子的調味。大多數野生食物吃起來都有苦味，你會習慣的。如果它吃起來沒味道，那還不錯。如果吃起來好吃，那可就太幸運了。也許我們會找到紅醋栗，或是野草莓。如果你能找到真正成熟的野草莓，那會像是乳酪蛋糕一樣。」

他們弓起膝蓋，望著火焰。在他們後方遙遠處，雪菲耳是地平線上的一團硫磺色亮光，而如果你聽得夠仔細，會聽到一直有車子駛過的聲音，不過他卻覺得他們離其他人非常遙遠。哈洛告訴男孩他如何學會在火上煮食物、他如何從一本他在艾克希特買到的小書自學植物生態。蕈類有好有壞，他說，你必須知道它們的差異。比方說，你必須確定不要去摘簇生垂蒂菇，而要摘平菇才行。偶爾他會傾身對著火吹氣，使餘燼又變得火紅。柴火的細灰升上空中，短暫火紅閃亮了一下，就溶入暮色中了。空氣中有蟋蟀的叫聲，顯得鮮活熱鬧。

「你不會害怕嗎？」威爾夫說。

「我還是小孩子的時候，我的父母親不要我。後來，我認識了我的妻子，我們生了一個兒子。這件事也出錯了。從我走到開闊的外界以後，似乎可害怕的東西變少了。」他真希望大衛能聽到他的話。

之後，當哈洛用一張報紙擦了煮東西的鐵罐，並且把它放回他的背包時，男孩玩了起來，把一顆石頭往矮樹叢下丟，讓狗去撿。狗兒狂吠著，飛快竄進黑暗中，再叼著石頭跑回來，把它放在威爾夫腳邊。哈洛發現他已經變得有多麼習慣孤單和寂靜了。

他們各自躺在睡袋裡，威爾夫問他可不可以禱告。哈洛說：「我不反對別人禱告，不過如果你不介意的話，我不想加入。」

威爾夫雙手握緊，用力瞇起眼睛。他的指甲很不整齊，使得指尖的皮膚顯得太嫩了。他像個小孩子一樣低下頭，低聲唸著一些哈洛不願意聽到的話。哈洛希望能有個除了他以外的人或是什麼東西在聽。當他們昏昏沉沉要睡著時，天空還剩下一絲光亮。雲朵很低，空氣靜止不動，他很確定不會下雨。

雖然威爾夫禱告了，半夜裡還是叫喊著醒來，全身顫抖。哈洛把他摟住，男孩滿身大汗。他擔心自己是不是看錯了蕈類，雖然到目前為止他都沒有弄錯過。

「那是什麼聲音？」威爾夫發抖地說。

「只是狐狸而已。也許是狗，或是綿羊。我很確定聽到羊叫聲。」

「我們沒有經過任何羊群。」

「是啊，可是夜裡你會聽到更多周遭事物的聲音。你很快就會習慣這件事了。不要擔心，沒有東西會傷害你的。」

他揉著他的背，哄他睡覺，就像大衛在湖區假期後一驚嚇起來莫琳會做的一樣。「沒事的。沒事的。」他重複著，就像她一樣。他希望他找到的是好一點的地方，讓威爾夫度過第一個晚上。幾天前有座沒有上鎖的玻璃夏季別墅，哈洛就在一張籐沙發上舒服地睡了一覺。即使睡在橋下也會比這個好，只是他總會擔心吸引人注意。

「這真是他媽的詭異。」威爾夫說。他的牙齒打著顫。哈洛拿出昆妮的毛線貝雷帽，把它戴在男孩頭上。

「我從前也常做惡夢，但是當我開始走路以後，惡夢就停止了。你也會的。」

好幾個星期以來頭一次，這天晚上哈洛沒有睡。他坐在那裡守著男孩，回想往事，問自己大衛為什麼要做那些決定、他是不是應該從一開始就能看出那些決定的種子。如果大衛有個不同的父親，事情會不會仍然一樣？這種問題已經好久沒有困擾他了。狗兒就趴在他旁邊。

清晨到臨，月亮在清晨的光亮下發著淡淡的黃光，臣服於太陽。他們走在露水中，粉紅色像羽毛般的蘆葦葉尖和長葉車前拂著他們的腿，又溼又冷。枝幹上掛著露珠，像是寶石一般；草葉之間的蜘蛛網像是毛茸茸的粉撲。東升的太陽如此低又如此亮地照著大地，使得他們前方的物體形狀和顏色全都變得模糊了，他們像是走進霧裡一樣。他指著被他們的腳在路邊踩平的小徑給威爾夫看。「這就是我們。」他說。

威爾夫的新運動鞋仍然讓他煩惱，而缺乏睡眠也使哈洛放慢了速度。在接下來兩天裡，他們只走到威克菲，但是他又覺得不能丟下這個年輕人。威爾夫的恐慌症——或者是惡夢——仍然持續出現。威爾夫堅稱他從前很壞，天主將會救他。

哈洛沒那麼有把握。這孩子體重輕得讓人心疼，而且情緒忽好忽壞。這一分鐘他還跑在前頭，跟狗賽跑，跟牠搶著找石頭，下一分鐘他卻幾乎不發一語。哈洛要讓威爾夫轉移注意力，會告訴他他自己學到的關於圍籬植物和天空的知識。他指出濛濛的層雲和在高空中移動、像是圓石的卷雲的不同處。他示範給威爾夫看，要如何觀察周遭事物的影子和構造組織，推斷出他的方向。比方說，一株植物的某一邊長得比較茂盛，顯然就表示這一邊接受到的陽光比較多。他們就可以從這一點知道這植物是面向南方，而他們就必須往相反的方向走。威爾夫看起來是求知若渴，不過有時候他問的問題顯示他根本沒有專心聽。他們坐在山楊樹下，聽著風吹樹葉的沙沙聲。

「發抖樹[4]，」哈洛說，「你很容易能認出它來。它搖晃得太厲害了，從遠處看去，像是整棵樹掛滿了小燈泡一樣。」

他跟威爾夫說起他在一開始遇到的人，還有最近碰到的人。有一個女人住在草屋裡；有一對夫婦載著一頭山羊開車旅行；還有一個退休牙醫，每天走六哩路去拿取天然泉水。「他告訴我這件事。他說我們全都應該接受大地免費給我們的東西，這是一種感恩之舉。從那時候起，我總是堅持要停下來去喝泉水。」

只有在說這些事情時，哈洛才發現他已經走了多遠。他喜歡用鐵罐在一根蠟燭上燒水給威爾夫喝，一次一點水；也喜歡摘下萊姆樹的花泡茶。他示範給他看，說如果你願意，你可以吃法國菊、鳳梨子、柳穿魚花和甜忽布芽。他感覺自己是在為大衛做他沒有做過的一切。有太多東西是他希望威爾夫去看的。

「這些是野豌豆莢，很甜，但是如果吃太多就不好了。順便提醒你：伏特加也是一樣。」威爾夫拿著小小的豆莢，小口咬了咬，然後吐出來。

「我還寧願喝伏特加哩，佛萊先生。」

哈洛假裝沒聽見。他們蹲坐在一處土堤上，等一隻鵝下蛋。蛋生下來了，溼潤雪白，在草地上看起來十分碩大，男孩手舞足蹈地叫起來。「噢，操，那可真臭呢，它就從牠屁股裡出來！我丟東西過去好嗎？」

「你要丟鵝？不好。你丟個石頭給狗去撿吧。」

「我寧願去打那隻鵝。」

哈洛把威爾夫帶開，也假裝沒聽到這句話。

他們談著昆妮・韓內希，以及她表示出的那些小小善意。他描述她會把歌倒著唱，而且總是喜歡謎語。「我想不會有別人知道她這些事，」他說，「我們會把一些我們不會告訴其他人的事告訴彼此，當你在旅行時這是很容易的。」他拿出他放在背包裡要送給她的禮物給男孩看。男孩特別喜歡在艾克希特大教堂買的紙鎮，就是當他把它倒轉過來時裡面會閃閃發亮的那個。有時候哈洛發現威爾夫把它從他背包裡拿出來玩，就不得不提醒他要小心。而威爾夫也會提供另外的紀念品作為回報。一片燧石、一根有斑點的珠雞羽毛、一塊有環狀條紋的石頭。有一次他拿出來一個放在花園中當擺飾的小矮人釣魚人偶，他保證這是他從垃圾桶裡找到的。另一次他拿來三盒牛奶，堅持說這些都是不要錢的。哈洛警告他不要喝得太急，但男孩仍然猛灌，結果十分鐘後就吐了。

別人送的東西太多了，哈洛只得趁威爾夫沒看到的時候把它們留下，而且還得小心藏好，以免狗兒看到，牠至少會去把那些小石子叼回來，放在哈洛腳邊。有時候男孩會回頭大喊他發現的什麼新東西，而哈洛的心就會怦然一緊。他實在太像大衛了。

---

4 trembling tree，字面意義為發抖樹，即歐洲山楊。

22 哈洛與朝聖者

親愛的昆妮：事情有了驚人的轉折，有太多人向你問候呢。祝好，哈洛。
又：郵局一位好心的女士不收我郵票錢。她也向你問好。

哈洛步行之旅的第四十七天，一名中年女人和一位有兩個孩子的父親加入他。凱特解釋說她最近遭受很大的痛苦，想要將它拋開。她是個小個子女人，穿一身黑，走路時下巴伸出，還有一點往上，彷彿想要努力看到被軟帽帽邊遮住的視野。汗珠一顆顆沿著她的髮線冒著，兩個腋窩下方掛著溼溼的半月形汗漬。

「她很胖。」威爾夫說。

「我想你不應該說這話。」

「但她還是胖啊。」

男人自稱理奇，是理查的簡稱，姓萊恩。他原先從事金融業，三十五歲左右離開，之後就一直「隨興」過日子。看到哈洛步行的報導，使他充滿一種希望，這是從他小時候起就沒有體會過的。他只收拾了幾樣必需品就出發了。和哈洛一樣，他也是個高個子，語氣武斷，有種甲狀腺機能亢進的味道。他穿著專業健行靴、迷彩長褲，和一頂袋鼠皮做的叢林帽，是他上網買來的。他還帶了帳篷、睡袋和一把瑞士軍刀，以備不時之需。

「跟各位說實話，」他說，「我的生命弄得一團糟。我變成冗員被裁了，之後我經歷了一點崩潰危機。我老婆離開我，還帶走孩子。」他用尖銳的刀刃砍著地面。「是男孩子們的關係，哈洛。我好想他們。我要他們看到我可以做些事，你懂嗎？我要他們以我為榮。你有沒有想過直線前進，不走城市？」

這群新組成的隊伍要往里茲去時，就有多次關於路程的討論。理奇建議他們應該避開城市，往高原走去。凱特覺得他們應該繼續走A61公路。他們問，那哈洛怎麼想呢？衝突讓哈洛很不自在，他說只要能到伯威克，這兩條路都是好主意。他已經獨自一個人很久了，要一直和別人待在一起，讓他感覺很累人。他們的問題和熱情既使他感動也拖慢了他的速度。但是既然他們選擇要和他一起走，又支持為昆妮打氣的使命，他也覺得對他們有責任，彷彿是他邀請他們加入的，因而必須傾聽他們不同的需求，確保他們能安全行進。威爾夫悶悶不樂地走在哈洛旁邊，兩手插在口袋裡，抱怨他的運動鞋太小了。哈洛有一種從前對大衛會有的感覺，就是希望他能更好相處些，也害怕他的缺乏安全感會讓人感覺像是傲慢。結果花了一個多小時，才找到每個人都同意會睡得舒服的地方睡覺。

不到兩天，理奇對凱特開始有了不滿。他告訴哈洛說，不是為了她說話的內容，而是她的態度。她表現得好像自以為比他強，就只因為她早來了三十分鐘。「你知道嗎？」理奇說。他已經開始大聲喊了。哈洛並不知道，他只覺得自己受到攻擊。「她是開車來的。」走到哈洛蓋特時，凱特提議大家去皇家浴池恢復一下精神。理奇頗不以為然，不過倒也承認他可以去給他的刀子買些備用刀片。哈洛這兩件事都不想做，於是就坐在市立公園裡，有幾個人前來祝福他，並且問昆妮的消息。威爾夫似乎不知去向。

等到這群人重新集合時，哈洛身旁坐了一個妻子死於癌症的年輕鰥夫。這個男人說他想要跟他們一起走，而為了得到更多公眾支持昆妮，他願意穿著黑猩猩裝走路。哈洛還來不及勸他打消念頭，威爾夫又出現了，不過他似乎連走在人行道上都有些困難。

「耶穌都要感動落淚了。」理奇說。

他們緩慢前進。威爾夫跌倒了兩次。眾人發現猩猩裝男人只能靠吸管吃東西，而且常會陷入一陣陣哀傷的情緒中，這種哀傷因為熱衰竭而更為加深。走了半哩路，哈洛提議大家停下來過夜。

他把營火生起，並且提醒自己他也至少花了幾天才掌握行進節奏。他們特地找到他，並且為昆妮的健康如此奉獻的時候，丟下他們太不應該了。他甚至想，越多人相信她，並且繼續走著，她的生存機會會不會也越大。

之後，其他人也加入了。他們會參與個一天，或許兩天。如果天氣晴朗，就會有一群人：社運人士、健行者、家庭、中輟生、觀光客、樂手。隊伍中有旗幟、營火、辯論會、暖身操和音樂。他們令人動容地說起因癌症而逝去的心愛的人，以及追悔的往事。人數越多，動作越慢。他們不單要配合比較缺乏經驗的走路者，也必須要讓他們吃飽。這裡有烤馬鈴薯、大蒜麵包條、錫箔包甜菜。理奇有本書是講天然覓食的，因此堅持要做炸豬草餅。每天走的里程掉得更多了，有時候還不到三哩路。

雖然慢，這群人似乎對自己很有把握，而這是哈洛也未曾有過的。他們告訴自己，說他們不再是身體和頭、腳、心臟的組合，而是一股單一的力量，由昆妮·韓內希緊緊相繫。這趟行走一直是哈洛腦中一個想法，這情形已經持續太久了，因此當其他人信守對這趟步行的信念時，他很受感動。還有，他知道這會成功的。如果他之前就知道這一點，那麼現在他又以更深刻的方式確知了。他們架起帳篷、拉開睡袋，在天空下入睡。他們保證昆妮會活下去。他們的左邊，是凱立高原那彎曲的黑暗山峰。

然而才幾天工夫，緊張情勢就出現了。凱特不想理會理奇，說他是自大狂。他也回敬她，說她是刻薄女人。之後，在同一天晚上，猩猩裝男人和一名交換學生先後和同一個小學老師上床，而理奇想要解決敵意的企圖又看似會以打架收場。威爾夫老是要讓同行的人信天主，或是要求別人為昆妮禱告，這一點引起更多的怨怒。當一個業餘的步行團體要紮營過夜時，意見不一的情況更多：有人說帳篷不符合哈洛走路的真正精神；有人想要完全避開道路，而朝著更有挑戰性的本寧山步道走。那馬路上被輾斃的小動物怎麼辦呢？理奇問，這一問，引發了另一回合的爭論。哈洛聽著，越來越不安。他不在乎大家睡在哪裡，或是怎麼走，也不在意吃什麼。他只想走到伯威克。

此刻他跟這些人困在同一條船上了。畢竟他們也都以不同方式受過苦。威爾夫晚上還是會發抖，凱特則時常坐在火邊，臉頰上閃著淚光。就連理奇也是，當他說起兒子們時，他還得攤開手帕，假裝得了花粉熱。不管哈洛有多不樂意他們做出加入他的決定，讓同伴失望卻不是他的本性。有時候他脫離眾人，用水清洗自己，或是深呼吸幾口空氣。他提醒自己說他的步行是沒有規則的。他有一兩次誤以為自己明白，卻發現並非如此。或許這些朝聖者也有同樣情形？也許他們是旅程的下一個階段？他發現有時候不知道才是最大的實情，而你也必須乖乖保持無知。

朝聖之行的新聞持續發燒，彷彿它能夠自生能量一般。只要他們即將走到的消息一出，每個家有烤箱的人都會開始烘焙糕餅。一個女人開著路華車疾駛而來奉送一盤山羊乳酪片，差點就把凱特撞傷。理奇在營火時間提議哈洛應該在每一頓飯前為作一個朝聖者的意義說幾句話。當哈洛拒絕時，理奇自告奮勇要發言。他問有沒有人願意作紀錄？猩猩裝男人答應了，不過戴著毛茸茸手套寫字是很困難的，他得時常要理奇暫停。

媒體繼續刊載一些事蹟，證明哈洛有多麼善良。他沒有時間看報紙，反倒是理奇更能掌握最新情況。克利瑟羅一名靈媒聲稱這位朝聖者散發出一團金色靈氣；一個曾差點從克利夫頓吊橋上跳下去的年輕男人說了一段動人的故事，描述哈洛如何勸他作罷。

「可是我沒有走到布里斯托呀，」哈洛說，「我走到巴斯，從那裡再到斯特勞德。我記得很清楚，因為我就是在那個時候幾乎要放棄的。我從沒有在橋上遇到人，而且我很確定我沒有勸人打消死意過。」

理奇說這只是個小小細節，事實上，根本是微不足道。「也許他沒有說他正要自殺，但是遇見你以後給了他希望。我猜你是忘記了。」他再次提醒哈洛，說他必須考量大局，沒有一種宣傳是壞的宣傳。哈洛突然想到，雖然理奇是四十歲，因此也差不多是他兒子的年紀，但他說起話來好像作兒子的是哈洛。他說哈洛正獨攬一個大好的市場，必須打鐵趁熱。他也提到摘櫻桃的主意，以及他們對外應統一發言，但是哈洛卻開始頭痛了。他心中塞滿了不連貫的影像——櫻桃樹和詩歌本和蒸汽熨斗——[5]使得他必須一直停下來，好思量出理奇說的到底是什麼。他希望這個人能實現字詞的真正意義，而不是用它們當作武器彈藥。

現在已是六月中，威爾夫那個疏遠的父親接受了一次訪談，說起他兒子的勇氣令人動容（「他甚至連我的面都沒見過。」威爾夫說。）。推得河的伯威克市議會讓人製作出海報和旗幟，要歡迎這些朝聖者抵達。里朋市一家小店指控他們偷了一些商品，包括威士忌。

理奇召開一次會議，會中他用十分確切的語辭指控威爾夫偷竊，並且建議要叫他回家。就這麼一次，哈洛站起來反對，但是置身在衝突場面使他很痛苦，他知道他沒辦法再這麼來一次了。理奇眼睛瞇成細縫聽著，使得哈洛話說到一半就不知道該怎麼繼續下去。理奇終於讓步，說應該再給威爾夫一個機會，但是當天他整個下午都避開哈洛。接著因為男孩把微帶毒性的菇類誤認為外形相像得使人毫無警戒心的可食用菇，有半團的人腹痛和發燒而倒下。就在他們正要復元時，他們伙食中過量的紅醋栗、櫻桃和生醋栗又造成令人尷尬的大量腹瀉。猩猩裝男人在為理奇記筆記時發現手套裡有隻黃蜂，而且被螫得很嚴重。有兩天時間，他們一步也沒有移動。

地平線上有一連串藍色山峰，哈洛渴望能爬上去。太陽高掛在東方天空，使得月亮成了淡淡的顏色，看起來像是雲做成的。要是這些人能走開、要是他們能找到別的東西去相信，那該有多

5 這三樣都是理奇提到的字眼：摘櫻桃對應到櫻桃樹；統一發言對應到詩歌本，因在英文片語中統一發言的字面意義是「看同一本詩歌本唱歌」；打鐵趁熱對應蒸汽熨斗，因英文的「鐵」和「熨斗」為同一個字。

好。他搖搖頭，痛罵自己的不忠實。

理奇告訴全團的人，他們需要有東西來區別真正的朝聖者和跟隨者。他有解決方法。他和一個從事公關的朋友聯絡了，那人欠他一個人情。那位朋友聯絡了一家健康飲料的經銷商，他們很樂意提供所有正式的步行者T恤，衣服正反面印有「朝聖者」字樣。T恤是白色，有三種尺寸。

「白色？」凱特嘲笑他，「我們要到哪裡去洗這些東西？」

「白色才醒目，」理奇說，「而且它的形象是純潔。」

「一個大男人說的呢，胡扯。」凱特說。

這家公司也會提供無限量的健康果汁飲料，他們只要求哈洛盡量常讓人看到他拿著果汁飲料作回報。T恤一送到，就安排了一場記者會。哈洛要到A617公路上與「南得文郡小姐」會合，供人拍照。

哈洛說：「我認為其他人也應該在裡面，他們和我一樣也做出徒步的承諾。」

理奇說這樣就模糊了二十一世紀的信念這個訊息，同時也減弱了這個昆妮愛情故事的力量。

「可是我從沒有想要強調這些事呀，」哈洛說，「而且我愛的是我妻子。」

理奇遞給他一瓶水果飲料，並且提醒他拿瓶子的時候要讓標籤對著攝影機。「我不是要你把它喝完，我只是請你握住這瓶東西。對了，我有沒有跟你說你受邀和市長共進晚餐？」

「我真的不是很餓。」

「你還必須帶狗去。他妻子和藍十字寵物領養機構有些關係。」

如果朝聖者們不去拜訪一些城鎮，那裡的人似乎就會不高興。北得文郡一處觀光勝地的市長，在一次訪問中宣稱哈洛是「中產階級白人精英」，哈洛大為震撼，感覺自己需要道歉。他甚至在想他是不是必須走回家，把他去伯威克路上沒走過的地方全都走到。他向凱特坦言說水果飲料大肆破壞他的消化系統。

「可是理奇告訴你了，」她說，「你用不著喝呀。一拍完照你就可以把它扔了。」

他可憐兮兮地笑著說：「我不能拿著瓶子、打開蓋子卻不喝。我是戰後的孩子，凱特。我們不會大聲炫耀我們的成就，也不會把東西丟掉，我們成長的方式就是這樣。」

凱特伸出雙臂，給了他一個汗溼的擁抱。

他也想回她一個擁抱，但是他卻在她的擁抱中無助地站著。也許這是他那個世代的另一個徵象？他看著在他四周穿背心、短褲的人，不禁心想他是不是變得多餘了。

「你有什麼心事？」她說，「老是心不在焉。」

哈洛站直身體。「我忍不住覺得這是不對的。這些吵鬧，這些忙亂。我很感激每個人所做的，但是我再也看不出這樣怎麼能幫助昆妮。我們昨天只走了六哩，前天只走七哩。我在想我應不應該離開。」

凱特突地轉身，彷彿下巴挨了一拳。「離開？」

「重回到路上。」

「不跟我們一起？」她說。她眼中有驚恐。「你不能，你不能離開我們，現在不能。」

哈洛點點頭。

「答應我。」她抓住他一條手臂，她金色的婚戒映著日光。

「當然我不會丟下你們走的。」他們沉默地繼續走著。他希望他沒有提到他的疑慮，很明顯她心中容不下這個。

然而雖然哈洛答應了她，他仍然很困擾。他們也有過很不錯的走路成績，但在有人生病有人受傷和這麼多公眾支持的情況下，他們幾乎花了兩個星期才走了六十哩，而他們還沒有走到大令頓。他想像莫琳看到他在報上的相片，他就感到丟臉。他不知道她看到那些相片會作何感想，會不會認為他是個傻瓜。

一天晚上，當支持者和祝福者拿出吉他，開始在火邊唱起歌時，哈洛拿了背包悄悄走開。天空如此晴朗又漆黑，星星彷彿在悸動，月亮再次失去飽滿渾圓。他回想起他在斯特勞德附近的穀倉睡覺的那一晚。沒有人知道他要走去找昆妮的真正實情。他們有各種猜測，認為是個愛情故事，或是奇蹟，或是一樁美事，或甚至是勇敢之舉，但這些都不是。他所知道的和其他人所相信的，這二者之間的差距使他害怕。他回頭看著營地，心想這一點使得他即使置身眾人中間，也仍然覺得沒有人認識他。營火是漆黑一團中的一個光團。人聲笑語傳到他身邊，他們全都是陌生人。

他可以繼續走下去，沒有什麼東西能攔阻他。沒錯，他是答應了凱特，但是他對昆妮的忠誠更重要。畢竟他有所需的一切：他的鞋、羅盤、給昆妮的禮物。他可以走一條更曲折的路，也許翻過山頂，完全避開人。他的脈搏跟著他邁開腳步而加快。他可以走完黑夜，再走到天亮。在幾星期內他就可以到伯威克了。

然後他聽到凱特的聲音，叫喚他的名字，在夜裡空氣中聽來單薄，還聽到那隻狗在她腳邊吠叫。他同時聽到其他嗓音——有些他認得，有些不認得，全都在黑暗中高喊「哈洛」。他對他們的忠誠不比他對昆妮的忠誠，但是他們也不該得到連個解釋都沒有就被拋下的待遇。他慢慢走回去。

哈洛才剛走到營火光圈內，理奇便從暗影中出現。他一看到這位老先生，就朝他跑過去，一把抱住哈洛。

「我們以為你走了。」

他的聲音是顫抖的。也許他之前喝酒了，至少他身上是有酒味沒錯。理奇抱得太緊，哈洛一個不穩，幾乎跌倒。

「站穩囉！」理奇笑了。這是個不常見的真情流露時刻，雖然有一點不穩。不過被困在這種懷抱中，哈洛拚命掙扎著要呼吸，彷彿正在慢慢窒息。

第二天報上刊出一張照片，標題是「哈洛．佛萊能走到嗎？」。他看起來正跌進理奇的懷抱中。

23 莫琳與哈洛

莫琳再也忍不住了。她告訴雷克斯，她不再聽大衛的勸告，她要去找哈洛。她已經和丈夫通過電話，他希望朝聖團能在第二天下午走到大令頓。她知道她已經來不及為過去作補償，但是她要為說服他回家做最後一次嘗試。

天一亮，她就拿了門廳桌上的車鑰匙，又把一支珊瑚色脣膏丟進手提袋。正在鎖門時，她很驚訝地聽到雷克斯在叫她。他戴著一頂遮陽帽、一副墨鏡，拿著一本精裝本的英倫三島公路地圖。

「我想你也許會需要有人領航，」他說，「根據ＡＡ地圖，我們黃昏時應該就可以到那裡了。」

路一哩哩地快速過去，但是她幾乎沒有看見。她說些明知沒一件有道理的話，彷彿她說的是心中那座千頭萬緒的大山最頂端的字句。萬一哈洛不想見到她怎麼辦？要是其他朝聖者都和他在一起怎麼辦？

「要是你錯了呢，雷克斯？」她說，「要是他其實是愛著昆妮的，那怎麼辦？也許我該寫信？你覺得怎麼樣？我覺得也許用信表達會比較好。」

他沒說話，她轉頭去看雷克斯，發現他看起來很不舒服的樣子。「你還好嗎？」

他僵硬地點個頭，像是不敢動彈。「你剛才超過了三輛連結式大卡車和一輛大客車，」他說，「在單線道的路上。」他又加上一句，說如果他坐直不動，眼睛看著窗外，他想他會沒事的。

要找到哈洛和那些朝聖者很容易。有人在市集廣場的行人徒步區為觀光局安排了一場攝影會，莫琳加入一小群人中。有個高個男人在指揮攝影人員，還有一個猩猩人，看起來很需要找張椅子坐下來，以及一個正在吃三明治的胖女人，和一個看起來賊頭賊腦的年輕人。莫琳像個陌生人一樣看到哈洛，防備心全消失了。她在本地新聞裡看過他，手提袋裡也還保留報紙剪報，但這些都不能使她對於見到「活生生」的他——大衛從前都這麼說——做好心理準備。哈洛當然不可能長高或長壯，但是看著這個歷經風吹雨打、皮膚像暗色皮革、一頭捲髮、像是海盜的男人，她感覺自己既膚淺又更加脆弱。是他那純樸的活力使她發抖，彷彿他終於成為他早就該是的男人了。他那件朝聖者T恤很髒、領口也磨壞了。他的帆船鞋已經褪了色，他的腳型都可以透過皮革看出來了。哈洛迎上莫琳的目光，立刻停下來。他跟高個男人說了些話，就離開那群人。

當哈洛走向她時，他笑得如此大方，使她不得不把目光移開，因為她無法面對他那盈盈的笑意。她不知道該把嘴脣還是臉頰湊過去給他親吻，在最後一刻她改變主意，結果他親到她的鼻子，他的鬍子扎得她的臉好癢。別人都在看。

「哈囉，莫琳。」他的聲音低沉有信心，她感覺自己膝蓋發軟。「什麼風把你一路吹到大令頓來？」

「噢，」她聳聳肩，「我和雷克斯想要兜個風。」

他往周遭看了看，臉上露著笑。「天哪，他也來了嗎？」

「他去WH史密斯書店了。他需要買迴紋針，然後他很想去參觀鐵道博物館。你可以看火車。」

他就高高站在她面前，眼光盯著她，不看其他地方。她像是站在燈光下一樣。「那是蒸汽火車。」她又加上一句，因為他仍然什麼也沒做，就只是笑著。她忍不住要注視著他的嘴。雖然長了鬍子，但他的下巴已經沒有那種嚴肅的樣子了。他的嘴唇看起來很柔軟。

一個老人拿著擴音器對著群眾大喊：「拚命買東西吧！這是天主的旨意！買東西才能給我們生命目標！耶穌降臨世間是來買東西的！」他沒有穿鞋。

這話打破了僵局。哈洛和莫琳都笑了，而她感覺兩人之間有項密謀，彷彿他們是世界上唯一看得清楚的兩個人。「人哪！」她意有所指地搖搖頭。

「什麼樣的人都有。」哈洛說。

他的話裡沒有優越感，也沒有責難的意思，而是一種寬宏大量的氣度，彷彿其他人的奇特是一件美妙的事，但是這話卻使她感覺嚴重的偏狹。她說：「你有時間喝杯茶嗎？」她通常是絕對不會把一壺伯爵茶說是一杯茶的。也不會用提議喝茶的方式來彌補她的平凡英國味。

「我很樂意，莫琳。」哈洛說。

他們挑了一家在百貨公司一樓的品牌咖啡館，因為她說你總是能信任你熟知的東西。櫃臺後面的女孩子瞪大眼睛瞧，彷彿想要認出他是誰，莫琳感覺又是驕傲又好像很礙事。她在出門前一刻才決定穿上一雙全新運動鞋，而這雙鞋在她腳上閃閃發亮，像燈塔的光一樣。

「這麼多選擇。」哈洛盯著那些放在各自紙盒中的馬芬和糕點說，「你確定你不介意付錢嗎，莫琳？」

她只想仔細盯著他看，其他什麼都不要。她有好多年沒看過這雙如此有活力的藍色眼睛了。他用大拇指和食指揉搓著他的捲鬍子，使得那些鬍子都變得尖尖的，像蛋白糖霜一樣突出來。她好奇櫃臺後面的女孩子知不知道她是哈洛的妻子。

「你要什麼？」她說。她本想加上「親愛的」幾個字，但這句話太害羞了，不敢說出口。

他問他可不可以要一份瑪氏巧克力蛋糕加上一杯草莓冰沙。莫琳發出尖銳的笑聲，聽起來像是她才剛從包裝袋裡抖出整包笑聲似的。

「那我要茶，麻煩你，」她告訴櫃臺後面的女孩，「加牛奶，不要糖。」

哈洛把他和善的笑容對著女孩的方向，女孩的名牌別在她的黑色T恤左胸位置。讓莫琳驚異的是，年輕女孩竟然從脖子以上脹成紅色，並且以淺笑回報。

「你是新聞報導的那個人，」她說，「朝聖者。我同事都認為你很棒，你可不可以在這裡簽名？」她伸出手臂，遞出一枝簽字筆，莫琳再次驚訝地看到哈洛用洗不掉的墨水在女孩手腕上方柔嫩的皮膚上寫下他的名字：祝好。哈洛。他甚至沒有畏縮。

女孩捧著手臂，仔細看了很久，然後她把飲料和瑪氏巧克力蛋糕放在餐盤上一起放下，上面還多了一個司康餅。「這一個我請客。」她說。

莫琳從沒有看過這種事。她讓哈洛帶路，而室內似乎開展了，並且安靜下來，要空出來容下他。她注意到其他客人緊緊盯著哈洛，並且掩著嘴說話。角落一張桌子有三個和她同樣年紀的女人在喝茶。她好奇她們的丈夫在哪裡：是去打高爾夫球呢，或是死了也不一定，或者也從他們的老婆身邊走開。

「午安。」他爽朗地說著，和完全不認識的陌生人問好。

他挑了靠窗的一張桌子，這樣他可以看得到狗。狗趴在室外人行道上，正在啃一個石頭，彷彿對於等人這件事非常有興趣。她突然湧起一陣和這個動物同病相憐的感覺。

莫琳和哈洛沒有並排坐，而是面對面。即使她和他已經喝了四十七年的茶，她在倒茶時兩手還是會發抖。哈洛的冰沙經過吸管呼嚕呼嚕地吸進他嘴巴，他的雙頰也跟著凹下去。她客氣地等了一段時間，讓飲料嚥下肚，只是她等太久了，所以她張嘴要說話時恰好他也要說。

「這真——」

「實在很——」

他們都笑了，彷彿彼此並非熟識。

「不，不——」他說。

「你先請。」她說。

這又像是另一次同時說話，於是他們各自回到飲料上。她給杯子裡加了牛奶，不過她的手又在抖了，所以一次全倒了出來。「別人時常會認出你嗎，哈洛？」她的口氣像是對他作電視訪問的女人。

「莫琳，我很驚訝每個人都好和善。」

「你昨天晚上睡哪裡？」

「在一處田野裡。」

她搖搖頭表示佩服，但他必定是誤會了，因為他很急地說：「我沒有臭味吧？」

「沒有，沒有。」她急忙回答。

「我在河裡盥洗過，後來又用飲水機洗了一下。只是我沒有肥皂。」他已經吃完了他的瑪氏巧克力蛋糕，正在切女孩送的司康餅。他食物吃得好快，像是吸進肚裡一樣。

她說：「我可以給你買些肥皂，我很確定剛經過一家美體小鋪。」

「謝謝你。你很好心，不過我不想帶太多東西。」

莫琳又一次感覺自己不能體會的羞愧。她多希望能讓他看到她的真心真情，可是此刻她卻只是一個死板的鄉巴佬。「噢。」她說，一邊垂下頭。痛苦湧上，使她的喉嚨縮緊，她無法說出話來。

他遞給她一團手帕，莫琳立刻把臉湊到那捏成一團的溫暖中。手帕聞起來有他的味道，而且是很久以前的味道。沒有用。淚水還是流出來了。

「只是能再看到你的關係，」她說，「你看起來身體很好。」

「你看起來也是，莫琳。」

「我不好，哈洛。我看起來像個棄婦。」

她擦拭臉，但淚水依然從她指間流出來。她很確定櫃臺那個女孩一定在看，還有客人，以及那幾個沒有丈夫的女人。讓他們去吧，讓他們全都盯著看吧。

「我想你，哈洛。我希望你回家。」她等待回應，全身血液在她血管裡上下猛力跳動著。終於哈洛揉揉腦袋，像是那裡疼痛或有個東西必須要移開一樣。「你想我嗎？」

「是的。」

「你希望我回家？」

她點頭。要再說一遍，她會受不了。哈洛又抓了抓腦袋，再抬眼迎向她的目光。她感覺內臟翻攪，不斷跳動。

他緩緩說道：「我也想你。可是莫琳，我一輩子沒做過什麼事，現在我終於在做一件事了。我必須走完我的路，昆妮在等。她相信我，你懂嗎？」

「是啊，」她說，「我懂的。當然我明白。」她喝了一口茶，茶已經冷了。「我只是——對不起，哈洛——我看不出我的位置在哪裡。我知道你現在是朝聖者之類的，可是我忍不住要想到我自己。我沒有你那麼的無私。對不起。」

「我不比任何人強，我真的不是。任何人都可以做我正在做的事。但是你必須要放開。起初我並不知道，不過現在我明白了。你必須丟開那些你認為需要的東西，例如現金卡和電話和地圖之類的東西。」他眼中閃著光芒，露出堅定的笑容，注視著她。

她再次伸手去拿茶，等到茶已經入口了，才想起來它是冷的。她本想問那些朝聖者是不是也都沒有帶老婆前去，但後來沒問。她擠出一個似乎會傷人的歡愉笑臉，然後望向窗外那隻狗仍然在等著的地方。

「牠在吃石頭。」

他笑了。「牠會做這種事的。你必須小心，不要丟石頭讓牠追。如果你丟石頭，牠會認為你喜歡丟石頭，牠就會跟你走。牠不會忘記的。」她又笑了，這次的笑容不會傷人。

「你有沒有給牠取名字？」

「我只叫牠『狗狗』，叫牠其他任何名字似乎都不對。牠是那種只屬於自己的動物。我覺得讓牠有名字，聽起來會像是我以為我擁有牠一樣。」

她點點頭，完全說不出話來。

「你知道，」哈洛突然說，「你可以跟我們一起走。」

他伸手去握住她的手指，她也就讓他握著。他的手掌斑斑點點又結了繭，而她自己的又白又瘦，她看不出這些手指從前怎麼能握在一起。她的手放在丈夫手裡，全身其餘地方則是麻痺的。她腦中閃過他們婚姻中的一些畫面，像是一連串的照片。她看到他在新婚之夜躡手躡腳走出浴室，他光裸的胸膛好看得讓她倒抽了一口大氣，而使他立刻穿上了外套；還有哈洛在醫院裡凝視著他的新生兒子，還伸出他的手指；她也看到皮面相簿裡所有的照片，那些畫面是多年來她已經從她記憶中清除掉了的。那些畫面在瞬間通過她心中，除了她以外沒有人能認出。她嘆了一口氣。

那些都是好遙遠的事，而此刻兩人之間還有太多其他的事存在著。她看到自己和哈洛的二十年前，並肩各戴著墨鏡，無法碰觸彼此。

他的聲音掀開了她思緒的毯子。「你認為怎樣？你想你可以一起來嗎，莫琳？」

她把手從哈洛手裡抽出，把椅子往後推。「太遲了，」她喃喃說，「這樣不好吧。」

她站起來，但哈洛並沒有站起來，因此她感覺自己已經被拒於門外了。「我要照料花園，還有雷克斯。況且我沒有帶我的東西。」

「你用不著你的——」

「我需要的。」她說。

他咬著他的鬍子，點了點頭，但沒有抬眼，彷彿在說我知道。

「我最好還是回去吧。對了，雷克斯向你問好。我也給你帶了些藥膏貼布，還有你很喜歡的水果飲料。」她把這些東西放到桌上她和哈洛中間的地方。「不過也許朝聖者用不著貼布？」

哈洛往後一靠，把她的兩樣禮物放進口袋。他的長褲在屁股部位是鬆垮垮的。「謝謝你，莫琳。這些會很好用。」

「我太自私了，要你放棄走路。請原諒我，哈洛。」

他把頭垂得好低，使她猜想他是不是在桌上睡著了。她可以從他的後頸一直看到他後背上柔軟的白色皮膚，那裡是陽光晒不到的地方。她感覺全身竄過一陣震顫，彷彿她第一次看到他裸體一樣。當他抬起頭，與她目光相遇時，她臉紅了。

他的話語好溫柔，像是空氣的一部分。「我才是需要被原諒的。」

雷克斯拿著一杯保麗龍杯裝的咖啡和一個用紙巾包著的甜甜圈在副駕駛座上等著。她坐在他旁邊，急促地小口吸著氣，不讓自己再哭下去。他拿咖啡和食物給她，但是她沒有胃口。

「我甚至還說：這樣不好吧。我不敢相信我竟然說這句話。」

「你可以痛快哭一場。」

「謝謝你，雷克斯，不過我也哭夠了，我倒希望現在停住。」

她輕拭眼睛，望向外面的街道，只見人們忙著各自的事。在她周圍的男男女女，有老有少，各自走著或是一起。成雙成對的世界看起來如此忙碌、如此有把握。她說：「好多年前，當我和哈洛第一次見面的時候，他叫我莫琳。然後變成『莫』，就這樣好多年。最近又是莫琳了。」她用手指碰觸嘴唇，極力不讓自己說話。

「你想要留下來嗎？」雷克斯說著，「再和他談談？」

她轉動油門上的車鑰匙。「不用，我們回去吧。」

他們離開時，她看到哈洛——這個作為她丈夫多年的陌生人，和他身邊走著的一隻狗，還有一群她不認識的跟隨者；不過她沒有揮手或按聲喇叭。沒有誇耀的行動或是儀式或甚至一般的道別，她就開車離開了哈洛，讓他走他的路。

兩天後，莫琳起床迎向充滿希望的晴朗天空，以及一陣撥弄樹葉的和風。這是最完美的洗濯日。她去搬來梯子，把紗簾拆下。光線、色彩和質感充滿了室內，彷彿它們一直被困在紗簾後面的空間。紗簾一天就變得潔白且乾燥了。

莫琳把它們摺好放進袋子裡，送到慈善二手商店。

24 哈洛與理奇

哈洛從莫琳身邊離開後，好像有什麼事發生，他身上有一部分的門關上了，而他也不確定自己是否希望這部分敞開。他不再樂於想像在安寧醫院的護士和病人的歡迎派對，他再也無法想像他旅程的結束情形。前進變得很慢，又有太多爭論造成的困擾，因此這群人從大令頓到紐卡索這段路幾乎走了一個星期。他把柳枝手杖借給威爾夫，再也沒拿回來。

莫琳說她想他，她希望他回家，他無法忘掉這件事。他找各種藉口向人借手機打電話。「我很好，」她會說，「沒事。」她會告訴他收到的一封感人的信，或是一個小禮物，或者她會描述她的紅花菜豆的成長進度。「不過你不會想聽我說的。」她加上一句。其實他是想的，他非常想。

「又在講電話？」理奇會問，還帶著一個沒有同理心的淺笑。

他指責威爾夫又偷東西了，而私下哈洛也認為他恐怕說得沒錯。一直替這男孩說話很痛苦，因為他心裡知道他跟大衛一樣不可靠。威爾夫甚至連他的空酒瓶都不藏起來。要把他搖醒會花上教人難堪的長時間，而他只要一站起來走就會抱怨。哈洛想要保護他，所以告訴其他人說他右腿的舊傷又發作了，他提議休息時間要更長。他甚至建議他們先走。不行，不行，他們齊聲說，哈洛和這趟步行是合而為一的，他們絕不可能不跟他一起。

頭一次他對於走到城鎮感到鬆了口氣。威爾夫似乎一下子又活過來了。而看到別人、望著商店櫥窗、想到自己不需要什麼，這也讓哈洛暫時分了心，可以不理會對旅程的疑慮。他不知道他怎麼會製造出一個東西，而演變到超出他的掌控能力。

「有個傢伙要給我大筆錢，換我的故事。」威爾夫衝到他身邊說。他又心神不寧了，而且聞起來有威士忌的味道。「我拒絕了，佛萊先生。我要緊跟著你。」

朝聖者們架起營帳，不過他們燒菜或計畫第二天路程時，哈洛不再跟他們坐在一起。理奇開始獵兔子和小鳥，然後剝皮或拔毛，再放到火上烤。看到那可憐的動物被剝了皮毛、用叉子刺穿燒烤，讓哈洛發起抖來。此外，最近幾天理奇眼神中有一種饑渴的狂野，讓他想起奈皮爾和他的父親，這使他驚恐。理奇的朝聖者T恤上沾著血漬，他還開始喜歡在脖子上戴一串用小小老鼠牙齒做的項鍊，使哈洛倒盡胃口。

又累又益發空虛的他，會在蟋蟀鳴叫、星星閃現空中時，在那將到臨的夜晚散步。這是他唯一感覺到自由並且不是茫然無依的時刻。他想到莫琳和昆妮，他回憶往昔。他可以一走好幾個小時，卻感覺既像是好多天也像是一瞬間過去了一樣。回到營地，有些人已經睡了、有些人還在營火邊唱歌，他感到一陣冰冷的焦慮。他要把這些人怎麼辦？

哈洛不在的時候，理奇召開一次祕密會議。他說他很擔心，這些事難以說出口，但非得有人說不可：昆妮不可能再撐多久，有鑑於此，他提議由他領導一個偵察團，制訂出另外一條不走現成道路的路線。「我知道這對每個人都不是容易的事，因為我們愛哈洛，他就像是我的父親。

但是這人速度慢下來了，他的腿不行，大半夜他都四處閒晃，而現在又有在守齋。他已經不是之前那個——」

「他不是守齋禁食，」凱特表示反對，「你把它說得有宗教味道了。他只是不餓而已。」

「不管他做的是什麼，他並不適合這趟旅程。你必須實話實說。我們需要思索我們要如何幫忙。」

凱特用舌頭舔著一顆後臼齒上頭的綠色黏稠東西。「你真是胡扯。」她說。

威爾夫還發出歇斯底里的笑聲，於是這個話題就此打住。當晚其餘時間理奇都十分安靜地遠離團體坐著，用他的小刀削一根棍子，先是劈開，再把它削出一個尖頭。

第二天早晨，哈洛被叫喊聲吵醒。理奇的刀子不見了。在徹底搜索田野、土塊和灌木圍籬後，可以明顯知道威爾夫把它拿走了。而他發現，要給昆妮．韓內希的那個閃亮的紙鎮也被拿走了。

猩猩裝男人報告說「朝聖者威爾夫」設立了一個「臉書」頁面，已經有超過一千個人按讚了。網頁上有些他步行時的個人小故事，以及他救過的人們。上頭還有祈禱文。他答應他的粉絲周末報紙上還會有更多的故事。

「我就告訴過你他不是好東西。」理奇隔著營火說，他的目光穿過黑暗緊緊盯著哈洛。

男孩的失蹤讓哈洛深深困擾。他走路時和團體保持距離，還會用目光仔細搜尋陰影的地方，希望能有些影蹤。在城裡，他會往酒館裡看，也注視成群的年輕人，試圖搜尋威爾夫那憔悴、帶病容的臉，或是聽到那種讓人惱火的怪笑聲。他感覺他讓這男孩失望了，而這正是哈洛一向的表現。他再次夜裡睡不好覺，有時候更是徹夜不眠。

「你看起來好累。」凱特說。他們走離團體一些距離，此刻正坐在一條小溪旁的磚造山洞裡。溪水平靜又凝滯，不像液體，倒像是綠色天鵝絨。再過去一段距離的河岸有水生薄荷和水田芹，但哈洛知道他已經沒有興致去摘它們了。

「我感覺離我出發的地方好遠，但是我也感覺離我要去的地方好遠。」他打了個呵欠，這呵欠似乎是貫穿全身的一陣抖顫，「你想威爾夫為什麼要走？」

「他玩夠了。我不認為他有多邪惡之類的。他年輕又脆弱。」

哈洛感覺終於有人沒有裝腔作勢地跟他說話了，就像他步行的初期那樣，那時候沒有人有期望，包括他自己。他告訴她威爾夫使他想起兒子，又說這些天來他對大衛的背叛比他對昆妮的背叛更讓他痛苦。「我兒子還小的時候，我們知道他很聰明。他把所有時間都花在房間裡寫學校作業。如果他沒有得高分，他就會哭。可是後來他的聰明反而害了他，他太聰明了，太孤單了。他進了劍橋，開始喝酒。我在學校是什麼都不行的，對他的智力又敬又怕。失敗大概是我唯一擅長的事吧。」

凱特笑了，她的下巴縮進了脖子裡。雖然她態度粗魯，但他已經開始在這個大塊頭女人身上找到安慰。她說：「這件事我從沒有跟別人說，不過我的婚戒前幾天晚上也不見了。」

哈洛嘆了一口氣。他知道他是冒著很大風險信任威爾夫，不過他其實也相信每個人身上都能找到基本的善良，而這次他可以探得到它。

「戒子倒沒有關係，我和我前夫才剛離婚，我不知道我為什麼還一直戴著它。」她彎了彎那些沒有戒子的手指，「所以也許威爾夫還幫了我一個忙呢。」

「我是不是應該做更多，凱特？」

凱特微笑。「你不可能救得了每個人。」她停了一下，然後問：「你還有跟你兒子見面嗎？」

這個問題讓他痛心。「沒有。」

「我猜你很想他吧？」她說。

從瑪提娜之後，就沒有人問起大衛過，他感覺口乾、心跳也加快。他想要形容當發現兒子趴在一堆嘔吐物中，把他抱上床、擦乾淨，第二天早上還假裝沒看到那些是什麼感覺。他想要說作為一個孩子，發現自己和那個作父親的人是一個樣子，是什麼感覺。他想要說，發生了什麼事？是我的關係嗎？我是這些事情的關連嗎？但是他沒有說，他不想用這麼沉重的東西增加她的負擔。他點點頭說，是的，他想念大衛。

他緊抱著膝蓋，想像自己青少年時躺在房間，傾聽那留不住他母親的寂靜。他記起聽說昆妮已經離開時，他跌坐在他的椅子裡，因為她沒有道別。他看到莫琳，恨意使她全身發白，砰地一聲猛力把客房門摔上。他回顧他最後一次探望父親的情形。

「我非常抱歉。」看護人員說。她抓著哈洛外套袖子，幾乎是把他拖到遠處。「不過他似乎很混亂，也許你今天就暫時不要去好了。」

他急忙走開時還回頭望去，而他最後的印象是一個小個子男人一邊丟著茶匙一邊大喊他沒兒子。

他怎麼能說這一切呢？這就等於是他的一生了。他可以試著找到正確措辭，但是這些詞語對她而言絕對和對他自己是不同的意思。他如果說「我的房子」，她腦中浮現的影像會是她自己房子的樣子。所以這是沒辦法說的。

凱特和哈洛又沉默地坐了一會兒。他聽著風吹在柳葉上的聲音，看著葉片抖動閃爍。紫柳蘭的穗和月見草在黑暗裡發亮。營火那裡傳來笑聲和叫喊：理奇正在主持一場夜間迷藏遊戲。「很晚了，」終於凱特說了，「你需要睡眠。」

於是他們回到眾人當中，但睡眠並沒有到來。他的腦中仍然滿是他的母親，他想要抓住一段或許可以給他安慰的她的回憶。他想到幼年家中的寒冷，以及甚至學校制服上頭都有的威士忌酒味，和他十六歲生日禮物的那件大衣。頭一次他讓自己感受到身為一個父母親都不想要的孩子的痛苦。他在黑暗中漫步好幾個小時，在數不清的星星點點映著的天空下。他的心中是一幕幕瓊恩用口水沾溼指尖，翻著一本旅遊雜誌的影像，再不就是在他父親抖顫著雙手要去拿一瓶酒時她翻著白眼的情景，但是他怎麼也找不出她親吻哈洛的腦袋、或甚至告訴他說他會沒事的畫面。

她有沒有關心過他在哪裡、他過得怎樣？

他看到她在她的紅唇上塗抹時那面隨身小鏡子裡她的面容。她塗抹得那麼仔細，使他感覺她是在封住那色彩後面的什麼東西。

他回想起有一次迎上她的目光，一陣激動的情緒湧遍全身。她停下原本正在做的事，使得她的嘴半是瓊恩半是他母親。由於他心跳得太猛，他的聲音都顫動了，好不容易他鼓起勇氣說：「你可不可以告訴我，我很醜嗎？」

她哈哈大笑起來。她臉頰上的酒窩深得讓他可以想像自己把手指戳進去呢。

這話不是要搞笑，是出自他的真心，但是在欠缺身體上的關愛情況下，她的笑聲倒成為退而求其次的好東西了。他希望他沒有把她唯一一封信撕碎。吾兒至艾。那會是一點什麼。把大衛擁在懷裡，向他保證情況會變好，也會是一點什麼。對於那些覆水難收的事，他除了痛苦外沒有別的感覺。

拂曉前回到睡袋時，哈洛在拉鍊下面發現一包東西，裡面有一塊帶邊的麵包、一個蘋果和瓶裝水。他擦擦眼睛，吃了食物，但是仍然睡不著。

紐卡索市的輪廓占據了地平線，緊張情勢再次升起。凱特想要完全避開城市，但有人得了拇囊炎，需要看醫生，或者至少要急救處理。理奇對於現代朝聖之行的本質有太多的想法，使得猩猩裝男人需要一本新的筆記本。而讓他們所有人驚惶的是，哈洛問這團的人可不可以繞到哈克斯翰一下。他從外套口袋裡掏出他第一天晚上住的旅館裡那個男人給的名片。因為時間很久了，名片摺痕累累，邊緣也變毛了。雖然他剛開始走的那些天幾乎把他打敗，他卻是以一種羨慕的心情回憶著。那些日子有一種單純，而他害怕自己正要失去這種單純，如果他不是已經失去了的話。

「當然我不能強迫你們跟我去，」哈洛說，「不過我會堅守承諾的。」

理奇再次召開一場祕密會議。「我不敢相信我是唯一一個有男人氣魄說出這話的人，可是你們全都是見樹不見林。這人已經崩潰了，我們不能去哈克斯翰，那裡要往另一個方向走二十哩路。」

「他作了承諾，」凱特說，「就像他對我們作了承諾一樣。他太客氣，不會背叛初衷的。這是很有英國風的，而且非常迷人。」

理奇大為光火。「如果你們忘了的話，我提醒各位，昆妮快死了。我建議我們另外分成一組，直接前去伯威克。他之前自己也提議過，我們可以在一個星期內就到。」

沒有人發表意見，但是第二天早晨凱特發現夜裡已經進行過熱烈的遊說活動了。帳篷裡、營火餘燼前的低語交談，全都證實了理奇的意見：他們都愛哈洛，但是現在也該和他分道揚鑣了。他們一直在找這老人，但是遍尋不著。他們收拾好睡袋和帳篷就動身了。除了營火悶燒的餘燼外，田野空蕩一片，使她幾乎懷疑剛才的人群全是幻影。

凱特發現哈洛坐在河邊，正丟石頭給狗去撿。他的肩膀弓了起來，像是有個沉重東西壓在他身上一樣。她驚訝地發現他突然間看起來好老。她告訴他理奇說動了猩猩裝男人繼續往前走，而他們也把那些祝福者和剩下的記者們帶走了。「他召開會議，還說了些你需要好好休息的話，他甚至還擠出了點眼淚呢。我毫無辦法，不過人是不會被騙很久的。」

「我不介意。說實話，事情也變得太過分了。」燕子在水面飛掠，垂直轉向上空。他看了牠們一會兒。

「你接著會做什麼，哈洛？你會回家嗎？」

他搖搖頭，但這個動作很沉重。「我會去哈克斯翰，然後再從那裡往北走到伯威克。時間不會很久了。那你呢？」

「我要回家。我前夫跟我聯絡了，他希望我們彼此能再試一次。」

哈洛的眼睛在晨光中溼潤了。「很好。」他說。他伸手去握她的手，並且捏了捏。她片刻間猜想他是不是想到他妻子。

這會兒，他們的手臂藉此機會擁住彼此。凱特不知道是她抱住哈洛或是哈洛抱著她。朝聖者T恤裡的他骨瘦如柴。兩人就維持這種有點古怪的半摟抱而不甚平穩的姿勢，直到她抽開身，擦拭她的臉頰。

「請保重，」她說，「我知道你是個好人，而這一點似乎讓你對別人有些影響，但是你看起來很累。你要好好照顧自己，哈洛。」

他等凱特走遠。她轉身好幾次揮揮手，他就待在原地，讓她離開。他和其他人走了太久、又聽了他們的故事、聽從他們的路線走。能夠再次只聽從自己的聲音，將會是個解脫。然而當凱特的身影越來越小，他卻感覺到那種失去她的悲痛，那像是一小塊的死亡。她走到前方一處樹林的缺口處，他正要走，她卻停了下來，彷彿迷了路，或是忘記了什麼事。她開始往回朝他走來，走得很快，幾乎像是跑步一樣，而他也感到一陣激動之情，因為在所有人當中，甚至還包括威爾夫在內，他慢慢喜歡上的人就只有凱特。但是後來她又停住了，而且似乎在搖頭。他知道為了她好，他必須一直站在那裡看她走，作個在遠處一動也不動的東西，直到她完全走遠。

他大動作地揮著手，兩隻手在空中揮動。她轉回身子，走進那一排樹中。

他待了很久，等待著，以免她又出現，只是空氣寂然，並沒有把她帶回來。

哈洛脫下朝聖者T恤，從背包裡拿出襯衫和領帶。它們都皺巴巴的，而且很破舊了，但是他穿戴好之後就像是重新變回自己一樣。他思忖該不該把T恤帶去給昆妮，當成另一個紀念品，但是帶著一個引起這麼多爭執的東西，感覺並不好。於是他趁沒人看到的時候把它丟進一個垃圾桶裡。哈洛發現他比自以為的還要疲憊，他又走了三天才到達哈克斯翰。

他按了那個商人公寓的對講機，等了一個下午，卻看不到人影。另一戶公寓的一個女人走下來，說商人正在伊維薩島度假。「他老是在度假。」她說。她問哈洛要不要喝茶，或是狗兒要不要喝點水，不過他都謝絕了。

團體分家後一個星期，傳來朝聖者抵達推得河的伯威克的報導。報紙上有理奇・萊恩和兩個兒子牽手走在碼頭上的照片，還有穿著猩猩裝的男人與「南得文郡小姐」頰吻的照片。有一支軍樂隊歡迎這支隊伍，還有當地啦啦隊團體表演，以及有當地議員和商人參加的晚宴。幾家週日報聲稱有理奇日記的獨家內容，以及傳聞說要拍成電影。

電視新聞也有朝聖團體抵達的報導。在BBC「聚光燈」節目中，莫琳和雷克斯看了理奇・萊恩和其他幾個人送花及一大籃馬芬糕到安寧醫院的畫面，只不過昆妮無法接待他們。記者加上一句，說可惜安寧醫院沒有任何人士願意接受採訪。她拿著麥克風站在車道邊緣，在她身後是一個維護得宜的花園，開著藍色繡球花，一個穿著連身工作服的男人正在把剪下的草葉耙整齊。

「那些人甚至不認識昆妮，」莫琳說，「這真讓我想要吐口水。他們為什麼不能等哈洛？」

雷克斯喝了一口阿華田。「我猜他們迫不及待要到那裡。」

「可是這根本就不是比賽，要緊的是這趟走路本身。而且那個人根本不是為了昆妮而走，他是為了證明自己是英雄，並且把孩子要回來。」

「我想他的步行終究也是一種旅程，」雷克斯說，「只是不同而已。」他把杯子小心翼翼地放在一個杯墊上，以免在桌上留下水印。

記者簡短地提到哈洛．佛萊，接著就出現他的畫面，畫面中他在攝影機前面有些畏縮。他看起來像個影子：骯髒、憔悴、膽怯。在一次獨家專訪中，理奇．萊恩在碼頭邊解釋說，那位年長的得文郡朝聖者疲憊不堪，又有各種情緒問題，他才被迫在紐卡索南邊退出這次行程。「但是昆妮仍然活著，這才是重要的事。幸好我和其他傢伙適時介入了。」

莫琳嘲笑道：「老天爺，他連正經話都不會講！」

理奇兩手高握在頭上，作出勝利的姿勢。「我知道哈洛會被你的支持感動。」喧鬧的祝福人群發出一陣歡呼。

報導的最後，拍到了粉紅色澤的碼頭石牆，幾名市府工人正在拆下拼出一句標語的字母牌子。一名工人從前面拆，另一個人從後面拆，每拆一個字母下來，就把它放進他們的卡車裡，使得標語只剩下「得河歡迎哈」幾個字。莫琳啪一聲關掉電視，在房裡踱步。

「他們把他趕到看不見的地方去，」她說，「他們覺得信任他很丟臉，所以現在他們必須把他塑造成一個傻瓜。這太驚人了。最初根本不是他要求受到他們的關注。」

雷克斯噘起嘴思索。「至少現在別人可以讓他清靜了。至少現在就只有走路和哈洛而已。」

莫琳望著天空，說不出話來。

25 哈洛與狗狗

能夠再次只有自己一個人走路，讓哈洛鬆了一口氣。他和狗狗培養各自的節奏，沒有辯論、沒有爭吵。從紐卡索到哈克斯翰，他們累了就停下，休息夠了再上路。他們又開始在清晨走路，有時候夜裡也走，他心中充滿了新的希望。像這樣子看著窗裡的燈光亮了起來，人們過著各自生活；沒有人看著，但是對於他人的歧異依然寬容，這是他最快樂的事。他再次接納了那些在他心中重現的思緒和回憶。莫琳、昆妮和大衛是他的同伴。他再次感覺到自己是完整的了。

他想到在結婚初期莫琳的身體貼著他的身體，以及她兩腿間那美麗的陰暗部位。他想到大衛盯著臥室窗子外頭，專注得彷彿外面的世界把他的什麼東西搶走了一樣。他還記得在昆妮身邊開著車，她一邊含著薄荷糖一邊倒著唱另一首歌。

哈洛和狗狗已經離伯威克很近了，所以他們只能往前走。在他和那些朝聖者共處的經驗之後，他急切地要避開眾人的注意。在和陌生人說話以及聽他們說話時，他害怕他在他們身上創造出一種需要，要讓他隨身帶著，而他已經不再有這種力量了。如果他和狗狗走到一個蓋滿房子的地方，又沒辦法繞開，他們就會在這裡邊緣的田野地上睡到天黑，然後在凌晨穿過它。他們吃能在灌木圍籬或垃圾桶裡找到的任何東西。他們只會去摘看起來沒有人照顧的放租耕地或樹上的東西。他們仍然會在任何冒出的泉水邊停下來喝水，不過他們不會去麻煩任何人。有一兩次有人請求拍照，他都會答應，不過他發現注視鏡頭很困難。偶爾一個路過的人會認出他來，並且給他食物。一個可能是記者的人問他是不是哈洛・佛萊。不過由於他刻意低調，又都走在有陰影的地方和廣闊的地方，所以大多數人都不會去招惹他。他甚至連自己的倒影都避開。

「我希望你感覺好些了。」一個帶著一隻灰獵犬的優雅婦人說。「失去你真是好可惜，我和我丈夫都哭了。」哈洛不懂她說的是什麼，不過還是謝了她，繼續走下去。前方地面升起，形成暗黑的山峰。

強風從西邊吹向北邊，帶來了雨水。天太冷，無法入睡。他直挺挺躺在睡袋裡，望著片片雲朵飛快竄過月亮，努力要保持溫暖。狗狗也躺在睡袋裡，貼著他，牠的肋骨一根根凹陷下去。他想到大衛游向班善外海那天，以及在海岸巡邏隊隊員晒得黝黑的手臂裡他兒子的柔弱。他憶起大衛在頭上用刮鬍刀刮出的刀痕，以及從前他如何趁大衛再次嘔吐之前把他拖上樓。大衛總是讓自己的身體置身危險中，彷彿故意違抗他父親的平庸。

哈洛開始顫抖。一開始是一種抖顫，使他的牙齒咬得格格作響，但是之後卻似乎越來越增強。他的手指、腳趾、手臂和雙腿搖擺得太厲害，讓他都感覺到痛了。他往外看去，希望能找到安慰或是讓他分心的事，但是都找不到過往他和大地親密的關係。月光照亮大地，風兒吹拂。他對於溫暖的需要已經不重要了。這地方並不殘酷，而是更糟：它根本不在意。哈洛獨自身在一個全然忽略他的地方，沒有莫琳或昆妮或大衛，他在睡袋裡發抖又發抖。他試著咬緊牙、握緊拳，但這卻更糟。遠方狐狸群正在圍困一頭動物，牠們混亂的叫嗥聲劃穿夜晚的空氣。他的溼衣服貼著皮膚造成刺痛，也把他身上的體溫給吸走。他已經冷到骨頭裡了。能使他停止發抖的唯一方法是他體內器官全都凍僵。他再也沒有辦法去抵抗甚至是寒冷這樣東西了。

哈洛確定一旦他站起來以後就會好些，但卻並非如此。當他在夜裡為溫暖掙扎時，他逐漸明白了一件千真萬確的事：不管有沒有他，月亮和風都會繼續存在，月升月落、風起風歇。地面會繼續向前延伸，直到海邊。人們也會繼續死去。不管哈洛走不走路、發不發抖，或是在不在家裡，事情都沒有差別。

剛開始只是一種單調、緩和的感覺，在幾個小時後已經變成更為猛烈的指責感。他越是想著他是多麼無關緊要，他越是相信。他是什麼人，憑什麼要走去找昆妮？就算理奇・萊恩取代他的位置，又有什麼關係？每當他停下來喘氣，或是揉搓雙腿，讓血液活絡，狗狗都坐在他的腳邊，擔心地看著他。牠不再離開哈洛走的路去遊蕩，不再叼石頭回來。

哈洛思索他這趟到目前為止的旅程、他遇過的人、看過的地方、露宿其下的天空。一直到目前為止，他把這些放在心中，像是一堆紀念品。當走路變得十分艱辛而使他想要放棄時，這些事情讓他能夠繼續走下去。但此時他想到那些人、地方和天空，卻不再能看到自己在其中了。他走過的路充滿不同的車輛，他經過的人也與其他人擦身而過。他的腳印，不管有多麼堅實，都會被雨水沖掉。好像他從沒有去過他去過的任何地方、或是遇見他遇見過的任何陌生人。他往身後看去，到處已經都沒有他走過的痕跡或跡象了。

樹木讓風吹動它們的樹枝，柔順得像是水中生物的觸手。他為人夫、為人父、為人友都弄得一團糟。他甚至連為人子都搞砸了。這不單是他背叛了昆妮、他父母親不要他，這不單是他與妻子和兒子的相處也弄得一團糟，而是他過了一生，卻沒留下任何影響。他什麼也不是。哈洛正要穿越A696公路，往康波走去，這時才發現狗狗不見了。

他感到一陣驚恐籠罩全身。他猜想是不是狗狗受傷了，而他沒有注意。他沿著來時路往回走，搜尋路面和水溝，但是到處都沒有這隻動物的影子。他試著回想他上次記得牠出現的時候。從他們在一張長椅上共吃一份三明治到現在，必定有好幾個小時了——或者那是昨天的事？他不敢相信連這麼簡單的事他都做不好。於是他揮手要車子停下，問駕駛有沒有看到一隻狗、一隻毛茸茸的小狗，大概這樣高，但是他們全都加速離開，彷彿他是個危險人物。有個小孩子一看到他，就緊抓著她的汽車安全椅哭了。他沒有別的辦法，只好朝哈克斯翰往回走。

他發現狗狗在一座公車候車亭裡，坐在一個年輕女孩子的腿邊。女孩穿著學校制服，留著長長的深色頭髮，髮色幾乎是牠那種秋天的毛色，而且女孩有和善的表情。她彎下身拍拍牠的頭，然後撿起鞋邊一個東西，塞進她口袋。

「不要丟石頭給牠。」哈洛正想要叫，但止住了。女孩的公車駛近，她上了車，狗狗也跟上去。牠的神情像是牠知道自己要往哪裡去一樣。他看著公車駛離，把女孩和狗一起帶走。他們沒有回頭看，也沒有揮手。

他推斷這隻動物做了自己的決定。當初牠選擇陪哈洛走一陣子，然後牠選擇停下來，而跟小女孩走了。生命就像這樣。但是失去他最後一個同伴後，哈洛感覺又有一層皮被剝下來了。他害怕接著會發生什麼事，他知道自己沒有能力承擔更多了。

時辰變成了一天天，而他記不得一天和另一天有什麼差別。他開始犯錯。他會在天剛破曉就出發，強迫自己往現出光亮的地方走，不管那裡是不是和伯威克同一個方向。他在羅盤指向南時和它爭辯，深信羅盤壞了，或者更糟：它故意騙他。有時候他會走上十哩路，發現他繞了個大圈圈，幾乎又回到了出發點。他會循著一個叫聲或是一個人影走岔了路，卻什麼也沒有發現。在一處山頂附近，他看到有個女人在求救，但是在爬了一個小時的山以後，他發現「她」是一棵枯樹的樹幹。他時常會踩不穩而跌倒。當他的眼鏡第二次折斷以後，他就索性把它丟了。

欠缺休息，也失去希望，其他事情也開始溜出他的記憶。他發現他記不得大衛的臉孔。他可以想起他深色的眼睛，和那雙眼睛凝視的模樣，但是當他試著要喚起那頭披覆在這雙眼睛上的瀏海的樣子時，他卻只能看到昆妮那密實的捲髮。這就像是在他心中拼拼圖，但拼圖碎片並不齊全一樣。他的頭腦怎能如此殘忍？哈洛喪失所有的時間感，也不知道自己吃東西了沒有。倒不是他忘記了，而是他不在乎了。他不再對所見事物、或是各事物間的差別、或是它們的名稱有任何興趣了。一棵樹只不過是他走過的另一件東西。有時候他腦袋裡唯一的字句，就是問他為什麼明知不會造成任何差別，卻還在走。一隻孤單的烏鴉飛過他頭上，黑色翅膀拍打著空氣，像鞭子的抽動聲，使得他充滿了超出尋常的恐懼，他甚至慌慌張張地找地方藏身。

大地如此廣袤，他是如此渺小，因此當他往回看，想要看出他走過的距離時，他似乎一點也沒有前進，他的兩隻腳落在他起步的位置。他望著地平線上的山峰、起伏的草皮、大石塊，而塞在它們中間的灰色房舍是如此微小、如此短暫，它們能撐到現在簡直是奇蹟。他想道：我們憑藉如此微小的事物存在著，而了解這件事又帶來更深沉的沮喪。

哈洛走在熾熱的陽光下、急急打下的雨點中，以及月亮的藍色冷光下，但是他不再知道他已經走了多遠。他坐在一片冷酷的夜空下，夜空中有星星閃亮，看著兩手變成紫色。他知道他應該舉起兩隻手，放到嘴邊，用力對著指節哈氣，但是伸展一組肌肉再去伸展另一組肌肉，這種想法太困難了。他記不得哪些肌肉負責哪些肢體，他記不得這如何會有幫助。光是坐在那裡、吸收夜晚和他周遭的空虛，還比較容易。放棄走路要比繼續走下去容易。

一天夜裡很晚的時候，哈洛從一個公共電話亭打電話給莫琳。他一如以往把電話改成受話者付費，而當他聽到她的聲音時，他說：「我沒辦法做這件事。我沒辦法完成。」

她什麼話也沒說。他猜想她是不是改變想法，不想念他了。或者也許她原先在睡覺。

「我不能走下去了，莫琳。」他又說了一遍。

電話中傳來她嘁了口氣的聲音。「哈洛，你在哪裡？」

他看著外頭的世界。車輛飛快駛過。外頭有燈光，還有人們匆匆趕回家。一個廣告牌上宣傳一個電視節目，說這個秋天就要播出，還有一個好大的女警員微笑的圖。後方是介於他和他要去的地方之間的大片黑暗。「我不知道我在哪裡。」

「你知道你是從哪裡走到這裡的嗎？」

「不知道。」

「你知道哪個村莊的名字嗎？」

「我不知道。我想我有好一陣子看東西都視而不見了。」

「噢，我明白了。」她說，她的語氣像是她也明白了其他的事。

他用力吞著口水。「不管我現在在哪裡，有可能是通往赤維特山的入口這類地方。我也許注意過一個路牌，不過可能那是幾天以前。之前有山，還有金雀花，很多羊齒植物。」他聽到急促的吸氣聲，然後是另一聲。他可以想像她的表情、當她在想事情時嘴張開又閉起的神情。他又說：「我想回家，莫琳。你說得對，我沒辦法走完。我不想走了。」

最後她的聲音出現了，聽起來緩慢而且小心，彷彿她在小心控制言語。「哈洛，我要想辦法找出你在哪裡，以及該怎麼辦。我要你給我半小時的時間。你可以做到嗎？」他把額頭貼在玻璃上，體會她聲音的味道。「你可以再打給我嗎？」

他點點頭，忘了她看不到。

「哈洛？」她喊了一聲，彷彿他需要人提醒他是誰。「哈洛，你還在嗎？」

「我在聽。」

「只要給我半個鐘頭就好。」

他試著在這城市的街道上走，好讓時間過得快一些。一間炸魚薯條店外有人排隊，還有一個人在往水溝嘔吐。他漫步離開電話亭越遠，就越是害怕，彷彿他自己那安全的部分仍然待在電話亭裡等著莫琳。山巒彷彿是恐怖的遙遠巨人，撞上了夜空。一群年輕男人大步走到路上，對著車輛大吼大叫，還丟啤酒罐。哈洛縮在陰影中，害怕被看見。他要回家，他不知道他要怎麼跟人說他走不下去了，不過這沒關係。反正當初這也是個瘋狂的念頭，而他需要停止。如果他再寫一封信去，昆妮會諒解的。

他打電話給莫琳，並且要受話者付費。「又是我。」

她沒有回答，只是發出嚇了口氣的聲音。他只得說：「我是哈洛。」

「是的。」她又吞了一口氣。

「我要不要晚一點再打？」

「不用。」她停了一下，然後緩緩說：「雷克斯也在這裡。我們查了地圖，還打了幾通電話。他之前在上網查。我們甚至還拿出你的《大不列顛行車指南》。」她語氣聽起來仍然不對勁。她的字句傳到他耳裡時感覺很輕，彷彿她跑了很遠的路，而正在努力平息她的呼吸。哈洛得把話筒緊貼著耳朵，才能聽清楚。

「麻煩你跟雷克斯問個好好嗎？」

這話讓她笑了，短而顫動的笑聲。「他也向你問好。」之後是更多奇怪的吞嚥的聲音，像是打嗝，不過聲音比較小，然後是：「雷克斯認為你一定是在烏勒。」

「烏勒？」

「聽起來對嗎？」

「我不知道，這些地方開始聽起來都一樣了。」

「我們認為你一定轉錯彎了。」他本想說他轉錯過很多彎，不過說這些太費勁了，「那裡有家旅館，叫『黑天鵝』。我覺得它聽起來還不錯，雷克斯也這麼認為。我幫你訂了一間房，哈洛。他們知道你會去。」

「可是你忘了我沒有錢，而且我一定看起來很糟。」

「我打電話用信用卡付了旅館錢，再說你看起來怎麼樣並不重要。」

「你什麼時候會來這裡？雷克斯也會來嗎？」兩個問題問完他停頓了一下，但是莫琳完全沒發出聲音，他甚至猜想她是不是放下聽筒了。「你要來嗎？」他說，他的血液因為恐慌而發熱。

她沒有掛。他聽到她長長吸了口氣，彷彿燙到手一樣。突然她的聲音快速又大聲地傳來，讓他的耳朵受不了，他不得不把聽筒拿遠一點。「昆妮還活著，哈洛。你請她等你，而你看，她正在等。我和雷克斯看了氣象預報，他們把整個大不列顛貼滿了太陽笑臉。你到早晨就會感覺好多了。」

「莫琳？」她是他最後的機會了。「我做不到，我錯了。」

她沒有聽見，或者她聽見了，她也不肯體諒他所說的話有多嚴重。她的聲音繼續傳到他耳裡，音調提高：「繼續走下去，只要再十六哩多一點就會走到伯威克了。你可以做到的，哈洛。記住，要一直走在B6525公路上。」

聽到這句話後，他不知道要怎麼表達他的感覺，於是他掛了電話。

正如莫琳吩咐他的，哈洛住進旅館。他無法看著櫃臺人員，或是看著堅持帶他到房間並且替他開了門的年輕服務生。這人拉上窗簾，又告訴他如何設定空調，以及私人浴室在哪裡，還指給他看迷你冰箱和熨褲機。哈洛點頭，但卻視而不見。空氣感覺冰冷得堅硬。

「我幫您送杯酒來好嗎？」服務生問。

哈洛無法解釋自己和酒精的情況，於是只能轉身。服務生離開後，他和衣躺在床上，唯一的念頭就是他不想再走下去了。他睡了很短的時間，而後驚醒過來。瑪提娜伴侶的羅盤！他伸手到長褲口袋裡掏，把口袋翻出來，然後又翻了另一個口袋。羅盤不在那裡。羅盤不在床上，或是地上。它甚至也不在電梯裡，他一定是把它忘在電話亭裡了。

服務生把大門打開，並且答應會等他。哈洛拚命跑著，使他的呼吸像是拳頭般嵌進他的胸腔。他急忙拉開電話亭的門，但是羅盤不見了。

也許是再次置身房間裡、躺在一張有乾淨床單和柔軟枕頭的床上的震撼，總之，這天晚上哈洛放聲哭了。他無法相信自己竟然愚蠢到弄丟了瑪提娜的羅盤。他試圖告訴自己說那不過是樣身外之物，她會體諒的，但是他卻滿心感覺到口袋中失去了它的重量，那種不在的感覺太強烈了，使它等於是一種存在物。他害怕因為遺失羅盤，他也喪失了自己一個基本的、穩定的部分。即使他曾短暫陷入類似失去意識的狀態，他的腦中也簇擁著各種影像。他看到巴斯那個穿女人洋裝、眼睛被打黑了的男人。他看到那名腫瘤科醫生盯著昆妮的信，還有對著空氣說話的那個喜歡珍．奧斯丁的女人。還有那個手臂上有割傷疤痕的騎自行車的母親，他再次自問為什麼一個人會做這種事。他縮著身子臥在枕頭上，夢到那個銀髮紳士，他坐火車去看穿運動鞋的男孩。他看到瑪提娜等待那個永遠也不會回去的男人。那個永遠也不會離開南布倫特的女服務生呢？以及威爾夫？和凱特？又怎麼說呢？那麼多的人，全都在尋找幸福。他哭著醒來，而白天走路時他也繼續哭著。

莫琳收到一張有赤維特山景的明信片，沒有貼郵票。信上只有「天氣不錯。H。」幾個字。第二天又有一張明信片，是哈得連長城的景色，不過這張卡片上沒有字。

每天都有明信片寄來，有時候一天寄到好幾張。他寫了些最短的信：下雨。不太好。仍在走。我想你。有一次他畫了一座山的形狀，另外一次是一個歪歪扭扭的「w」，也許是隻鳥。這些明信片經常是空白的。她請郵差在分信辦公室留意這些卡片，她多付點錢。這些訊息比情書還珍貴，她說。

哈洛沒有再打電話來了。她每天晚上都在等，但卻沒有。她在他需要她幫助時卻讓他走掉，這事讓她很受折磨。她是在淚眼中訂了旅館並且和哈洛通話的，但是她和雷克斯討論過許多次，如果他在幾乎快要到達時放棄，他的餘生都將在懊悔中度過。

七月初有風也有大雨。她的竹竿歪斜成和地面呈一種像是喝醉了酒的角度，豆藤尖端盲目地往半空中探。哈洛的明信片繼續寄到，不過它們寄出的地點不再能連出一條穩定往北的路徑。有一張從克爾蘇寄來，但是以她所知，那裡是在他應該在的地方以西二十三哩遠。另一張從厄克斯寄到，還有從冷川鎮寄的，這也是在伯威克很西邊的地方。幾乎每個小時她都決心打電話報警，只是當她拿起話筒她才意識到，她沒有立場在哈洛必然隨時會走到的時候攔住他。

她很少能睡上整晚的覺。她害怕睡得不省人事會失去唯一和她丈夫聯繫的機會，而完全失去他。她會坐在屋外星空下一張椅子上，為一個在遙遠某地也在同樣天空下蔽身的男人守護著。雷克斯不時會在清晨給她送茶過來，還會從他車上拿來一張旅行毯子。他們看著夜晚褪去黑暗，以及清晨的珍珠色光亮，不言不語也不動。

莫琳想要哈洛回家，勝過一切事物。

26 哈洛與咖啡館

最後一段路是最糟的。哈洛只看到路面，沒有念頭。他右腿早先的傷又犯了，使他走起路來一跛一跛。他沒有樂事可享，他置身在一個不存在的地方。成群的蒼蠅繞著他的腦袋飛。有時會有東西咬他，有時會有東西叮他。田野漫無邊際、空無一人，車輛在路上來往移動，像是玩具一樣。又一座山，又一片天空，又一哩路。這些全都一樣。而這些既讓他感到無聊又震撼，使他幾乎要放棄。他經常忘記自己要往哪裡去。

沒有愛，沒有一件事情有——有什麼？後面是什麼字？他想不起來。他認為那是個v開頭的字，而他想要說「陰戶」（vulva），但是這當然不對。沒有一件事會有太大的差別了。黑暗從空中悄悄消逝，雨水打在他的皮膚上。風吹得狂猛，使他拚命掙扎要保持平衡。他身體溼著睡覺，醒來也是溼的。他永遠也不會知道身體溫暖是什麼感覺了。

哈洛以為自己早丟開的那些惡夢般的畫面全都回來了，躲也躲不開。不管是睡是醒，他一再回到過去，而重新感受到那時刻的恐怖。他看到自己拿斧頭往花園小屋的木板揮砍，兩手皮肉綻開，插滿木屑碎片，威士忌讓他頭暈目眩。他看到兩個拳頭被成千上萬根彩色珠針扎得湧出鮮血。他聽到自己祈禱、眼睛緊閉、兩手緊握，而那些詞語毫無任何意義。其他時候，他看到莫琳背對著他，消失在一團眩目亮光中。過去的二十年被剪掉了。沒有辦法躲在尋常或甚至老套的生活後面。就像地面上那些細節，這些事情也不再存在了。

沒有人能想像這種孤寂。他有一次大聲吼叫，但卻沒有聲音傳回來。他感覺體內深處的冰冷，彷彿就連他的骨頭也都結凍了。他閉上眼睛睡覺，深怕他活不下去，也沒有意志要對抗這件事。當他醒來，感覺到僵硬的衣服割著他的皮膚、他的臉被陽光灼傷，或是被寒冷凍傷，他會起來繼續吃力地往前走。

他鞋子裡一塊鼓起來的地方把縫線扯開，鞋底薄得像塊布。他的腳趾頭隨時會穿出皮革外。於是他用藍色水管膠帶把鞋子纏起來，一圈一圈又一圈，包住了腳底，還往上把腳踝也包住，而使得鞋子成為他的一部分。或者是反過來、他成為鞋子的一部分？他已經開始相信鞋子有自己的意志了。

繼續、繼續、繼續。這些是唯一的字句。他不知道這些是他喊出來的字句或是在他心裡的字句，或者是不是有別人在喊的字句。他想他可能是全世界唯一剩下的人了。面前除了路沒有別的。他已經只是一具放了一趟步行在其中的軀體而已。他是一雙藍色水管膠帶的腳和推得河的伯威克。

一個星期二的下午三點半，哈洛聞到風中的鹹味。一個小時後，他走到一座山的坡頂，看見眼前山下有座城鎮，邊緣是無邊無際的大海。他走進帶點粉紅灰色的城牆，但是沒有人停下來，或是多看一眼，或是拿食物給他。

從出門寄一封信之後的八十七天，哈洛．佛萊終於走到聖伯納丁安寧醫院的大門口。包括走錯了和多繞的路，他的旅程共達六百二十七哩路。在他面前的建築很現代，也很樸素，兩旁是輕輕搖曳的樹木。大門旁邊有一座老式街燈，還有個牌子，指向停車場。幾個人影坐在草坪上的躺椅裡，像是攤出來要晾乾的衣服。一隻海鷗在上方打轉、啊啊叫著。

哈洛走上彎彎的柏油路面車道，舉起手要按對講機。他希望這一刻能夠停住，像是從時間中切出來的一個畫面：他的暗黑手指壓著白色按鈕、照在他肩膀上的陽光、海鷗的笑聲。他的旅程結束了。

哈洛的心思飛快掠過把他帶到這裡的那些路上。他看見馬路、山丘、房舍、圍籬、購物中心、街燈和郵筒，而這些東西當中沒有一件有什麼稀奇。它們只不過是他經過的一些東西，任何人都有可能經過它們。這想法使他突地充滿了苦惱，他萬萬沒料到在這個時刻還會有勝利感之外的心情，然而他卻害怕了起來。他怎麼會相信這些非常普通的東西加在一起會成為更好的東西？他的手指仍在原處，停在對講機按鈕上面，但沒有按下。這一切是怎麼搞的？

他想到曾經幫過他的人們。他想到那些不被人需要的、不被人愛的，他把自己也算在其中。然後他思索在這裡之後會是什麼事。他會把禮物送給昆妮，謝謝她，但是之後呢？他會回到他幾乎已經忘了的舊有生活中，人們在自己和外在世界之間豎起各種零星東西隔開。也就是他在一個房間裡無法成眠、而莫琳躺在另一個房間裡的這種生活。

哈洛再把背包揹回肩上，從安寧醫院前轉身離開。當他離開大門時，那些在躺椅上的人連抬頭都沒有。沒有人在等他來，所以沒有人注意到他的到來或離開。哈洛一生中最特別的時刻來去都沒有一點痕跡。

在一間小咖啡館裡，哈洛向一名女服務生要一杯水和借用廁所。他先道歉說他沒有錢，然後耐心地等女服務生的眼睛打量他糾結的頭髮、破敗的外套和領帶，再一路看到他被泥巴浸透的長褲，最後停在他的腳上，而這雙腳上藍色水管膠帶的部分要多過帆船鞋。她的嘴巴有種不悅的表情，她再回頭看了一眼一個穿著灰色外套、正在跟客人說話的較年長女人。這第二個女人明顯比較資深。女服務生說：「那你最好快一點。」她領他朝一扇門走去，碰也沒碰到他身體的任何部位。

哈洛在鏡中看到一張依稀認識的臉。皮膚鬆垂出暗色肉褶，彷彿皮多到底下骨頭都撐不住。看起來他的額頭和顴骨上有幾處割傷。他的頭髮和鬍子比他料想的還要蓬亂，眉毛和鼻孔中還竄出一些像鐵絲一樣的零星長毛。他是個笑柄一樣的老頭，一個格格不入的人。他看起來一點也不像是帶一封信出發的那個人；一點也不像穿著一件朝聖者T恤、擺姿勢給人拍照的人。

女服務生用免洗杯倒了水給他，但沒有請他坐。他問有沒有人能借他刮鬍刀或是梳子，但是穿灰色外套的那名女經理卻很快走過來，指著窗邊一塊「請勿乞討」的牌子。她要他離開，否則她就要報警了。他走向門口時沒有人抬眼看，他猜想是不是他很臭。他在戶外太久，已經不記得什麼味道是香、什麼味道是臭了。他知道別人替他感到難堪，而他希望替他們免去這折磨。

靠窗一張桌前，一個年輕男人和妻子正在對著他們的嬰兒呢喃低語。哈洛心中湧起劇烈的痛苦，不知道要怎麼站直身體。

他轉向女經理和店裡的客人，面對他們說：「我要我兒子。」

說出這句話使他身體發著抖，不是微微顫抖，而是發自內心深處的一陣陣抽痛。他的面容扭曲，哀傷撕裂他的胸口肌肉，一路衝上他的喉頭。

「他在哪裡？」女經理問。

哈洛緊緊握住雙手，以免自己倒下。

女經理說：「你在這裡看到你兒子嗎？他人在伯威克嗎？」

一個客人把手按在哈洛手臂上。他比較溫柔地說：「對不起，先生，你就是那個步行的男士嗎？」

哈洛倒抽了一口氣。這人的好心讓他崩潰了。

「我和我妻子看了報導，知道你所做的事情。我們有個已經失聯的朋友，上個星期我們去找這個朋友。我們談到了你。」

哈洛讓男人說，讓他握著他的手臂，但他無法回答或是改變臉上表情。

「你的兒子是誰？叫什麼名字？」男人說，「也許我可以幫忙？」

「他的名字是——」

突然哈洛的心一沉，彷彿他跨過一堵牆，穿過空無往下墜落。「他是我兒子。他叫做——」

女經理冷冷地回看他，等待、等待，她身後的客人、拉著哈洛袖子的好心男人，也在等待。他們不懂。不懂在他心裡肆虐的驚恐、迷惑、懊悔。他竟然記不得他兒子的名字！

到了外面街上，一個年輕女人想要給他一張紙。

「這是專為六十歲以上人士開設的騷莎舞班，」她說，「你應該來，永遠不嫌遲的。」

但是會嫌遲的，現在已經遲得太厲害了。哈洛瘋狂搖著頭，又蹣跚走了幾步。他的兩條腿感覺只剩骨頭。

「請收下傳單吧，」女孩說，「全部都拿去吧。如果你願意，可以都丟進垃圾桶裡。我只想要回家。」

哈洛拿著一疊傳單跌跌撞撞走在伯威克街上，不知道要去哪裡。路人看到他全都繞開，但是他沒有停下來。他可以原諒他父母親不要他、不告訴他如何去愛，或甚至不教他這個字彙。他可以原諒他們的父母親，以及他們父母親的父母親。

哈洛只想要他的孩子。

27
哈洛與另一封信

親愛的加油站女孩：

我該告訴你完整的故事的。二十年前我埋了我的兒子，這不是一個作父親的該做的事。我很想知道他可能會成為什麼樣的男人，我現在仍然想知道。

一直到今天為止，我還是不明白他為什麼要那樣做。他有憂鬱症，又有酒精和藥物成癮的問題。他沒辦法找到工作。但是我全心全意希望他能跟我說。

他在我的花園小屋裡自縊。他是用繩索，一頭綁在我掛園藝工具的掛鉤上。他身體裡有太多的酒精和藥物，法醫說他一定花很多時間才打好那個繩套的結。裁決是自殺。

發現他的人是我。我現在幾乎沒辦法寫下去了。當時我祈禱，雖然我在加油站告訴你我不信教。我說，親愛的上帝，請祢讓他安然無事。我願意做任何事。我把他抱下來，但是他已經沒了氣息。我太遲了。

我希望他們沒有告訴我他花了很長時間去打那個結。

我妻子非常不能面對。她不肯離開房子，她裝了紗簾，因為她不想讓鄰居窺探。慢慢的，那些人也搬走了，沒有人認識我們，或是知道發生過什麼事。但是每當莫琳看著我，我就知道她看到死去的大衛。

她開始跟他說話。他跟她在一起，她說。她總是在等他。莫琳把他的房間維持得就和他死的那天一樣。有時候這會使我再次悲傷起來，但是這是我妻子想要的。她不能讓他死去，而我能理解。這種事情讓一個作母親的無法承受。

昆妮對大衛的事全都知情，但是她什麼也沒有說。她很留意我。她會沖茶，加上糖，跟我談天氣。只有一次她說：也許你喝得夠多了，佛萊先生。因為那是另外一件事，當時我在酗酒。

一開始酒精只是讓我在驗屍報告出來前可以穩定下來，但是後來我把酒瓶放在紙袋裡，藏在我的桌子下。天知道我晚上是怎麼開車回家的。我只想停止有任何感覺。

某天晚上真的是無計可施時，我拆了花園小屋，但是就連這樣也不夠。所以我偷偷進了酒廠，做了很糟的事。昆妮知道一定是我做的，但是她擔下了罪名。

她當場就被開除，然後她就失蹤了。我聽說她被警告如果她知道好歹，就滾出西南地區。我還聽到一個和昆妮的女房東是朋友的祕書說她沒有留下轉信地址。我讓她走掉，我讓她擔罪名。不過我倒是戒酒了。

我和莫琳爭吵了很久，然後我們漸漸不說話了。她搬出我們的臥室，她不再愛我了。有好多次我以為她會離開，但是她沒有離開。我每天晚上都睡不好。

別人認為我走這趟路是因為我和昆妮在多年前有一段羅曼史，但這不是真的。我走是因為她救了我，而我從沒有感謝過她。而這正是我寫信給你的原因。我要你知道這些個星期之前，當你告訴我你的信念和你阿姨的事時，你幫了我多大的忙，雖然恐怕我的勇氣永遠比不上你。

謹祝一切安好，並附上我謙卑的感激。

哈洛（佛萊）上

又：我不知道你的大名，為此要向你致歉。

28　莫琳與訪客

莫琳整理房子，準備迎接哈洛回家，已經準備了好幾天。她拿出他放在他床邊櫃抽屜裡的兩張照片，量好尺寸配了相框。她把最好的房間重新粉刷成柔和的黃色，並在窗上掛了一組淺藍色天鵝絨窗簾，這是她在慈善二手店買來裁短的，就跟新的一樣。她烤了糕餅，放在冰箱裡，還做了一些派、希臘菜慕莎卡、千層麵和紅酒燉牛肉，這些全都是大衛在世時她做過的。食物櫥裡有好些瓶她的紅花菜豆酸辣醬，以及醃洋蔥和醃甜菜。她在廚房和臥室裡都放著清單，有太多事情要做了。然而有時候，當她朝窗外看著，或是躺在床上聽著海鷗像孩童一樣哭喊的叫聲時，她卻覺得雖然她動個不停，但是在這些活動中卻有些地方是停滯的，彷彿她錯過了一個重點。

要是哈洛回到家，而告訴她說他需要再走，那怎麼辦？要是他終究還是因為成長而不再需要她，那怎麼辦？

一大早的門鈴聲使她下了樓。她發現門口站著一個面容蠟黃的女孩，直頭髮，穿著一件黑色粗呢外套，雖然天氣已經熱了。

「請問我可以進來嗎，佛萊太太？」

喝了茶、吃了幾片杏桃燕麥餅後，女孩告訴她說她就是好幾個星期前給哈洛漢堡的女孩。他寄給她許多美麗的明信片，雖然由於他突然出了名，加油站有很多粉絲和記者待著，造成不方便。最後她老闆不得不以健康和安全的理由請她走路。

「你丟了工作？真是糟糕。」莫琳說，「哈洛聽到這件事一定會很難過。」

「不要緊的，佛萊太太。反正我也不喜歡這個工作，客人永遠都是大吼大叫，而且太趕時間。不過我對你丈夫說的關於信念的力量這事卻一直困擾我。」她看起來煩躁而面露焦慮，不斷把同一綹頭髮塞到耳朵後面，雖然這綹頭髮一點也不亂。「我想我給了他錯誤的印象。」

「可是哈洛受到你的話啟發呢，是你的信念給了他走路的想法。」

穿外套的女孩身子一彈地坐著，並且用力咬著嘴唇，使莫琳害怕她會咬出血來。然後她從口袋裡掏出一個信封，拿出幾張紙。她把紙伸出來，但是她的手卻在顫抖。「這個。」她說。

莫琳的嘴角彎成困擾的神情。「六十歲以上的人學騷莎舞？」

女孩伸手去拿紙，再把它們展開。「字是在另一面。這是你先生的信，信寄到加油站，我朋友警告我，要我在老闆看到以前去拿來。」

莫琳靜靜看信，每一句都讓她落淚。二十年前將他倆拆開的失親之痛，痛徹心腑和無法理解的程度，一如剛發生之時。她看完，謝過女孩，把信摺起，還用指甲劃過摺痕。然後她把信放回信封。她直挺挺地坐著。

「佛萊太太？」

「有件事我必須解釋一下。」

莫琳溼潤了她的嘴脣，讓話語說出。這是個解脫。她受到哈洛告白的感動，覺得也終於應該說出關於大衛自殺的一些事實，以及造成他父母分裂的哀傷。「我們大吵大鬧了一陣子。我痛罵哈洛，我還說了很糟的話。說他應該作個更好的父親，說酗酒是哈洛家族的遺傳。然後我們似乎沒有話可說了，大概是在那個時候，我開始跟大衛說話。」

「你是說他變成了鬼？」女孩說，顯然她電影看太多了。

莫琳搖頭。「不是鬼，不是的。比較像是一樣存在，一種大衛的感覺。這是我唯一的安慰。起初我只說一點。『你在哪裡？』『我好想你。』這類的事。但是當時間慢慢過去，我越說越多。所有我不跟哈洛說的話，我全都跟他說。有時候我幾乎希望我沒有開始，但是後來我又擔心如果我停止說話，就是背叛了大衛。假使他真的在怎麼辦？假使他需要我怎麼辦？我告訴自己，如果我等得夠久，也許我會看到他。我在醫生診所候診時，都會在那些雜誌上看到這類事情。我好想要見到他。」她抹抹眼睛。「但是這事從沒有發生過。我看了又看，但是他從沒有出現過。」

女孩把臉埋在一張衛生紙裡，放聲大哭。「喔，天哪，太慘了。」當她臉露出來時她的眼睛看起來好小，臉頰通紅，使她的臉看來像是脫了皮一樣，她的鼻子和嘴巴上掛著一圈圈的唾液。

「我是個天大的騙子，佛萊太太！」

莫琳伸手去握女孩的手。她的手好小，像是小孩子的手，卻出奇暖和。她捏了捏她的手。

「你不是騙子。是你讓他展開他的旅程的，你說起你阿姨因而激發了他。你不應該哭。」

女孩發出另一聲哭聲，又把臉撲回衛生紙中。她再次抬起頭來眨了眨那雙可憐的眼睛，抖顫著深吸了口氣。「正是如此，」終於她說，「我阿姨死了，她過世好多年了。」

莫琳感覺有個東西崩塌了。房間似乎劇烈地震動，彷彿她走樓梯時漏踩了一階。「她什麼？」話卡在她嘴裡。她張開嘴，嚥了嚥口水，又嚥了一次口水。然後急急問道：「可是你的信念呢？你不是說它救了她嗎？我以為這就是整件事的重點不是嗎？」

女孩牙齒咬住上脣一角，而使得她下巴歪向一邊。「如果癌症已經找上你，那是沒有東西能阻止得了的。」

這就像是頭一次看到事實真相，而且明白她其實一直都是知道的。當然末期癌症是沒法遏止的。莫琳想到許許多多後來相信哈洛這趟步行的人。她想到哈洛，即使在她倆說話的這時候還在一步一步地走。她全身竄過一陣冷顫。「我告訴過你我是個騙子。」女孩說。

莫琳用指尖輕敲著額頭。她可以感覺從遙遠的腦海深處還有更多的東西要出現，但是和大衛的真相不同的是，這件事引起她痛苦的羞愧。她緩緩說道：「如果這裡有任何人是騙子，恐怕那人是我。」

女孩搖著頭，顯然沒聽懂。

莫琳開始說起她的故事，她靜靜地、緩緩地說著，眼睛沒有看著女孩，因為她必須專注在把每個字句從她藏了這麼久的祕密地方拖出來。她說起二十年前在大衛自殺後，昆妮・韓內希來到運河橋路十三號的家中，說要找哈洛。她當時看來臉色蒼白，手裡還捧著花。她身上有種極為平凡卻又非常尊貴的氣質。

「她說，我可不可以給哈洛傳個口信。是關於酒廠的事，有件事她需要讓他知道。而在她告訴我是什麼事以後，她就把花給了我，然後走了。我猜我是她走之前最後一個看到她的人。結果我把花丟到垃圾桶裡，也始終沒把口信傳給他。」她停住了，這件事太痛苦也太丟臉了，她難以為繼。

「她告訴你什麼，佛萊太太？」女孩說。她的聲音如此溫柔，像是黑暗中一隻領路的手。

莫琳遲疑了。那時候日子很難受，她說。這並不是當作藉口，去解釋她做的事、或沒做的事，她希望事情不是這樣。

「可是我很生氣。大衛死了，而且我也很嫉妒。昆妮對哈洛那麼好，而我卻不能。如果我把她的口信傳給他，我怕他會得到安慰，而我不能做這件事。我不希望在我沒有任何安慰的時候他卻能找到安慰。」

莫琳擦拭她的臉，繼續說下去。

「昆妮告訴我，哈洛有天夜裡闖進奈皮爾的辦公室。那天稍早，她看到他坐在酒廠外他的車子裡。她沒有走過去，她以為他可能在哭，所以不希望去打擾他。直到第二天消息傳出來了，她才把事情前後連貫起來。她說：是憂傷，憂傷會讓人們有最奇怪的行為。照她看來，哈洛正在自我毀滅的過程中。在把那些慕拉諾玻璃小丑砸成碎片的舉動中，他有意要挑戰奈皮爾做出最惡劣的事。他們的老闆可是出了名愛復仇的。」莫琳暫時停了下來，用手帕輕輕摁了摁鼻子。「所以昆妮就承擔了罪名。作一個平庸女人，她說，使這件事比較容易，奈皮爾被搞得心緒大亂。她告訴他是她在撣灰塵的時候不小心把那些小丑掃下地了。」

女孩笑了，她同時也哭了。「你是說這些事會發生，只是因為你丈夫砸了幾個玻璃小丑？那些很貴重嗎？」

「一點也不貴重。那些原本是他母親的。奈皮爾是個邪惡的壞蛋，他娶過三個老婆，每個都被他打成黑眼圈，有一個還被打斷肋骨住進醫院。但是他卻愛他的母親。」她露出無力的微笑，這笑容僵在她臉上一會兒，直到她聳聳肩，把笑容抖掉。「於是昆妮就站在那裡，代哈洛受過，然後讓奈皮爾把她開除。她把這些都告訴我了，然後她請我轉告哈洛不要擔心。她說他一直對她很好，這是她最起碼能做到的。」

「可是你沒有告訴他？」

「是的。我讓他受苦，然後這就變成我們不能談的另一件事，致使我們更加疏遠。」她睜大眼睛，讓淚水流下。「你看，他離開我是對的。」

加油站女孩沒有回答。她又吃了一片燕麥餅，而有幾分鐘的時間，她似乎只在體會餅乾的滋味。然後她說：「我不認為他離開你，我也不認為你是騙子，佛萊太太。我們都會犯錯的。不過我倒是知道一件事。」

「什麼？什麼？」莫琳哀喊道，雙手捧著頭搖晃。她怎麼可能彌補那麼久以前犯的過錯？她的婚姻完了。

「如果我是你，我不會枯坐在這裡，烤餅乾、跟我說話。我會做點事。」

「可是我一路開車去了大令頓，結果並沒有差別。」

「那是事情都很順利的時候。從那時候起，發生了很多事。」她的聲音如此緩慢而確定，使得莫琳抬起頭。女孩的臉孔仍然蒼白，但是它突然閃耀著純真的清澄。莫琳也許嚇了一跳，或甚至喊了出來，因為加油站女孩笑了。「快去推得河的伯威克吧。」

29 哈洛與昆妮

寫了信之後，哈洛說動一個年輕男人給他買了一個信封和一張快捷郵件的郵票。現在要去探視昆妮已經太晚了，於是他就在市立公園的一張長椅上睡睡袋過了一晚。一大早他到公共廁所漱洗，並且用手指梳抓了頭髮。有人在洗手槽邊留下一把塑膠刮鬍刀，他就拿刀刮去鬍子。鬍子刮不好，不過主要的部分都刮除了，所以現在看起來不是捲捲的，而是刺刺的了，只是零星的一簇還留著。他嘴巴周圍的皮膚顏色淺，而跟他鼻子和眼睛旁邊皮革般的皮膚，看起來好像不連貫。他把背包揹在肩上，走去安寧醫院。他的身體感覺很空，他思考他需不需要食物。他沒有胃口，甚至感覺像是生病了。

天空布滿厚厚的白雲，雖然鹹鹹的海風有些溫熱了。一輛輛載著家人的汽車帶著野餐和椅子來到海邊。遠方海平面上，金屬色的海水在早晨的陽光下閃耀著。

哈洛知道結局要來臨了，但是不知道它會是怎樣的，或是之後他要做什麼。

他走上聖伯納丁安寧醫院的車道，再次走上這段柏油路。柏油是最近才鋪的，他的兩雙腳落地感覺很柔軟。他毫不遲疑地按了對講機按鈕，在等的時候，他閉起眼睛，用手摸索著牆面。他猜想接待他的護士會不會就是跟他講過電話的那一個。他希望他不用解釋太多，他已經沒有氣力說話了。門此時打開。

在他面前站著一個頭髮包住的女人，她穿著奶油色高領長袍，外面還有一件綁帶子的黑色罩衫。他的全身皮膚打著哆嗦。

「我是哈洛·佛萊，」他說，「我走了好長一段路，要來救昆妮·韓內希。」他突然間好想喝水，他的兩條腿在顫抖，他需要一把椅子。

修女微笑著。她的皮膚柔軟而光滑，他能看到她一小部分的頭髮，髮根是灰白的。她伸出兩隻手，握住哈洛的手。這雙手很溫暖，也很粗糙，是強健的雙手。他害怕自己會哭出來。「歡迎你，哈洛。」她說。她自我介紹說她是費洛米娜修女，並且請他進去。

他踩乾淨兩隻腳，然後又踩了踩。

「不用在意。」她說，但是他停不下來。他把兩隻鞋子在門檻上敲，他抬起腳好確定鞋底沒有東西，沒錯，果然沒有東西，但是他仍然用鞋底去刮著硬邦邦的門墊，就像從前那些阿姨們叮囑他在進屋前要做的那樣。

他彎下身去撕開水管膠帶，這花了一番工夫，而且膠帶也老是黏到他手指上。他花的時間越久，就越恨不得自己沒開始做這件事。

「我想我應該把我的帆船鞋留在門口。」室內空氣涼爽且寂靜。有一股消毒藥水的味道，讓他想到莫琳，還有一個味道，是熱騰騰的食物味道，可能是馬鈴薯。他用一隻鞋子的鞋尖去把另一隻腳上的鞋子扒下來，然後再換腳重複一遍。穿襪子站在那裡，他感覺既赤裸又渺小。

修女笑道：「我相信你很想要見昆妮。」她問他是不是準備好跟她走了，他點點頭。

他們的腳在藍色的地毯上靜靜前進。沒有人鼓掌，沒有歡笑的護士，沒有喝彩的病患。就只有哈洛一個人，跟著一個修女模糊的輪廓走在一條乾淨又空蕩的走廊裡。他覺得好像聽到空氣中的歌聲了，但是再聽了聽，他認為這可能是他想像出來的。也許是因為前方斜天窗裡的風聲，或是有人在呼喊。他發現他忘了帶花來。

「你還好嗎？」她說。

他再次點點頭。

他們走近時，哈洛注意到他左邊的窗子面向一座花園。他用渴望的心情望著那修剪得低矮的草坪，想像他光著的兩腳踩進青草的柔軟中。花園裡擺著長椅，還有自動灑水器，用彎曲的水柱揮打空氣，水柱不時會映著光線。前方是一排關起來的門，他很確定昆妮必定是在其中一扇門的後面。他把目光停駐在花園裡，感到一陣強烈的恐懼。

「你說你走了多久？」

「噢。」他說。即使在他跟著她走的時候，他這趟旅程的意義也縮減到零了。「很久。」

她說：「我們沒有請其他那些朝聖者進來。我們在電視上看到他們，我們覺得他們實在太吵了。」她轉過頭，他覺得她對他眨了個眼，不過這當然是不可能的。

他們走過一扇半關的門，他不肯往裡面看。

「費洛米娜修女！」一個聲音在叫喚，柔弱得像低語一樣。

她停下腳步，往另一間房裡看了看，兩隻手往外撐住門框。「我很快就好。」她對著房裡不曉得誰說。修女站在那裡，一隻腳略略舉起，指向自己身後，彷彿她是個舞者，但是卻穿著運動鞋。她回頭給了哈洛一個溫暖的笑，並且說他們快到了。他很冷，或許是很累，或是怎麼樣，反正似乎是將他的生命榨乾了一樣。

修女再走了幾步，就停下來輕敲一扇門。她聽了一會兒，指關節靠在門板上，耳朵也平貼著門，然後把門打開一條縫，往裡面瞧。

「有客人來囉。」她對著他現在還看不見的房間說。

她把門推開靠了牆，然後貼在門上，讓他走過。「多麼讓人興奮哪！」她說。他深深吸了一口氣，這口氣似乎是從他腳上傳過來，然後他把目光抬向前方的屋裡。

房裡只有一扇窗戶，薄薄的窗簾拉起一半，窗外的天空看起來很遙遠。房裡有一張簡單的床，放在一個木十字架下方。床底下有一個盆子，床邊有一把空椅子。

「可是她不在這裡呀。」他感到出乎預期的解脫而感覺暈眩。

費洛米娜修女笑了。「她當然在。」她朝著床的方向點點頭，他再看了一眼，才發現在雪白被單下有個微小的形體，它旁邊有個東西伸著，像是一根長長的白色爪子，而當哈洛再看一次，他才想到這是昆妮的手臂。他感覺血液衝到腦袋裡。

「哈洛。」傳來修女的聲音。她的臉靠近他，那皮膚像網一樣布著細紋。「昆妮人已經糊塗了，而且也很痛。但是她在等，就如同你說的一樣。」她退開，讓他走過去。

他又走近了幾步，再幾步，心臟不住怦怦跳。而當哈洛．佛萊終於來到他走了這麼遠要探望的女人身邊時，他的兩條腿幾乎撐不住。她動也不動地躺在他再幾呎就可以摸到的地方，臉孔朝向從窗子照進來的光亮。他猜想她是不是睡著了，或者吃了藥，或是在等什麼，但不是他。她動也不動地、沒有注意到他到來的樣子，感覺非常私密。被單下她的身體幾乎沒有形狀，她像是孩童一樣弱小。

哈洛把背包從肩上拉下，捧在肚子前，彷彿要把他面前這幕景象和他自己隔開。他壯起膽子往前走了一步。兩步。

昆妮剩下的頭髮稀疏花白，像是種子穗，蓬鬆地蓋在頭皮上，並且被拉向一邊，好像她被一陣強風吹過。他可以看到她腦殼上像紙一樣薄的頭皮，她的脖子上纏著繃帶。

昆妮．韓內希看起來像別人，像是一個他從沒見過的人。一個鬼，一個空殼。他轉頭看費洛米娜修女，但門口卻是空的。她已經走了。

他可以放下禮物就走，也許再附一張卡片。寫字似乎是最好的主意，他可以寫些安慰她的話。一陣力量衝過他全身。他正要離開，昆妮的臉開始緩慢而平穩地從窗子轉回來，而他再次震驚得一動也不動地看著。先是左眼，鼻子，然後是右邊臉頰，直到她正面對著他，兩人相隔二十年以後第一次見了面。哈洛的呼吸停止了。

她的頭整個都不對勁，那是個二合一的頭，第二個頭從第一個頭中長出來。它從她顴骨上方某個地方開始，突出到下巴之上。這個肉團、這張沒有五官的第二張臉太大了，看起來像是隨時會從她皮膚上炸開來一樣。它壓迫到讓右眼閉了起來，又把它往右耳扯過去。她的下嘴唇被擠歪到一邊，朝下巴歪斜。這簡直不像人了。她舉起她爪子般的手指，彷彿想要遮起來，但是根本不可能遮得住。哈洛呻吟了一聲。

這聲音在他意識到自己正在發出之前就出來了。她一隻手在摸索著一樣她找不到的東西。

他希望他能假裝這幕景象看起來不可怕，但是他不能。他張開嘴，幾個字隨之脫口而出：「哈囉，昆妮。」走了六百多哩路，他卻只能說出這些。

她不發一語。

「我是哈洛，」他說，「哈洛．佛萊。」他知道自己點著頭，並且誇張地說著字句，而且發言的對象是她那爪子般的手，而不是那張不成人形的臉。「我們很久以前是同事，你還記得嗎？」

他飛快地再望了那個巨大的腫瘤一眼，那是個光亮的球形肉團，上面有細線狀的血管，還有瘀傷的地方，彷彿它會傷到包住它的皮膚。昆妮那隻張開的眼睛對他眨了眨，而另一側的細眼縫流下溼溼的東西，滑向她的枕頭。

「你有沒有收到我的信？」

她的眼神赤裸直白，像是一隻困在箱子裡的動物。

「我的明信片？」

我要死掉了嗎？她那隻彈珠般的眼睛在說。會很痛嗎？

他看不下去了。他打開背包，在裡面翻找，雖然背包裡很暗，他的手指又在發抖，而且他太明確意識到昆妮注視著他，使他老是忘記自己要找什麼。「我帶來一些小紀念品，是我走在路上時候挑的。有一個粉晶吊飾，掛在你的窗上會很好看。只是我一時找不到。還有一些蜂蜜，不知道放到哪裡去了。」他現在知道了，她臉上長個這樣大的瘤，恐怕已經不能吃東西了。「當然，你也許不喜歡蜂蜜，不過那個罐子很不錯，也許可以拿來放筆，我是在巴克法斯特修道院買的。」

他拿出裝著粉晶吊飾的紙袋要給她。她沒有動。他把東西放在她那像爪子一樣的手旁邊，然後拍了它兩次。當他抬頭看時，他都僵住了。昆妮．韓內希在枕頭上往下滑，彷彿她那張可怕的臉的重量把她往地上拖去一樣。

他不知道該怎麼辦。他知道他應該幫忙，但是他不知道要怎麼幫。他害怕在她綁著繃帶的脖子以下還有更多，更多的宰割、更多證明她身為脆弱人類的殘酷證據。他不能忍受。哈洛放聲呼救。起先他想要靜靜地喊，以免驚嚇到她，但是後來他又喊了，而且越喊越大聲。

「哈囉，昆妮。」走進房裡的修女叫著，不過這修女似乎和先前那個不同。她的聲音比較年輕、她的身體更飽滿，態度也更直率。「我們放點光線進來吧，這裡像是停屍間一樣。」她走到窗簾前，用力把窗簾拉開，吊環在金屬吊桿上吱嘎尖叫。「真好呢，有訪客來！」她的一切動作都讓哈洛感覺對這房間、對昆妮虛弱的身體而言太有活力了。他很氣他們竟然讓她去照顧像昆妮這麼柔弱的人，不過她能過來接手倒是讓他鬆了一口氣。

「她——」他沒法把話說完，只是指了指。

「不會又來了吧！」修女說，十分輕鬆愉快，彷彿昆妮是個小孩子，把食物灑到衣服上了。她從床的另一邊去調整昆妮的枕頭，再用兩隻手伸到她腋窩下，把她拉著坐直，昆妮像個布娃娃一樣順從，哈洛想他將永遠這樣記得她：忍受又忍受別人把她猛然拉靠在枕頭上，然後發表他痛恨的評論。

「顯然亨利走路來到這裡。大老遠從——從哪裡走來的，亨利？」

哈洛張口想要解釋說他不是亨利，還有他住在國王橋，但是要說這兩件事的意願卻消失了。看來不值得花力氣去糾正她。在這一刻，似乎做他自己都不值得。

「是不是多塞特？」修女說。

「是的，對。」哈洛說，用和她一樣的音調說，因此，一時間兩人像是都在努力壓過海風的聲音大聲說話。「南邊。」

「我們請他喝茶好嗎？」她問昆妮，但是沒有看她。「你就先坐下，亨利，聊聊近況，我去泡茶。我們還挺忙的，是吧？有那麼多的信和卡片。上星期甚至有位女士從伯斯寫信來呢。」她離開時轉身對著哈洛。「她可以聽見你的話。」她說。他想如果昆妮真的能聽到，這樣子直接說她可不夠體貼，不過他沒有說。他們現在只能說些最起碼的話了。

哈洛在昆妮床邊的椅子上坐下。他再把椅子往後拉開一點，以免擋住她。然後他把兩手放在兩個膝蓋中間。

「哈囉。」他又說一遍，彷彿兩人頭一次見面。「我必須說，你還真是不錯。我老婆——你還記得莫琳嗎？——我老婆向你問好。」他把莫琳拉進談話中，現在感覺安全多了。他希望昆妮能說些什麼，打破這個尷尬場面，但是她沒有。

「是呀，你的情況不錯呢。」然後他又說：「真的真的不錯。」他往身後看修女有沒有把茶拿來，但房裡仍然只有他倆。他打了個好長的呵欠，雖然其實他清醒得很。「我走了好久的時間。」他無力地說。「我幫你把粉晶掛起來好嗎？在店裡他們是掛在窗子上的，我想你會喜歡，聽說這是有療癒力量的。」她那隻張開的眼睛迎上他的目光。「不過這種事我不太懂。」

他猜想他這樣還要多久才夠。他站起來，手指捏著粉晶的吊繩，假裝要找個適合的地方掛起來，粉晶搖晃不已。窗外的天空白得他分不清那是雲還是明亮的陽光。花園裡一個戴草帽的修女推著一名輪椅病人走過草地，她正溫柔地說著話。他猜想她是不是在祈禱。他嫉妒她的堅定信念。

哈洛突然感覺到舊日情緒和往昔一些畫面的騷動，這些東西已經埋藏了這麼長時間，因為若要每天面對它們生活，人類是無法承受的。他抓住窗臺，深吸了幾口氣，但是空氣太熱了，並沒有讓他感到比較輕鬆。

他回憶起那個下午，他開車載莫琳到葬儀社，去看躺在棺木裡的大衛最後一面。她收拾了幾樣東西：一朵紅玫瑰、一個泰迪熊布偶，和一個給他枕著的枕頭。在車裡她問哈洛要帶什麼給他，明知他什麼也沒有帶。太陽低低照著，他開車被陽光刺著眼。兩人都戴著墨鏡，就連在家裡她也不拿下來。

到了葬儀社，她說想單獨去和大衛道別，這讓他感到意外。他雙手抱頭坐在外面等輪到他，有個人走過時停了下來，問他要不要香菸，哈洛接了，雖然從他在公車上工作後他就不抽菸了。他試著想一個作父親的要對死去的兒子說什麼話。他拿著菸的手指抖得太厲害，那人用了三根火柴才點著。

濃濃的尼古丁卡在他喉嚨中，蜿蜒進了他的內臟，使它們想要翻出來。當他彎身對著一個垃圾桶站著時，迎面是腐爛東西的酸臭味，然後他身後的空氣被一陣粗啞而深沉的哭泣聲刺穿，它的強度近似動物，使他呆呆站在那裡，一邊還要鼓足勇氣面對垃圾桶裡的那些東西。

「不！」莫琳的尖叫聲從殯儀館裡傳出來。「不！不！不！」這些字似乎穿過他而四處彈射，打向金屬色的天空。

哈洛往垃圾桶裡嘔出一堆白色泡沫。

當她出來時，她瞄了他一眼，然後立刻把手伸向墨鏡。她哭得太厲害了，整個人似乎都化成了水。他震驚地發現她變得有多瘦：她的肩膀在她黑色洋裝下像是衣架一樣。他很想走到她旁邊，擁住她，也被她擁住，但是他聞到菸味和自己的嘔吐味。於是他在垃圾桶旁邊徘徊，假裝沒有看到她，她也直直走過他往車子去。將兩人隔開的空間在陽光照射下閃閃發亮，像玻璃一樣。他擦了擦臉和手，最後跟在她後面走了。

在沉默中開車回家的路上，哈洛知道他們之間有些什麼，是永遠沒辦法復原了的。他沒有跟兒子道別。莫琳道別了，但哈洛沒有。兩人之間永遠會有這個不同處。之後是一場小小的火化儀式，不過她不讓人來致哀。她掛上紗簾，不讓人窺探，有時候，他認為這紗簾更像是不讓自己往外看才掛的。有一陣子她會痛罵、指責哈洛，然後就連這些也停止了。他們在樓梯上迎面走過，形同陌路。

哈洛想到那天她從葬儀社出來，先看了他一眼再用力摘下墨鏡的情形，他感覺就在那一眼，兩人已經訂立了約定，限定他倆後半輩子只能說言不由衷的話，並且把他倆最愛的東西搶走。

在昆妮垂死之處的安寧醫院中想到這一切，使哈洛痛苦顫抖。

他原本相信，見到她時他可以說謝謝，甚至說再見。原以為會有類似一場會面，能化解過去那些糟糕的錯誤。但是這裡不可能有會面，或甚至道別，因為他從前認識的那個女人已經離開了。哈洛認為他應該一直靠著窗臺，直到他能接受這件事為止。他思考他應不應該重新坐下，如果坐在椅子上能有什麼不同的話。但是即使在他坐下前，他都知道不可能有什麼不同的。不管是坐是站，他知道他要花很久的時間，才能把昆妮已經縮減成這樣的事實落實在他生命的質地中。大衛也死了，沒有辦法起死回生。哈洛把粉晶掛在一個窗簾吊環上，很快打了個結。粉晶吊在那裡，在光線的照耀下轉動，渺小得幾乎注意不到。

他記起大衛幾乎淹死的那天他在弄鞋帶。他記起和莫琳開車從葬儀社回家，知道一切都結束了。還有更多。他看到自己還是個小男孩的時候，在他母親離家後，他平躺在床上，猜想是不是你越保持不動，就越容易死掉。而多年後的此時此地，卻有一個他認識短暫、但彼此溫柔對待的女人，正在為了要維持那僅存的一點生命而奮鬥。這是不夠的，光是待在一旁觀看是不夠的。

在寂靜中，他走到昆妮床邊。在她轉過頭來，眼光對到他的目光時，他坐在她床邊的空位。他伸手去握她的手。她的手指好瘦弱，幾乎沒有肉。這些手指幾乎無法覺察地彎了起來，碰觸到他的手指。他微笑了。

「從我在文具間裡發現你到現在，似乎已經過了好久了呢。」他說。至少他真心想要說這句話，不過也許這只是個想法。空氣仍然靜止而且空蕩了好久，直到她的手滑出他的手心，她的呼吸也變得緩慢。

一陣瓷器格格作響的聲音使他一驚。「你還好嗎，亨利？」年輕修女問，她正高高興興端著茶盤走進房裡。

哈洛再看了昆妮一眼，她已經睡了。

「這茶我就不喝了，可以嗎？」他說，「我必須走了。」

哈洛起身離開。

30 莫琳與哈洛

一個頹喪的人影獨自坐在一張長椅上，弓起背擋著風，眺望水面盡頭，彷彿已經在那裡一輩子了。天空陰霾沉重，海面也灰黑沉重，使你分不出二者的分界在哪裡。

莫琳停了下來，她的心臟在胸腔內怦怦猛跳。她朝哈洛走去，又停下腳步，就站在他旁邊，不過他並沒有抬頭看或是說話。他柔軟的捲髮碰觸到他那件防水外套的領子，她好想伸手去撫摸。

「哈囉，陌生人，」她說，「我可以跟你一起坐嗎？」

他沒有回答，不過他把外套緊裹住臀部，身子往椅子旁邊挪了挪，讓出位子。海浪沖向海邊，綻開出白色水花，也把小石子和細碎貝殼帶上岸，再把它們留在沙灘上。要漲潮了。

她在他旁邊坐下，但是兩人隔開一小段距離。「你想這些海浪走了多遠？」她說。

他聳聳肩，又搖搖頭，彷彿在說：這真是個好問題，而我也真的不知道。他的側臉看起來如此瘦削，像是被蛀蝕掉了，兩眼下方掛著黑影，暗黑得像是瘀傷。他再次又成為一個不一樣的人了。他似乎老了好幾歲，而他殘餘的鬍子看起來很可憐。

「怎麼樣？」她說，「你去看了昆妮了嗎？」

哈洛兩隻手一直插在兩個膝蓋中間。他點點頭，沒有說話。

她說：「她知不知道你今天會走到？她開心嗎？」

他發出一聲嘆氣聲，像是有東西破掉的聲音。

「你——是看到她了吧？」

他點了點頭，但是卻點個不停，彷彿他沒有給腦子發出要它停的訊息。

「那麼你們有談話吧？你們說了什麼？昆妮有沒有笑？」

「笑？」他重複著。

「是啊。她高興嗎？」

「不。」他的聲音很無力，「她什麼也沒說。」

「什麼也沒說？你確定？」

又是一陣點頭。他的沉默寡言像是一種病，這似乎也悄悄找上了莫琳。她把衣領拉近下巴。她已經預料到他會難過而且疲累，不過她認為那是因為他結束了他的旅程。然而他現在表現的卻是冷漠，將生命力抽乾的冷漠。

她說：「那麼她的禮物呢？她喜歡嗎？」

「我把背包留給修女了，我想這樣最好。」他平靜且謹慎地說著，字斟句酌，但是可以看出他隨時都可能落入內心情緒的火山口。「我根本不應該走這趟的，我應該寄一封信過去，一封信就夠了。如果我專心去把信寄出就好了，那我就可以——」她等著，但是他卻凝望著海平線，似乎忘記自己正在說話。

「可是，」她說，「我還是很驚訝──在你做了那麼多事以後，昆妮竟然什麼都沒說。」

終於他轉過臉，迎向她的目光。他的臉和他的聲音一樣，全都已耗光了生命力。「她不能說，她沒有舌頭了。」

「你說什麼？」莫琳的喘氣震撼了空氣。

「我相信他們把它切除了，還切除了她一半的喉嚨，以及她一部分的脊椎。那是為了救她所做的最後一次嘗試，但卻不成功。她的癌症無法手術，因為她身上已經沒有可以手術的地方了。現在她臉上還長了一個腫瘤。」

他移開視線，再看向天空，而半閉起眼睛，彷彿他要擋住外在世界，好更清楚地看到在他腦中逐漸成形的真相。「所以她一直不能跟我講電話，她不能說話。」

莫琳再次望著海面，想要弄明白。遠處的海浪是平的，呈現金屬顏色。她猜想它們知不知道它們的旅程終點就在前面。

哈洛的聲音再次傳來。「我沒有停下來，因為我無話可說。當我第一次看到她的信時，我也無話可說。莫琳，我是那種會感謝語音報時、恨不得時間快快過去的人。我哪可能造成什麼樣的不同？我怎麼會以為我可以阻擋一個女人死掉？」

一陣狂猛湧上的哀傷似乎竄過他全身。他的眼皮皺起，眼睛閉上，嘴巴張開，直挺挺坐著，嘴裡發出一連串無聲啜泣。「她是那麼好的女人，她很願意幫忙。每次我載她出差，她都會帶些好東西在回程吃。她會問起大衛，和劍橋──」他說不下去了，他的身體隨著顫抖。狂猛的淚水扭曲了他的眼睛和臉頰，他整張臉也跟著扭曲。「你應該看的。你應該看她，莫。這太不公平了。」

「我知道。」她伸出左手去握住哈洛的手，緊緊握住。她看著在他大腿上他手指的暗黑，藍色的凸起血管。雖然過去幾星期有些陌生，但她太熟悉這隻手了。即使不看它，她都認識。他哭的時候她也一直握住。現在他比較平靜了，淚水靜靜流下來。

他說：「當我在走著的時候，我一直想起好多事，一些我不知道已經忘記的事。關於大衛的事，還有你我的事。我還甚至想到我母親。有些回憶很不好，不過大多數都是美好的。我很害怕。我害怕有一天——也許很快——我會再失去它們，而這次，就會是永遠失去了。」他的聲音顫抖著。他勇敢地重新吸了口氣，開始告訴她所有他記起的事：大衛生命中那些向他展現得一如最珍貴的剪貼簿的時刻。「我不想忘掉他還是個嬰兒時的腦袋的樣子，或是當你唱歌而他睡著時的模樣。我想要保留這一切。」

「當然你會保留起來的。」她說。她想要笑，她不想繼續這番談話，雖然她可以從他一直注視她的神情看出來他想要說更多。

「我記不得大衛的名字。我怎麼可能忘了呢？我想到我可能有一天會看著你的臉卻不認識你，就覺得難以承受。」

她感覺到痛苦刺著她的眼皮，她搖搖頭。「你沒有喪失記憶，哈洛。你只是非常、非常累了。」

當她迎向他的目光時，那目光是赤裸的。他直盯住她，她也直盯住他，這麼些年全都退開了。莫琳再次看到那麼多年前像鬼魅般狂舞的年輕人，使她全身血管充滿了愛的昏亂。她用力眨著眼睛，又擦拭雙眼。海浪一次次更打進海岸線，那麼多的氣力、那麼大的能量，穿越大洋、承載船隻遊輪，卻在離她的腳很近的地方以最後一陣白沫般的浪花結束了。

她想了想必須從現在開始去做的所有事。以後要定時去看家醫科，也許有些感冒會轉成肺炎。以後要作驗血、聽力測試、視力檢查。也許，願上帝幫助他們，會要開刀，還有一段時間的療養。然後，當然，之後一定會有一天兩人當中的一個會永遠獨自一人。她打了個冷顫。哈洛的話沒錯，這實在太沉重，教人無法忍受。走了大老遠的路去發現你要的是什麼，卻只知道你終究會再次失去它。她思忖他們是不是應該經過科茲窩回家，在那裡待個幾天；或者繞路去諾福克。她很樂意回到荷特。不過也許還是不要吧。這些事太重大，沒辦法考慮，而且她也不知道。海浪一波波翻落、翻落、翻落。

「活一天算一天吧。」她喃喃說著。她靠近哈洛，抬起她的手。

「噢，莫。」他靜靜哭著。

莫琳緊擁住他，直到哀傷過去。他很高、僵硬，而且是她的人。「你這個親愛的。」她用嘴探索他的臉，親吻他鹹而溼的臉頰。「你站起身，做了事情。而你在不知道能否走到的情況下，都能試著找到方向，如果連這件事都算不上是個小小奇蹟的話，那麼我不知道什麼是奇蹟了。」

她的嘴顫抖著。她用雙手捧著他的臉，兩人如此貼近，他的輪廓倒模糊了，她只能看到她對他的感情。

「我愛你，哈洛．佛萊，」她輕聲說，「這就是你所做的事。」

31 昆妮與禮物

昆妮望著模糊的世界，發現有樣東西是她之前沒看過的。她瞇起眼睛，希望能把焦點對準。半空中不知怎地有一個粉紅色的亮光，會扭動，不時還會把多種顏色投射到牆上。這美麗的景象持續了一陣子，然而要一直把視線跟著它實在太累人，她就不去看了。

她幾乎快要什麼都不是了。在一眨眼間，她就會消失。

有人來過，現在他們走了。那是她喜歡的人。不是修女們，雖然她們人也都很和善。那也不是她父親，是另外一個好人。他說了什麼關於走路的事，對，她想起來了，他走路過來。但是她記不得他走了多遠。也許是從停車場走來吧。她的頭在痛，她想要叫人拿水來，她會的，再等一下，現在她要待在這裡，終於可以一動不動而且自在地躺著。她會睡著。

哈洛·佛萊。她現在想起來了，他是來道別的。

從前她是個叫昆妮·韓內希的女人。她很會算數字，字寫得很整齊。她談過幾次戀愛，也失戀過，而事情也往往都是這樣。她碰觸過人生，也些微地悠遊其中，但人生是個狡猾的傢伙，而最後我們都必須關門，把它留在身後。多年來這個念頭一直很嚇人。但現在呢？並不嚇人。什麼感覺也沒了。她好累。她把臉一偏，貼著枕頭，感覺她腦袋裡有個東西越來越重，正要像一朵花般綻開。

出現了一段早已忘懷的回憶，近得昆妮幾乎可以嚐到它的味道。她跑下幼年時期家中的樓梯，穿著紅色皮鞋，而她父親在叫她，或者是那好人哈洛．佛萊在叫她？她奔跑著，一邊笑著，因為那太好笑了。「昆妮？」他在喊，「你在嗎？」她可以看到他的身形，背著光的高大人影，但是他一直叫著她，還把眼光往每個地方看，就不看她站著的地方。她的呼吸被胸口一個硬塊梗住了。「昆妮！」她渴望他最終能找到她。「你在哪裡？那個女孩子在哪裡呀？你準備好了嗎？」

「是的。」她說。光線非常強。即使在她眼皮後面，卻還是銀色的光。「是的。」她喊著，這回聲音大了一點，要讓他聽見。「我在這裡。」窗上有東西扭動，把房間灑滿了星星。

昆妮張開嘴，要吸入下一口空氣，而當這口空氣沒有到來，來的是別的東西時，那也和呼吸一樣容易。

32 哈洛與莫琳與昆妮

莫琳平靜地接受了這個消息。她在海邊訂了一間雙人房。他們吃了一頓簡單的晚餐，之後她放水給哈洛洗澡，並且幫他洗了頭髮。她小心翼翼地刮了他下巴的鬍子，也給他皮膚塗了潤膚液。當她幫他剪指甲、按摩腳時，她告訴他從前做過的那些讓她懊悔的事情。他說他也一樣。他似乎得了感冒。

接到安寧醫院的電話後，她伸手去握住哈洛的手。她把費洛米娜修女說的話一字不差地告訴他：昆妮最後的時刻看起來很安詳，幾乎像是孩童一樣。一名年輕修女相信她聽到昆妮在死前叫著什麼，彷彿要去找一個她認識的人。「不過露西修女很年輕。」費洛米娜修女說。

莫琳問哈洛會不會希望獨處，但是他搖搖頭。

「這件事我們一起做。」她說。

遺體已經移到禮拜堂旁邊的房間裡。他們一言不發地走在年輕修女後面，因為這個時刻言語感覺太強硬也太脆弱了。莫琳可以聽見安寧醫院的聲音、壓低的人聲、一陣短暫的笑聲、水管裡的水流聲。她可以短暫聽到外面的鳥鳴，或者那是歌聲？她感覺自己被一個內在世界吞沒了。在一扇關起的門前，他們停下來。莫琳再問哈洛是不是希望獨自一人，他也再次搖頭。

「我很害怕。」他說，他的藍色眼睛搜索她的目光。

她看到那雙眼睛裡的驚恐、痛苦和不情願。然後她突然明白了。他唯一看過的遺體是大衛的，是在小屋裡。「我知道。不過這沒關係的，我也在。這一次不會有事的，哈洛。」

「那是很安詳的結束。」修女說，她是個胖胖的女孩，雙頰是粉紅色的。這麼一個年輕又有活力的女人可以照顧垂死的人，自己仍然充滿生命力，這一點讓莫琳感到很安慰。「就在她走以前，她笑了，好像發現了什麼東西。」

莫琳看了哈洛一眼，他的臉蒼白得像是失血一樣。「我很欣慰，」她說，「我們很欣慰她走得平靜。」

修女退開，然後又轉回身，彷彿想起更多事。「費洛米娜修女問你們願不願意一起參加晚禱？」

莫琳露出客氣的微笑。現在要信教也太遲了。「謝謝你，不過哈洛很累了。我想他最需要的是休息。」

這位年輕女人不以為意地點點頭。「當然。我們只是要讓你們知道，歡迎你們參加。」她伸手握住門把，把門打開。

一走進去，莫琳就認出空氣的味道。它有一種冰覆著的靜寂，還浸染著燃香的氣味。在一個小小的木十字架下方，昆妮．韓內希的遺體躺在那裡，白色頭髮輕輕披在枕頭上。她的手臂平伸在被單外的身體兩側，兩隻手心往上攤開，彷彿她很甘願地放開了某個東西。她的臉謹慎地偏向枕頭放著，因此遮去了大半個腫瘤。莫琳和哈洛靜靜站在她旁邊，再次屈服於生命消逝得多麼徹底的現實。

她想到那麼多年前大衛在棺木裡的樣子，以及她是如何抱起他那已空的腦袋親了又親，不願相信她希望他活著的心意並不足以使他起死回生。哈洛站在她旁邊，兩個拳頭緊握。

「她是個好女人。」終於莫琳說了，「她是個真正的朋友。」

她感覺指尖有個溫暖的東西，然後感覺到他的手緊握著她的力道。

「你能做的，最多是這樣了。」她說。而此刻她想的不只是昆妮，也有大衛。雖然這件事使他們分裂，並且墜入各自的黑暗中，但是他們的兒子畢竟是做了他想做的事。「我錯了。我責怪你非常不對。」她的手指也捏了捏他的手指。

她漸漸察覺到從門下和門上灑進來的燈光，以及安寧醫院的聲音，像水一樣填滿室內的空蕩。他們所站的房間變得暗黑，細部已經看不清楚，就連昆妮的輪廓也漸漸模糊。她又想到那些海浪，也想到生命如果沒有面臨到結束就是不完整的。只要哈洛願意，她會站在他身旁。當他行動時，她就跟著。

他們關上房門離開昆妮時，彌撒已經開始。他們停了一下，不確定要去道謝還是悄悄離開。結果哈洛要求停一下。修女們的聲音升起，交織成歌聲，在一段美妙且稍縱即逝的時刻中，歌聲的美使她心中充滿了像是喜樂的東西。莫琳心想：如果我們不能坦然，如果我們不能接受我們不明白的事物，那麼就真的沒有希望了。

「我準備好要走了。」哈洛說。

他們在黑暗中走在海邊。那些家庭已經收拾好他們的野餐和椅子，這裡只剩幾個遛狗的人，和穿著螢光外套的慢跑者。他們談起一些小事：最後的牡丹、大衛上學的第一天、氣象預報。都是些小事。月亮高高映照，還在深深的海水表面投下一個抖顫的分身。遠處一艘船行在海平線上，船上燈火閃爍，但速度非常緩慢，你看不見它的行進。這裡充滿了生命和活動，但卻和哈洛及莫琳沒有關係。

「那麼多的故事，那麼多我們不認識的人。」她說。

哈洛也看著，不過他的心裡充滿其他事。他說不出他怎麼知道，或者知道這件事使他快樂或難過，但他很確定昆妮會一直和他在一起，大衛也是。還會有奈皮爾，和瓊恩，和哈洛的父親以及那些阿姨，但是他不會再和他們奮戰，也不會再為過去痛心。他們是他走過的空氣的一部分，就像他遇過的所有旅行者都是空氣的一部分一樣。他明白了人們會作出他們想要的決定，而有些決定會傷害到他們自己以及愛他們的人；有些決定不會有人注意；有些決定會帶來快樂。他不知道在推得河的伯威克之後會有什麼，不過他已經準備好了。

許多年前一個夜晚的回憶浮現，當晚哈洛正在跳舞，看到莫琳隔著人群望著他。他想起來他揮舞雙臂雙腳，彷彿抖落之前的一切，而正被如此美麗的年輕女人注視著，是什麼感覺。他獲得勇氣，跳得更多，更瘋狂，雙腿踢向空氣，兩手像滑溜的鰻魚一樣舞動。他停了一下，再看了看。她仍然在看。這次她迎向他的目光，並且笑了。她笑得太厲害了，肩膀抖動，頭髮也披在臉上，使他生平頭一次無法抗拒誘惑，大步走過人群去碰觸一個陌生人。在她天鵝絨般的頭髮下，她的皮膚蒼白而柔軟。她並沒有畏縮。

「哈囉，你。」他當時說。他的童年被切割開來，此刻只有他自己和她。他知道不管接下來發生什麼，他倆的路途是相連的。他願意為她做任何事。想起這些，哈洛全身輕快，彷彿在他內心深處某個地方又溫暖起來。

莫琳把衣領翻起到耳邊，抵禦夜晚的寒意。城市的燈光在背景中閃亮。「我們回去好嗎？」她說，「你準備好了嗎？」

哈洛卻打了個噴嚏作為回答。她轉過頭，想要拿給他一條手帕，但卻面對一個幾乎沒有聲音的喘氣。他啪地用手摀住臉，那聲音又出現了。那不是噴嚏或喘氣。那是一聲噴氣聲，一個噗哧笑聲。

「你還好嗎？」莫琳說。他似乎極力要掩住嘴裡的什麼東西。她扯扯他的袖子。「哈洛？」他搖搖頭，那隻手仍然緊貼著他的嘴。他又發出另一次噴氣聲。

「哈洛？」她又說了一次。

他用兩手按在兩邊嘴角，彷彿是要把它扳直。他說：「我不應該笑的，我不想要笑。只是——」他放聲大笑。

她不明白，不過她的嘴角也有了笑意而陣陣牽動。「也許我們需要笑，」她說，「是什麼事那麼好笑啊？」

哈洛深吸了一口氣，讓自己穩定下來。他轉向她，用那雙漂亮的眼睛看著她，那雙眼睛似乎在黑暗中閃亮。「我不知道為什麼我記起這件事，你知道那晚在跳舞廳怎樣嗎？」

「我們初次認識的時候嗎？」她的笑容開始發出聲音了。

「你記得我們笑得像小孩子一樣？」

「噢，哈洛，當時你說的到底是什麼？」

一陣笑聲從他口中發出，力量之大使他不得不捧著肚子。她看著他，她的笑容已經蓄勢要爆開，瀕臨和他同樣大笑的邊緣，但還差臨門一腳。他笑到必須彎腰，看起來像很痛苦。

在接連的笑聲間隔中，他說：「不是我，不是我說什麼。而是你。」

「我？」

「是的。我說哈囉，然後你抬頭看我。然後你說——」

她懂了，她想起來了。笑聲從她的肚子裡發出，像氦氣一樣充滿她全身。她把手往嘴上一拍。「對耶。」

「你說——」

「對，我——」

他們說不出來，他們說不出那句話。他們試了，但是每當他們張開嘴，那句話實在太好笑，使他們又被一陣停不住的笑聲淹沒。他們還得緊抓住對方的手才能站穩。

「噢，天哪，」她一陣笑聲，「噢，天哪。那甚至也不夠俏皮。」她雖笑著，卻又想要不笑，因此她的笑聲是短促而且尖銳的。然後是另一波笑聲竄起，像是一道大浪，讓她一個不注意變成了猛力的打嗝。這使得情況更糟。他們抓住彼此手臂，笑得彎下腰，而為了情況有多麼好笑而抖動著身體。他們笑得眼淚都流出來，臉也笑痛了。「別人會以為我們兩個同時心臟病發作了。」

她大叫。

「你說得對，那句話甚至不好笑。」哈洛說，一邊用手帕擦拭眼睛。一時間他看起來又恢復了理智。「就是這件事，愛。它很平常。那一定是很好笑的，因為我們好快樂。」

他們再次握住手，走向水邊，只見兩個小小的人影對著暗黑的海浪。才走到一半，兩人中的一個必定又想起來了，於是好像有一道歡樂的氣流通過。他們站在水邊，沒有放開手，全身隨著笑而晃動著。

【Echo】MO0018Y

一個人的朝聖

The Unlikely Pilgrimage of Harold Fry

作　　　者❖蕾秋．喬伊斯 Rachel Joyce
譯　　　者❖張　琰
封 面 設 計❖萬勝安
內 頁 排 版❖張彩梅
總　編　輯❖郭寶秀
責 任 編 輯❖李珮華、許鈺祥
編 輯 協 力❖聞若婷
行 銷 企 劃❖許弼善

發　行　人❖涂玉雲
出　　　版❖馬可孛羅文化
104台北市中山區民生東路二段141號5樓
電話：(886)2-25007696
發　　　行❖英屬蓋曼群島商家庭傳媒股份有限公司城邦分公司
104台北市中山區民生東路二段141號11樓
客戶服務專線：(886)2-25007718；25007719
24小時傳真專線：(886)2-25001990；25001991
讀者服務信箱：service@readingclub.com.tw
劃撥帳號——19863813　戶名：書虫股份有限公司
香港發行所❖城邦（香港）出版集團有限公司
香港灣仔駱克道193號東超商業中心1樓
E-mail：hkcite@biznetvigator.com
馬新發行所❖城邦（馬新）出版集團 Cite (M) Sdn Bhd
41, Jalan Radin Anum, Bandar Baru Sri Petaling,
57000 Kuala Lumpur, Malaysia.
Tel：(603)90563833
E-mail：services@cite.my
製 版 印 刷❖前進彩藝有限公司
三 版 一 刷❖2023年7月
定　　　價❖380元（紙書）
定　　　價❖266元（電子書）

ISBN：978-626-7156-92-6（平裝）
ISBN：9786267156933（EPUB）

城邦讀書花園
www.cite.com.tw

國家圖書館出版品預行編目（CIP）資料

一個人的朝聖／蕾秋．喬伊斯（Rachel Joyce）作；張琰譯. -- 三版. -- 臺北市：馬可孛羅文化出版：英屬蓋曼群島商家庭傳媒股份有限公司城邦分公司發行, 2023.07
面；　公分--（Echo；MO0018Y）
譯自：The unlikely pilgrimage of Harold Fry
ISBN 978-626-7156-92-6（平裝）

873.57　　112007970